印《サイン》

アーナルデュル・インドリダソン

その女性は湖のほとりのサマーハウスで首を吊っているのを友人に発見された。夫によると、数年前に親密だった母親を病で失って以来、彼女は精神的に不安定になっていたらしい。また死後の世界に興味を抱き、降霊術師のもとに出入りしていたことも。自殺に見える。いや、本当にそうなのだろうか？　レイキャヴィク警察の捜査官エーレンデュルは疑問を感じ、一人地道な捜査を進める。暴かれる悲痛な過去、明らかになる驚愕の真実に、心の奥底までゆさぶられる。アイスランド推理小説大賞受賞。北欧ミステリの巨人による好評シリーズ第６弾文庫化。

登場人物

エーレンデュル・スヴェインソン……レイキャヴィク警察犯罪捜査官
エリンボルク……エーレンデュルの同僚
シグルデュル＝オーリ……エーレンデュルの同僚
エヴァ＝リンド（エヴァ）……エーレンデュルの娘
シンドリ＝スナイル（シンドリ）……エーレンデュルの息子
ハットルドーラ……エーレンデュルの元妻
ヴァルゲルデュル……エーレンデュルの女友達
ベルギュル……エーレンデュルの弟
マリア……自殺した女性
バルドヴィン……マリアの夫、医師
レオノーラ……マリアの母
マグヌス……マリアの父
クリスティン……マグヌスの姉

カレン……………マリアの友人
ソルゲルデュル………マリアの友人
トリグヴィ……………レイキャヴィクの浮浪者
カロリーナ……………バルドヴィンの友人
イングヴァル…………マグヌスの友人
ソルヴェイ……………レオノーラの友人
マグダレーナ…………霊媒師
ソルベルグル…………潜水夫
ダーヴィッド…………昔失踪した男性
ギュードルン（ドゥナ）……昔失踪した女性

印《サイン》

アーナルデュル・インドリダソン
柳沢由実子訳

創元推理文庫

印《サイン》

〝上の子の凍傷は癒えたが、その日から彼は心を閉ざし、暗い子どもになった〟

〈エスキフィヤルダルヘイジの悲劇〉より

マリアはその場が教会であることがほとんど認識できなかった。あたりの様子、葬式のセレモニーなどには目もくれず、ただ呆然として、隣に座っている夫のバルドヴィンに片手を預けていた。牧師の言葉も少人数の聖歌隊の歌も悲痛な葬送曲にしか聞こえなかった。牧師にはあらかじめ生前の母の話を伝えておいたので、牧師の弔《とむら》いの言葉がどのようなものになるか、だいたいは承知していた。マリアの母レオノーラの学問上の業績、病気とわかったとき彼女が見せた勇気、その人生において知り合った大勢の友人たちとの交流、そして、ある意味で母親と同じ道を歩んでいる、一人っ子のマリア自身のこと。牧師はまた、レオノーラがいかに輝かしい業績を残したかを述べ、広く豊かな交友関係をもっていたことを称賛し、それはこの悲しい秋の日、レオノーラの死を悼んで集まった参列者の顔ぶれを見てもわかることだと言葉を結んだ。教会を埋めていたのはほとんどがアカデミックな世界の人々だった。レオノーラはことあるごとにマリアに、自分たちがアカデミックな環境《クラス》に属しているのはじつにありがたいことだと話していた。その声にはある種のプライドがあって、マリアはできればそんなことは聞きたくないと思っていた。

墓地全体を彩る美しい秋の景色の中、棺《ひつぎ》を担いで凍った砂利道を墓に向かって歩いて行く男たちの靴が薄い氷を踏み砕く音が、マリアの耳に残っていた。そのときの寒さと、自分が棺に向かって十字を切った情景を彼女ははっきり憶えていた。母親が病気で死ぬとわかってから、自分が十字を切る瞬間を数えきれないほど思い浮かべてきた。そしてこのときまさにその瞬間が到来したのだ。墓穴の中に下ろされた棺を見つめ、心の内で短い祈りを捧げ、彼女は胸の前で十字を切ったのだった。

マリアはそのまま身動《みじろ》ぎもせず墓の列の脇に立ち尽くした。バルドヴィンが腕を取ってその場から離れようと促《うなが》すまで。

その後、コーヒーを飲みながらの弔いの集まりで、様々な人が悔やみと慰めの言葉をかけてくれたことも憶えていた。中にはなにか自分にできることがあるかと聞いてくれる人たちもいた。

湖のことが頭に浮かんだのは、すべてが終わって静かになってから、それも夜中になり一人になってからのことだった。その日の行事すべてが終わり、重い一日を振り返ったときにマリアは初めて気がついたのだ。父親の側の人間が誰一人葬式に来なかったということに。

1

夜中の十二時過ぎにコールセンターに電話が入った。携帯電話からだった。電話の声は女性で、かなり興奮していた。

「彼女が……マリアが、自殺した！　あたしは……あたしは……。本当に怖い……恐ろしいこと！」

「名前を教えてください」

「カ、カレン」

「この電話はどこから？」コールセンターの夜勤番が訊いた。

「ここは……、ここは彼女のサマーハウス」

「どこですか？　場所は？」

「シンクヴァトラ湖のほとり。彼女の……、マリアのサマーハウス。すぐに来て！　動かずにいるから、すぐに！」

その日カレンは道に迷いながらようやくマリアのサマーハウスにたどり着いたのだった。最後にそこに来てからずいぶん時が経っていた。四年にもなるだろうか。マリアは念のためと言って、道をかなり詳しく説明してくれたのだが、上の空で聞いていたため、ほとんど憶えていなかった。道筋はわかっていると自負していた。

レイキャヴィクを出発した頃はすっかり暗くなっていた。八時を回っていただろう。モスフェトルスヘイジの道は空《す》いていて、ときどき逆方向の、レイキャヴィクへ向かう車とすれ違うだけだった。東に向かう車は、いま前を走っている一台だけ。その車の赤く光るテールライトの後ろを走るのがありがたかった。カレンは夜一人で車を運転するのが好きではない。前に車がいるのが安心だった。その日はもっと早くレイキャヴィクを出る予定だったのだが、仕事が終わらずこんな時間になってしまったのだ。カレンは大手銀行の情報・報道課の秘書をしていて、その日もいつもながらのミーティングや電話の対応で遅くなったのだ。

グリマンスフェトルが道の右側に、そしてスカーラフェトルが左側にあることは、標識がなくても知っていた。ヴィンダヴゥフリーズへの曲がり道を通り過ぎた。そこはカレンが幼い頃毎年二週間夏を過ごした場所だった。心地よい速度で走る前の車の後ろについてケットリンガフロインまで来たとき、前の車は別れ道に入ってゆき、赤いテールライトは暗闇の中に消えてしまった。カレンは、あの車はウクサフリッギルへ向かっているのではないか、さらにその先のカルディダルールを通って北部へ行くのかもしれないと思った。彼女自身もよく通ったコースで、ルンダレイキャルダルールからボルガルネスへ抜ける道の景色は素晴らしいと常々思っていた。ふとサンドクルフタ湖の湖畔で過ごした明るい夏の日々が頭に浮かんだ。

車をさらに進めて右に曲がり、シンクヴァトラムルクレットに入った。真っ暗で東西南北がまったくわからなかった。一つ手前で幹線道路から降りるべきだったのだろうか？　シンクヴァトラ湖に行くにはこの道でいいのだろうか？　もしかすると、次の枝道だったか？　それとも来すぎてしまったのだろうか？

そのまま進むと、行き止まりになった。戻って次の曲がり角で降りたがまた行き止まり。車をUターンさせてようやく湖への道に入った。木曜日の夜なので、あたりのサマーハウスにはほとんど人影がなかった。着いたら、ひたすらゆっくりするつもりだった。読み物は持ってきていた。マリアは最近サマーハウスにテレビを入れたと言っていたっけ。最近銀行は他行との合併騒ぎでやたらに忙しかった。もはやもうどの銀行とどの銀行がどの部門で合併するのか、わけがわからなかった。マスコミへの発表が次々に行なわれ、銀行が引退してほしい幹部の人間たちに退職金として一億アイスランドクローネもの金を支払ったというスキャンダルがマスコミに漏れてしまう始末だった。今銀行幹部は何とかつじつま合わせをし、カレンは事態が収束したと説明する役割を押し付けられていた。そのような状態がここ数週間続いていて、ついにカレンは現場から逃げ出すことに決めたのだった。マリアが以前からサマーハウスを使って、と言ってくれていたので、思い切って電話して訊いてみると、もちろん！　と即答してくれた。

カレンは低い木立の間をゆっくり車を走らせた。シンクヴァトラ湖の岸辺まで来ると、突然自動点灯で周囲が明るくなった。湖畔に一軒、サマーハウスが立っている。マリアは鍵を一つ渡してくれたが、合鍵の隠し場所も教えてくれていた。どこかに合鍵があるというのは安心だとカレンは思った。

朝になったら、シンクヴェトリルのあたり一面に広がる美しい紅葉が見られるのが楽しみだった。ここは国立公園に指定されていて、その美しい秋の景色が古くから有名な場所だった。この湖の周りほど紅葉が美しいところはアイスランドには他にないと言ってもいいほどで、深紅や黄色に染まった木々が一望できる素晴らしい場所なのだ。

車から荷物を降ろし、玄関前に置いた。鍵穴に鍵を差し込んでドアを開け、中の壁に手を這わせてスイッチを探した。キッチンの手前のホールに明かりがついたので、カレンは小型の旅行カバンを持って寝室に行った。カバンを置いて部屋の明かりをつけると、驚いたことにベッドが寝て起きたままになっていた。整えられていないベッドがそのままそこにあった。マリアらしくない。バスルームへ行ってみると床にタオルが落ちていた。キッチンへ行って明かりをつけると、なにかふだんと違う感じがした。カレンは暗所恐怖症ではなかったが、不穏な感じがした。リビングルームは暗かった。夜が明ければ湖に向かって素晴らしい景色が一望できるところだ。

カレンはリビングの明かりをつけた。

天井に渡されている四本の太い梁《はり》の一本に、背中をこっちに向けた人間がぶら下がっていた。

驚きのあまり、カレンはのけぞり、後ろのウッドパネルの壁で頭を打った。一瞬、真っ暗になりなにも見えなくなった。恐る恐る目を開けてみると、人間が梁から細い青紐で吊るされていた。暗いリビングルームの窓にその姿が映っている。カレンがようやく体が動かせるようになるまでどのくらいの時間が経っただろう。湖畔の静かなサマーハウスは一瞬のうちに決して忘れられない恐ろしい光景の場に変わってしまい、細部に至るまではっきりと彼女の脳裏に刻み込まれた。きちんと整えられたリビングルームには不釣り合いな、ふだんはキッチンにあるはずのスツールが倒れて、吊るされた体の下に転がっていた。シンクヴェトリルの闇。梁から吊るされた、微動だにしない人間の体。カレンはそっと立ち上がり、その体の前に回った。青白く、むくんだ人間の顔が目に入った。悪い予感が当たった。それは友人、マリアに間違いなかった。

2

救急隊員が思いがけないほどの早さで医者とセルフォス警察署の警察官とともにやってきたのをカレンは憶えている。セルフォス警察がこの事件を担当したのだが、その時点でわかったのは、死んだ女性はレイキャヴィク市の住人で、市の一隅のグラファルヴォーグルに住んでいること、既婚者で子どもはいないということぐらいだった。

警官や救急隊員らはそのサマーハウスの建物の中で声を潜めて話し合った。彼らは悲劇が起きたこの別荘の中で、少し場違いな様子で立っていた。

「電話をしたのはあなたですか？」若い警察官が問いかけた。

死体を見つけた女性はキッチンの椅子に腰掛け、体を丸めて顔を伏せていた。

「ええ。カレンと言います」

「危機《クライシス》担当の医者を呼ぶこともできるけど……？」

「いえ、大丈夫、と思う……」

「死んでいるのはよく知っている人ですか？」

「ええ、マリアは子どもの頃からの友達。このサマーハウスを使っていいと言われて、週末をここで過ごすつもりで来たんですけど」

「それじゃ、家の裏に停めてある車には気がつかなかった？」若い警察官が訊いた。

「ええ。ここに誰かいるとは思わなかったから。でも、ベッドが乱れたままだった。そしてリビングに来たら……。こんなこと、こんな！　かわいそうなマリア！　まさか、こんなことが起きてたなんて！」

「最後に彼女と話したのはいつ？」

「ほんの二、三日前。ここを借りることで」

「あなたが来る時間にはここにいると言っていましたか？」

「いいえ、そうは言っていなかった。サマーハウスを貸してくれるかと訊くと、もちろんよ、と即座に言ってくれたけど」

「そのとき、彼女は……元気だった？」

「ええ、元気だったと思う。鍵を受け取りに行ったときに会ったけど、いつもどおりだったわ」

「彼女はあなたがここに来ることを知っていた？」

「もちろん。え、今の質問、どういう意味？」

「彼女はあなたが見つけてくれるとわかっていたのではないかということ」

警察官は話しながら、カレンのそばに椅子を引いてきて腰を下ろした。カレンは彼の腕を摑んで、問い質した。

「なぜ、そんなことを言うの？」

「はっきりしたことは言えないけど、彼女はあなたが見つけてくれるとわかっていたということ。つまり、初めからそう想定されていたのかもしれないということ」

「そんな……。なぜそうしたと思うの？」

「いや、そうではないか、と言ったまでで」

「でも、そうかもしれない。確かに彼女はあたしがこの週末ここに来ると知っていたわけだから……。彼女は……彼女はいつ、実行したのかしら？」

「まだ確定的じゃないが、医者は昨夜以前だと言っている。おそらく死んでから二十四時間は経っていると」

カレンは両手で顔を覆った。

「ああ、何ということ！　信じられない。この家を貸してくれなんて言うんじゃなかった。マリアの夫にはもう連絡したの？」

「今、彼のところへ警察から人が向かっている。確か住所はグラファルヴォーグルですね？」

「ええ。でも、いったいなぜマリアはこんなことしたのかしら。ああ、なぜ人はこんなことするのかしら？」

「絶望したんじゃないですか？」と言って、警察官は医者を手招きした。「不安に駆られて。そういうものを彼女に感じなかった？」

「二年前にお母さんを亡くしたのよ」カレンが言った。「それがものすごいショックだったみたい。お母さん、がんで亡くなったの」

「そうか」警察官がうなずいた。

カレンは泣きだした。警察官は医者を呼ぼうかとふたたび訊いたが、彼女はただ首を振って、大丈夫、できればもう家に帰りたい、と言った。警察官は、もちろんそうしていい、なにか訊きたいことがあったら、あとで連絡すると言った。

警察官はカレンと一緒に外に出ると、彼女の車のドアを開けた。

「一人で大丈夫?」と訊いた。

「ええ。大丈夫、と思うわ。ありがとう」とカレンは応えた。

警察官はその場に立ったまま、カレンが車を方向転換させて走りだすのを見送った。家の中に戻ると、死体は梁《はり》から下ろされ、床に横たえられていた。警官は膝を折ってそばに座った。女性は白いTシャツにブルージーンズ、裸足のままだった。ダークヘア、短髪で顔は細く、体も華奢《きやしや》だった。女性の体はもちろん、家中のどこにも争った形跡がない。ただ、彼女がロープを梁に巻きつけるときに使ったと見られるスツールが、一脚床に転がっているのだけが目を引いた。使われた青色のロープはどこのホームセンターでも買えるような代物。今それは彼女の細い喉に深く食い込んでいた。

「ぶら下がってからどのくらいで死んだのだろう?」警察官が訊いた。

「二分、かな。もしかするともっと短かったかもしれない、意識がなくなるまで」医者が答えた。

警察官は立ち上がり、家の中を見渡した。普通の、ごく一般的なアイスランドのサマーハウスに見える。革のソファセット、センスのいいダイニングセット、そしてモダンなキッチン。リビングルームの壁にはぎっしり本の詰まった書棚。そのうちの一つに近づくと、ヨン・アルナソンの書いたアイスランドのサーガ集が五冊、それも革表紙のものが並んでいた。〝幽霊ものだ〟と彼は心の中で呟いた。他の棚にはフランス文学書、アイスランドの小説、棚のところどころに本ではなく陶器や磁器の飾り物が置かれていて、また額縁入りの写真も飾ってあって、それらのうちの三つは同じ女性の若い頃、中年、そして年を取ってからの写真だった。壁にはグラフィックアート、小さな油絵、そして水彩画も何枚か飾ってある。

警察官はそのまま寝室と思われる部屋へ足を向けた。ダブルベッドは片側だけ使われたままになっていた。ナイトテーブルの上に本が数冊あった。一番上にあったのはダーヴィッド・ステファンソン・フラ・ファグラスコーギの詩集だった。

警察官は好奇心からその家の中を覗いて見て回っているわけではなかった。争った痕跡はないか、女性が自らキッチンからスツールを持ってきて梁の下に置き、その上に乗ってロープを首に巻き、椅子を蹴ってぶら下がったことに間違いないかを調べていたのだ。唯一彼にわかったのは、安らかな、静かな死、ほとんど尊厳に満ちた死だったということだった。

セルフォス警察の同僚がやってきた。

「どうだ、なにか見つかったか？」

「いや、なにも。これは自殺ですね、間違いなく。他のことを示唆《しさ》するものはなにもない。自ら命を絶ったのでしょう」

「ああ、そういうことだろうな。他殺の疑いはない」

「引き揚げる前に梁から下がっているロープを切りましょうか？　この女性、結婚してるんですよね？」

「ああ、そうしてくれ。うん、そうなんだ。旦那は今こっちに向かっているらしい」

警察官は床に落ちたロープを拾い上げて巻いた。首吊りの輪はいかにも慣れない人間の作った結び目だった。結び方も下手で、ロープが結び目からまっすぐに出ていない。自分ならもっと上手に首吊り縄が結べると思いながら、いや、グラファルヴォーグルに住む一般女性にそんなことを期待すること自体無理だろうと思った。この女性は自殺することをよくよく考えてから実行したのではないような気がした。もしかすると、熟考の末ではなく、衝動的なものだったのではないか。

テラスのドアを開けて外に出た。シンクヴァトラ湖の水際は階段を二段下がって、五、六歩のところから始まる。この数日めっきり寒くなって霜が降り、岸辺には薄い氷が張っていた。岸辺と湖が氷で繋がり、薄いガラスのようになっている。その氷板の下でゆっくりと湖水が揺れていた。

3

エーレンデュルはグラファルヴォーグルにあるごく一般的な家に車で乗りつけた。その家は小道の行き止まりで、Uターンゾーン近くの眺めのいい場所にあった。他にも家が数軒見える。家々は外観がよく似ていた。白、青、赤の外壁で、どの家にも自動車二台分のガレージがある。外灯があり、あたりが整然としていた。家々の庭はよく手入れされていて、芝生は刈り込まれ、木々にも人の手が入っているのがわかる。四角く刈られた垣根がどこまでも続いている。これから訪ねる家は周りの家よりも少し前に建てられたもののようだ。また、家のスタイルもこの家だけ違っている。窓の上部がアーチ状ではないし、玄関ドアの支柱も派手なものではない。ガラス張りのテラスルームもない。白い外壁で、屋根は平ら、そしてコトラフィヨルデュルとエシャの山々に向かって大きなパノラマ窓がある。よく手入れの行き届いた、整然とした広い庭がその家を囲んでいた。薔薇《ばら》やパンジー、それに様々な香草が枯れたまま庭に残っている。

このところ、気温はこの季節には珍しいほど低く、北風が吹き、霜の降りる日々が続いていた。道路沿いの木々の枯れ葉が風で吹き飛ばされ、行き止まりのUターンゾーンに溜まっている。エーレンデュルは車を降りて家を見上げ、深く息を吸い込んでからゆっくりと歩き始めた。これで今週二人目の自殺者だ。もしかすると、晩秋であること、これから長くて暗い冬が始まることと関係があるのかもしれない。

いつもながら、死者の縁者にレイキャヴィク警察からの通知をするのは彼の役割だった。セルフォス警察はこの件はレイキャヴィク側に扱ってもらうのが適切であるとしてこちらに回してきたのだ。レイキャヴィクの牧師もすでに送り込まれていた。エーレンデュルが着いたとき、牧師は亡くなった女性の夫と一緒に家のキッチンにいた。玄関ドアを開けたのは牧師で、そのままエーレンデュルをキッチンに案内した。グラファルヴォーグルの牧師であると自己紹介しながら、マリアの相談を受けていた者ではないと言い、担当の牧師は今不在で自分が代わりに来たと説明した。

マリアの夫はテーブルに向かって身動《みじろ》ぎもせずに座っていた。ジーンズにワイシャツ姿で、筋肉質の男だった。エーレンデュルは警察の者だと名乗って握手を交わした。マリアの夫はバルドヴィンと名乗った。牧師はキッチンの入り口に立っていた。

「これからサマーハウスに行こうと」とバルドヴィンが言った。

「ああ、遺体はもう……」エーレンデュルが言いかけると、「聞くところによると……」バルドヴィンが話し始めた。エーレンデュルは相手をさえぎって言った。

「一緒に行きますか？　ただ、遺体はもうレイキャヴィクに移されています。バロンスティーグルにある遺体安置所《モルグ》に。セルフォスの病院の安置所に送るよりもその方が都合がいいかと思ったので」

「ああ、確かにその方が」

「遺体の確認が必要です」

「もちろん」

「奥さんはサマーハウスに一人で?」

「ええ。二日前に、向こうで仕事をすると言って出かけ、今晩帰ってくる予定だった。遅くなるとは言ってましたが。週末女友達にサマーハウスを貸すとかで。その友達に会ってからこっちに戻ると言ってました」

「その友人、カレンが奥さんを発見した。その女性のことはご存じ?」

「知ってます」

「あなたはこっちにいた?」

「ええ」

「最後に奥さんと話をしたのはいつ?」

「昨日の晩。これから寝るところだと言ってました。携帯電話からだった」

「ということは、今日は朝から彼女とは話をしていない?」

「そう、していない」

「あなたが向こうに行く予定はなかった、と?」

「ええ。妻と私はこの週末は二人でこっちにいる予定でしたから」

「しかし、奥さんは向こうに残って友達を待っていた?」

「ええ、そうらしい。牧師さんの話では……、マリアは昨日の晩……?」

「医者はまだ死亡時間を特定していないです」

バルドヴィンは黙った。

「奥さんは今までも、このようなことを？」エーレンデュルが訊いた。

「このようなこと？　自殺の試み、ですか？　いや、一度もない」

「落ち込んでいたことは？」

「気落ちしているとか、ふさいでいるということはあったが、こんなことは……このようなことは……」

いきなり彼は泣きだした。

牧師はエーレンデュルに今日のところはここまで、という合図を送った。

「失礼」と言ってエーレンデュルは立ち上がった。「日を改めてまた。誰か、来てもらいたい人は？　それとも危機救援《クライシスヘルプ》の人を呼びましょうか？」

「いや、それは……大丈夫」

エーレンデュルは厚い本がぎっしりと並ぶ大きな書棚の前を通って玄関へ行った。さっき到着したときにガレージに大きなSUV車があることに目が留まった。

このような暮らし、このような家《ホーム》があるときに人はなぜ自殺などするのだろう？　ここには本当に生きる希望がなかったのだろうか？

そんなふうに考えても仕方がないことは知っていた。経験から、自殺はまったく理解不能なもので、経済事情とは関係ないということを知っていたからだ。また人は、突発的に自殺するものであることもまた知っていた。若者、中年、老人と、年齢と関係なくある日突然人は命を絶つのだ。ときには長い間の深い鬱《うつ》状態、そして何度かの未遂のあとに実行されることもある。また、周囲にとってはいきなり、雷が落ちるように自殺してしまう人間もいる。〝彼がそんなことを考えていたなんて、家族は、まったく知らなかった〟とか、〝あの子はなにも言わなかった、私たちには知りようがなかった〟と嘆き、どうすればよかったのかと答えを探して苦しむ。信じられないという思いと慄《おのの》きで自分を責める。なぜ？　どうしてこんなことになったのか？　もっとなにか自分にできることはなかったのか、と。

バルドヴィンは玄関までエーレンデュルを見送った。

「奥さんは少し前に母親を亡くしたそうですね」

「ええ」

「それで落ち込んでいたということは？」

「ああ、それはもう。しかしそれでも、今回のことは私には理解不能だ。確かに気落ちはしていたが、こんなことになるとは」

「そうでしょうな」とエーレンデュル。

「警察にとってはよくあることなのでしょうね」バルドヴィンが言った。「自殺は」

「確かに、残念ながら、こういうことはときどきありますね」

「あの……、彼女は苦しんだでしょうか？」バルドヴィンが訊いた。

「いや。それはなかったでしょう」

「私は医者です。本当のことが聞きたい」

「本当のことですよ」

「妻は長い間鬱状態だった。だが、そこから抜け出そうとはしなかった。今思えば私はなにかすべきだった。彼女がどんなに苦しんでいるのか、もっと理解しなければならなかった。マリアと母親のレオノーラは非常に緊密でした。マリアはどうしても母親レオノーラの死が受け入れられなかったんです。レオノーラはまだ六十歳だった。人生の頂点で亡くなったんです。がんだった。マリアは母親が亡くなるまで懸命に看病した。彼女は母親が亡くなったあとの落ち込みからまだ立ち直っていなかったんです。一人っ子でした」

「大変でしたね。想像がつきます」

「いや、彼女の精神状態は、他人にはなかなか理解できないと思う」バルドヴィンが言った。

「そうかもしれない」エーレンデュルはうなずいた。「父親は?」

「父親はずっと前に亡くなってます」

「マリアは信心深かった?」玄関ホールの壁に飾られたイエスの像に目を留めてエーレンデュルが訊いた。

「ええ」と夫は答えた。「教会にはよく通っていて、私などよりよっぽど神を信じていましたよ。その傾向は毎年強くなっていた」

「そうですか。あなたは神を信じていない?」

「そうですね。信じているとは言えないな」バルドヴィンは深い溜め息をついた。

「私には……、とても信じられない。すみません、私は……、私は……」

「わかりました。申し訳ない。それではこれで」

「これからバロンスティーグルの方に行きます」バルドヴィンが言った。

「それがいい。法医学者が遺体を調べるはずです。このようなケースではそれが規則なので」

バルドヴィンはうなずいた。

まもなく牧師とバルドヴィンが車を出し、エーレンデュルがそのあとに続いた。ガレージから車を出してバックミラーを見たとき、リビングのカーテンがほんの少し揺れたような気がした。エーレンデュルはすぐにブレーキを踏んで車を止め、しばらくバックミラーを睨んでいた。だが、カーテンはまったく動かなかった。きっと気のせいだろうと思い、エーレンデュルはブレーキを踏んでいた足を外して走りだした。

マリアは母親のレオノーラが亡くなってからの数週間、そしてそれに続く数カ月は完全に打ちのめされていた。訪問客を断り、電話にも出なかった。バルドヴィンは二週間休暇をとって彼女を慰めようとしたが、彼が世話をしようとすればするほどマリアはそれを拒んだ。バルドヴィンは無気力と鬱《うつ》症状を改善する薬を注文して勧めたが、マリアはいらないと言って断った。訪問治療をする精神科医を見つけたが、彼女はそれも断った。自分一人で悲しみと向き合う、と。時間がかかる、それを理解してほしいと言った。自分はこのような経験を前にも一度したことがある、今度もまた大丈夫、切り抜けることができる、と。

不安、鬱状態、食欲減退、体重低下、無気力などは以前にもあった、これらが理由でなにもする気が起きないし、なににも関心がもてない、できることは、悲しみの中で自分が作り出した小さな自分だけの宇宙に沈むこと、それだけだとマリアは思っていた。何者もその小さな宇宙に足を踏み入れることはできない、と。彼女は父親が死んだときもこのような経験をしていた。だがあのときは母親が大きな支えになってくれた。父親が死んでからの数年間、マリアはしばしば父親の夢を見た。夢はたいていの場合、延々と続く悪夢に変わるのだった。そしてまた彼女は幻影にも苦しめられた。あまりにもはっきりと父親の姿が見えるので、本当はまだ生きているのではないかと思うほどだった。そうなのだ、本当は死んでいないのかもしれない、と。また夢の中だけでなく目が覚めているときも、父親を近くに感じることがよくあった。父親の吸う葉巻の匂いを感じることもあった。いや、それればかりか、父親がそばに立って自分の一挙手一投足を見ていると感じることさえあった。その頃はまだ子どもだったので、父親が別の世界から訪ねてきたのだと思ったものだ。

レオノーラはリアリストで、マリアに見える光景、聞こえる音、感じる匂いなどは、悲しみを受け入れるための自然な反応だと言った。マリアと父親の関係は非常に密接だったから、彼の死は大きなショックで、その衝撃がマリアに様々な反応を引き起こしているのだとレオノーラは分析した。ときには父親の姿が見え、ときには彼を思わせる匂いが感じられるのはそのせいだ、と。レオノーラはこれを内なる目と呼んだ。その内なる目が想像の世界で命を得たのだと言った。マリアはショックに敏感で、神経が繊細《せんさい》で傷つきやすく、そのために感覚が鋭敏になっているのだが、それも時とともに消えるだろう、と。

「でも、それがママの言う〝内なる目〟のせいではなかったら？　パパが死んだときにわたしが見たのは、二つの世界の境界にあるものだったら？　もしかするとパパはわたしに連絡したいのかもしれない。なにかわたしに言いたいのかも？」

マリアが母親のベッドサイドにいたときのことだった。レオノーラの死が決定的なものになったとき、二人は死について正直に、思うところを話すようになっていた。

「あなたが今まで読んできた光に向かうトンネルについての本は、わたしもすべて読んだわ」

レオノーラが言った。「人が言う、永遠へのトンネルというものは本当にあるのかもしれない。

永遠の命というものが本当にあるのかもしれない。わたしにもまもなくそれがわかるようになるでしょう」

「間違いなく、はっきり見たという証言が今まで数えきれないほどあるわ」マリアが言った。「いったん死んだあと、こっちに戻ってきた人たちの話で。臨死体験というものよね。死んだあとの世界、光景を垣間見た《かいまみた》という話よね」

「わたしたち、それについては何度も話した……」

「そんな話が本当ではないとは言えないと思うの。少なくともその中のいくつかは」

レオノーラはしょんぼりとうなだれている娘を重い瞼《まぶた》の隙間から見た。レオノーラの病気は彼女自身よりも娘の方に重くのしかかっている。もうじき死が母親に訪れるという思いにマリアは耐えられない。だがレオノーラが亡くなったら、彼女は一人で生きなければならないのだ。

「わたしはリアリストだから、そんなことは信じないわ」とレオノーラが言った。

二人はそのまま長いこと沈黙していた。マリアは沈み込み、レオノーラはうつらうつらと眠っているようだった。二年間の闘病生活が今まさに終焉を迎えようとしていた。がんの勝ち、である。

「合図を送るわ」と言ってレオノーラがそっと薄目を開いた。

「合図って?」

レオノーラはモルヒネで感覚が麻痺《まひ》している中から答えた。

「なにか……簡単な合図」

「例えば？」マリアが訊いた。

「なにか、簡単ではっきりした合図。夢のような、抽象的なものではなく」

「向こう側に行ってから、ママはわたしになにか合図をくれるということ？」

レオノーラはうなずいた。

「そう。死後の世界というものが、空想の産物ではないのなら」

レオノーラは眠りに入ったように見えた。

「マリア、知ってるでしょう……わたしが好きな作家を」

「ええ。プルースト」

「そう……。気をつけていてね」

レオノーラは娘の手を取った。

「プルースト」と溜め息をつくように言い、レオノーラはまた眠りに落ちた。その夜、彼女は意識を失った。そしてそのまま目を覚ますことなく、二日後に亡くなった。

レオノーラが亡くなってから三カ月後、マリアはある朝ビクッと体を動かして目を覚ました。バルドヴィンは朝早く出かけ、彼女は一人だった。恐ろしい悪夢と、長い間の無気力、ストレスが重なってすっかり疲れていた。キッチンへ行こうとしたとき、急に誰か自分以外にも人が家の中にいる気配が感じられた。もしかして泥棒に入られたのかと怖くなってあたりを見回した。誰かいるかと声をあげた。泥棒ではありませんようにと祈りながら。

マリアは立ち止まった。母親が愛用していた香水の匂いが微《かす》かに漂っていた。

目の前を凝視した。薄暗いリビングルームの書棚の前にレオノーラが立って、なにか言っている。だが、その言葉は聞き取れなかった。

マリアはその場に立ち尽くした。母親はマリアが見ている間に、現れたときと同じようにすっと姿を消した。

4

エーレンデュルは自宅に戻り、キッチンの明かりをつけた。ズンズンズンという重い響きが上の階から聞こえてくる。つい先日若いカップルが引っ越してきて、毎晩爆音としか言えないほどの大音量で音楽をかける。とくに週末などは最大ボリュームと大声が階下のエーレンデュルの部屋まで響く。彼らの部屋に行く客が廊下や階段を上り下りする足音が明け方まで騒がしい。階段近くの部屋の住人たちが注意したところ、彼らは気をつけます、これからはもうしませんと言ったらしいが、騒音は相変わらずだった。エーレンデュルにとっては、音楽そのものではなく、スピーカーから流れる重いズンズンズンという音の繰り返しとそれにときどき加わる叫声《シャウト》の方がうるさかった。

ノックの音がした。

ドアを開けると「外から明かりが見えた」と息子のシンドリ＝スナイルが立っていた。

「入れ。今グラファルヴォーグルから帰ったところだ」とエーレンデュル。

「なにかあったの？」と言いながら、シンドリ＝スナイルは部屋に入り、ドアを閉めた。

「ああ、常になにかはある。いつものことだ。コーヒーでも飲むか？　それともなにか食べるか？」

「それじゃ、水をコップに一杯」と言ってシンドリはポケットからタバコを取り出した。「俺、今休みなんだ。二週間の休み」そう言うと、シンドリは天井を見上げた。大爆音でロックミュージックが聞こえてくる。エーレンデュルは今やすっかり慣れてしまい、気づいてもいなかった。

「なに、この音は？」

「新しく引っ越してきた連中だよ」と言うエーレンデュルの声がキッチンから聞こえた。「エヴァ＝リンドと最近話したか？」

「いや、ここんとこ話してない。ママと最近ケンカしたみたいだ。何でケンカしたのかは知らないけど」

「母さんとケンカしたって？」と言って、エーレンデュルはキッチンの入り口まで出てきた。

「何のことで？」

「あんたのことで、だろ。よく知らないけど」

「なぜあの二人が俺のことでケンカするんだ？」

「直接訊いてよ、エヴァに」

「エヴァは働いてるのか、この頃」

「うん」

「ドラッグは？」

「やってないと思うよ。でも、ミーティングには来ないんだ、誘っても」

エーレンデュルはシンドリがアルコール依存症グループのミーティングに出ていることを知っていた。まだ若いにもかかわらず、彼はアルコールとドラッグ両方の依存症だったのだが、自ら奮い立ってそこから脱け出すために真剣に取り組んでいる。姉のエヴァ=リンドもこのところ薬物はやっていない。しかし彼女は勉強会とか治療を受けたりするのを嫌い、自分なりの方法で依存症から抜け出すことができると思っているのだ。

「それで？　グラファルヴォーグルでなにか起きたの？」

「自殺者が出た」

「犯罪と関係あるの？」

「いや、自殺は犯罪ではない」エーレンデュルが答えた。「ただし、残された者たちにとっては犯罪に等しいかもしれないが」

「俺、自殺した人、知ってるんだ」

「そう？」

「うん。シミという子」

「どんな子だった？」

「いい子だったよ。夏に自治体の仕事をしたんだけど、そのとき一緒だった。クールなやつでさ、全然話をしないんだ。でもある日、なにも言わないまま首を吊って死んでしまった。うん、仕事場で。労働者用のバラックがあったんだけど、そこで首を吊って。世話人の男が発見して、ナイフでロープを切って床に下ろしたんだ」

「自殺の理由はわかったのか?」

「いや、わからなかった。シミは母親と一緒に暮らしていた。俺、一度だけ彼と飲みに行ったことがあるんだ。彼はそれまで酒を飲んだことがなかった。だから吐いちゃってさ」

シンドリは首を振った。

「そう、シミ。変わったやつだったな」

階上のステレオからズンズンズンという音が絶え間なく響いてくる。

「どうにかした方がいいんじゃないの?」と言って、シンドリが目を天井に向けた。

「人がなにを言っても、聞く連中じゃない」エーレンデュルが言った。

「俺が行って話そうか?」

「お前が?」

「止めるように言えるけど? そうしてほしければ」

エーレンデュルは考えた。

「ああ、やってみてくれ。俺はそんなことをする気力はない。ところで、お前たちの母さんとエヴァ=リンドは何のことでケンカしたんだ?」

「俺は口を挟まないから、知らないよ」シンドリが言った。「で、なに、そのグラファルヴォーグルの自殺って? なにかおかしなところがあるの?」

「いや、単に悲劇的な出来事。それだけだ。妻が一人でサマーハウスにいるときに自殺したんだ。夫の方は家にいた」

「その男はなにも知らなかったの？」

「ああ」

シンドリが帰ったあとまもなく階上の爆音が止んだ。エーレンデュルは天井を見上げた。それから玄関へ行き、ドアを開け、シンドリ＝スナイルの名前を呼んだ。が、すでに彼の姿はなかった。


数日後、エーレンデュルはシンクヴェトリルの湖畔の家で発見された女性、マリアの検死報告を受け取った。首吊り自殺であるということ以外には異状はなく、外傷もなし、血液に異物が混入された形跡もなかった。健康状態は良好だった。彼女が自殺を選んだ理由を説明する生物学的な根拠はなかった。この検死報告を説明するためにエーレンデュルはマリアの夫バルドヴィンにもう一度会うことになった。ランチタイムにグラファルヴォーグルの家に車を走らせ、玄関ドアをノックした。この訪問にはエリンボルクも同行した。最初は仕事が山積しているから時間がないと断られたのだが、エーレンデュルと一緒に行くことになっていたシグルデュル＝オーリがインフルエンザでその日欠勤したため、やむなく同行してくれたのだった。エーレンデュルは時計を見た。

バルドヴィンは二人を中に入れ、リビングに通した。仕事は当分休んでいて、母親が二日ほど泊まってくれたが、もう帰ったと言った。同僚や友人が来てくれたし、花も届けられた。今は葬式のための準備をしていて、何人かが弔辞《ちょうじ》を書いてくれている。コーヒーを淹れながら、バルドヴィンはポツポツと話した。元気がなく、動きもゆっくりしていたが落ち着いた様子だった。エーレンデュルは検死報告の内容を口頭で伝えた。死因は自殺と認定された、と。そして、悔やみの言葉を付け加えた。エリンボルクは黙っていた。

「誰か、一緒にいられる人がいるといいのだが」エーレンデュルが言った。「このような状況下ではその方が気分が落ち着くでしょうから」

「母と姉たちが来てくれる。だが、一人でいる方が気が休まることもあるので」

「ああ」エーレンデュルがうなずいた。「確かに、一人の方がいいということもありますね」

エリンボルクがちらりとエーレンデュルを見た。エーレンデュルは一人でいることをなにより好む人間だ。自分がここにいる必要などないのではないか、と彼女は思っていた。自分は何のために来たのだろう。エーレンデュルはただ、検死報告をこの男に伝えるだけだと言った。長くはかからない、と。だが今、彼はこの男とまるで旧知の仲のように親しげに話し始めているではないか。

「自己嫌悪に陥ってしまうのですよ」バルドヴィンが言った。「自分がなにか悪いことをしたような気分になる。なにかもっとできたのではないかという気がしてならない」

「それは自然な反応ですよ」とエーレンデュル。「我々は仕事上、自殺した人をよく見るんです。このようなことが起きたとき、たいていの場合、家族は、あるいは周囲にいた人たちは力を尽くしているものです。いや、すべてやっていると言ってもいいかもしれない」

「私はまったく思ってもいなかった」夫は言った。「それだけは言いたい。知らせを受けたときほど驚いたことは今まで一度もない。それがどんなにショックだったか、あなたたちには想像もつかないと思う。私は医者という職業上、普通の人に比べてこういうことには慣れていると思うでしょうが、こんなことに慣れている人なんていませんよ。ましてや自分の妻なら……」

なにかしゃべりたかったのだろう。彼は妻との出会いについて語りだした。大学時代からの付き合いで、マリアは歴史学とフランス語を専攻した。彼は高校時代に演劇部に所属し、大学では最初演劇科を専攻したが、途中でコースを変えて医学部に編入したと。

「彼女はその後、歴史学を生かす分野で仕事をしていたのですか?」とエリンボルクが訊いた。

彼女自身は地理学を専攻したが、今はそれとはまったく関係のない職業についている。

「ええ」とバルドヴィン。「在宅でね。地下に仕事部屋があるんですよ。たまに教壇に立つこともあったが、企業や研究所などからの依頼を受けて、リサーチや研究を発表したりしていました」

「こちらにはいつ頃から住んでいるのですか?」

「結婚当初から」と言って、バルドヴィンは広いリビングルームを見渡した。「学生時代から。」

つまりマリアと付き合い始めたとき、私はマリアとレオノーラが住むこの家に移ってきた。マリアは一人っ子で、母親が亡くなったときにこの家を相続している。この家はこの辺が都市計画で開発されて戸建ての家の建築ブームが始まる前に建てられたもので、見ればわかるように、この家だけ周りの家とは様式が違います」

「確かにあたりの家々よりも古いように見えますね」エリンボルクが言った。

「レオノーラは最後までここで過ごしたんですよ」バルドヴィンが言った。「ここの一部屋でね。がんの診断が下りてからの三年間、ここで暮らして亡くなった。入院を拒みましたのでね。自宅で死にたいというのが望みだった。マリアが一人でずっと看病してたんです」

「奥さんにとっては大変だったでしょうね」エーレンデュルが口を挟んだ。「奥さんは宗教心に篤《あつ》かったと先日聞きましたが」

エーレンデュルはエリンボルクがちらりと時計を見たことに気づいた。

「そのとおり」とバルドヴィンは答えた。「子どものときの宗教心を失わなかったのでしょう。レオノーラが病気になってから、二人はよく宗教と信心について話していた。レオノーラはそういう女性だった。オープンで、がんについて話すことを恐れなかったし、死について話すことも恐れなかった。死ぬ準備をするにあたって、それは大いに助けになったはずです。彼女は最後には満足してこの世を去ったと思いますよ。いや、与えられた状況においては、ということですが。私は仕事上、このことがよくわかる。誰も死にたくない。しかし、気持ちが穏やかで、身近な人もまたそれを分かち合っていれば穏やかに死ねるんだと思います」

「彼女の娘であるマリアもまた死を受け入れていたという意味ですか？」エーレンデュルが訊いた。

バルドヴィンは一瞬考え、それから言った。

「さあ、それはわからない。どうだったろう。彼女の終わり方を思えば、満足していたとはとても言えないと思う」

「しかし、彼女は死についてよく考えていた、とは言える？」

「それは、母娘は以前からずっと考えていたと思いますよ」とバルドヴィンが言った。

「そして父親も？」

「父親はずっと前に亡くなっている」

「ああ、それは前に聞きましたね」

「私はマリアの父親には会ったことがない。亡くなったのは彼女がまだ子どものときのことですからね」

「どう亡くなったか知っていますか？」

「サマーハウスの近くで溺れたとか。シンクヴァトラ湖で。小さなボートから湖に落ちて溺れたと。その日はとくに寒い日だったらしい。父親は喫煙家で、その上あまり体を動かさないタイプの人のようでした。それで……溺死したんです」

「その年齢で父親を亡くしたのは、気の毒でしたね」エリンボルクが言った。

「彼女はその場にいたんです」バルドヴィンが言った。

「あなたの奥さんのマリアが、ですか？」エーレンデュルが訊き返した。

「ええ。まだ十歳にもなっていなかった。彼女はこのことに大きな影響を受けたと思う。じつを言うと私は、彼女はこのことから決して立ち直れていなかったんじゃないかと思っている。そして今度は母親ががんで亡くなった。マリアにとっては耐えられないほどの心の負担だったのではないかと」

「そうですね。彼女はとんでもない重荷と闘っていたんですね」エリンボルクが言った。

「そう。彼女はとんでもない重荷と闘っていた」と繰り返して、バルドヴィンは目を伏せた。

5

数日後、エーレンデュルは職場の自室で失踪事件などの報告書を読んでいた。電話が鳴り、受付にカレンという女性が来ているという。エーレンデュルはその名前を憶えていた。マリアの友人だ。サマーハウスで遺体を発見した女性である。受付へ行くと、茶色の革ジャケットにジーンズ姿の女性が立っていた。ジャケットの下に厚手の白いセーターを着込んでいる。

「マリアのことで話をしたいんですけど」握手しながら、カレンと名乗る女性は言った。「捜査を担当しているのはあなたですよね？」

「そう。しかし捜査というようなものはしていない。あの件はすでに……」

「ちょっと部屋で話したいんだけど、いいですか？」

「マリアとの関係は？」

「子どものときからの親友です」

「ああ、そうだった」

部屋に案内すると、彼女は真向かいに腰を下ろした。部屋の中は暖かかったが、彼女は上着を脱ごうともしなかった。

「なにも異常なことはなかった。そういうものがあったのではないかと疑っているのなら」とエーレンデュルが口を開いた。

「わたし、マリアのことが頭から離れないんです。毎日、彼女が目の前に現れる。マリアがあんな姿になるなんて、わたしにとってどんなにショックだったか、あなたには想像もつかないと思うけど。しかもわたしが彼女のあの姿の発見者になるなんて。マリアは一度も自殺するなんて口にしたことがない。わたしたち、それこそ何でも話す仲だったのに。わたしたちは本当に親密だったの。マリアをよく知っている人と言ったら、わたししかいないくらいに」

「それで？　彼女は自殺なんか絶対にしない人だとでも？」

「そうよ、そのとおり」カレンが言った。

「それじゃ、どうしてあんなことになったんだろう？」

「わからない。でも、彼女は決してあんなことしない人よ」

「なぜそう言える？」

「そう思うから。わたし、彼女を本当によく知っているの。彼女は決して自殺なんかしない人よ」

「自殺は、たいていの場合、突然、雷が落ちるように突発的に起きる。たとえ君に話さなかったとしても、実際に彼女が自分で命を絶ったということは十分に考えられるんだ。今度の場合、他の可能性はないと言っていい」

「わたし、彼がマリアを火葬にしたこともおかしいと思っているのよ」カレンが言った。

「なぜ？」

「もう焼いてしまったのよ。知ってた？」

「いや、知らなかった」と言って、エーレンデュルは黙ってグラファルヴォーグルの家を訪ねてからの日数を数えた。

「マリアは死んだら火葬にしてくれなんて一度も言わなかった。わたし、聞いたことない。今まで一度も。絶対に」

「もしそう思っていたのなら君に言うはずだったと？」

「ええ、そのとおりよ」

「君とマリアは葬式のことを話したことがあるのか……、いや、つまり、死んだらどのように葬られたいかなどということまで？」

「それはないけど」とカレンは口を尖らせて言った。

「ということは、君がマリアは火葬にされるのを望んでいたかどうか疑問に思うと言う根拠はないということになる」

「そう。でも、わたし、わかるのよ。マリアをよく知っていたから」

「君はマリアを知っていた。だから今君は警察に来て、彼女の死にはなにか不審な点があると正式に申し入れをしている、そういうことか？」

カレンは黙って考えている。

「ええ。わたし、何だかすべてがおかしいと思うの」

「しかしそう言いながらも君は、すべてがおかしいと思う根拠を示すことができないんだろう？」

「そう」

「我々はこの件に関してはなにもできないのではないかと思う。マリアと夫の仲はどうだったのだろう。君はなにか知っている？」エーレンデュルが言った。

「ええ」

「ええ、とは？」

「仲はよかったと思うわ」とカレンはためらいがちな口調で言った。

「つまり君はマリアの死に関して、彼女の夫がなにか関係しているとは思っていない？」

「ええ。むしろ、誰か外部の人が、例えばあの辺をうろついている外から来た人が関係しているかもしれない。それは調べた？」

「そんなことを示唆《しさ》するものはなにもなかった」エーレンデュルが言った。「マリアはあの日、君をサマーハウスで待っていたの？」

「ええ。でもそれが変。そういう約束ではなかったから」

「しかしバルドヴィンによれば、彼女は君が来るまでサマーハウスにいると言ったという」

「そんなこと、言うはずない。なぜわざわざそんなことを言う必要があったと思うの？」

「ちょっと会って君としゃべりたかったとか？」

「バルドヴィンは、マリアのママのレオノーラのこと、なにか言ってた？」

「ああ。母親の死はマリアにとって大変なショックだったと」

「レオノーラとマリアの関係は特別だったの。あんなに親密な親子関係、聞いたことも見たこともないほど。あなたは夢を信じる?」

「君の話にはついていけないな。申し訳ないが」エーレンデュルが言った。

エーレンデュルはカレンの頑固さに驚いた。が、同時に彼女の苛立ちと怒りがわからなくもなかった。親友が自殺した。それは彼女にとってまったく考えられない行為だった。もしマリアがそれほど絶望していたのなら、当然自分はそれを知っていたはずだし、自分もなにか行動していたに違いないという思いなのだ。

「あなたは夢を信じる? 死後の世界があると思う?」

エーレンデュルは首を振った。

「何の話か……」

「マリアはそれを信じていたの。夢を信じていた。夢がなにかを教えてくれる、道を示してくれる、と。彼女は死んだあとも命はある、死後の世界はあると信じていたのよ」

エーレンデュルは黙った。

「マリアの母親が印を送ってくれることになっていたの」カレンは続けた。「もし死後も命があったらの話だけど。もし彼女が永遠の命を得ていたら。わたしの言う意味、わかる?」

「いや、まったくわからない」エーレンデュルが言った。

「マリアが話してくれたのよ」カレンが話を続けた。「母親が亡くなる前に二人が何度も話していたこと、死後の世界の存在のことを。死んだあと、もしそれがわかったら、向こうの世界から、必ず母親が印を送ってくるということを」

エーレンデュルは咳払いした。

「向こうの世界から印を送る?」

「そう。もし死後の世界があったら」

「どうやって? どんな方法で、死後の世界から印を送るというんだ?」

カレンは答えなかった。

「それで? 送ってきたのか?」エーレンデュルが訊いた。

「なにを?」

「向こう側から母親は娘になにか印を送ってきたのか?」

カレンはしばらくエーレンデュルを睨んでいた。

「わたしのこと、頭がおかしいと思ってるでしょ」

「それはない。君を知らないからね」

「わたしがわざわざやってきて、とんでもなくくだらないことをしゃべってると思っているんでしょ」

「いや、そんなことはない。ただ、君の話と我々警察はどう関係があるのかがわからないだけだ。それを言ってくれないか? 死後の世界からの印だって? 我々警察にそれをどう調べろというんだ?」

「あなたにできることは、最低限、わたしの話に耳を貸すことよ」

「聞いてる」

「いいえ、聞いてないわ」

カレンはハンドバッグからカセットテープを取り出し、エーレンデュルの机の上に置いた。

「これがもしかすると役に立つかもしれない」

「それは？」

「これを聴いたら、わたしに電話してちょうだい。聴いたあと、あなたが何と思うか知りたいから」

「約束は……」

「わたしのためにお願いしてるんじゃないの」カレンが言った。「マリアのために。これを聴いたら、マリアがどんな状態だったかわかるから」

カレンは立ち上がった。

「マリアのためにそうしてほしいの」

そう言って、カレンは部屋を出て行った。


その晩彼はテープを持って家に帰った。それはタイトルが書かれていない、無印のカセットテープだった。どこかに古いラジオがあるはず。確かそれでカセットテープが聞けるはずだ。彼は一度もそのラジオについているカセットプレーヤーを使ったことがなかった。果たして使えるものかどうかもわからなかった。テープを手に持ったまま、しばらく彼はこれを聞くべきかどうか迷った。

ラジオが見つかった。蓋を開けてテープを入れ、ボタンを押した。最初はなにも聞こえなかった。さらに数秒後もテープはただぐるぐる回るだけだった。エーレンデュルはテープにはなにか死んだ女性が好きな音楽でも入っているのだろう、マリアは宗教心が篤《あつ》かったらしいから、賛美歌のような教会音楽でも入っているのではないかという気がしていた。カセットからカサカサという音が聞こえ始めた。

「……トランス状態に入ったら」という男性の太い声が聞こえた。

エーレンデュルはボリュームを上げた。

「……」

「その状態になったら、もうこの私はいない。向こうにいる人が私を通して話すか、あるいは私になにか見せてくれる。私は純粋に道具として機能するだけ。親しい人、愛する人とコンタクトを持ちたいと願う人々のための純粋な道具となる。時間は長かったり、短かったり、コンタクトがうまくいくかどうかにかかっている」

「はい、わかりました」緊張した女の声が聞こえた。

「お願いしたものは持ってきたかね？」

「ええ、愛用のセーターと、父からもらった指輪。母が一生指にはめていたもの」

「ありがとう。それをこっちにもらいましょう」

「ええ、どうぞ」

「あとでこのテープをあなたにあげよう。憶えておいて。前回は忘れたね。忘れ物は誰にでもよくあることだが」

「はい」

「それでは始めよう。怖いかね？　最初のとき、少し怖いと言ったね。このようなことをするとなにが出てくるかわからないから怖いという人もいる」

「いいえ、もう怖くないです。もともと怖がりではないの。ただ少し不安なだけ。このようなこと、今までしたことがないから」

長い沈黙。

「水面がキラキラ光っている」

沈黙。

「夏。草むらも水面もキラキラ輝いている。太陽の光に当たって輝いている湖のようだ」

「ええ」

「湖のそばにボートが一艘ある」

「ええ」

「小さいボートだ」

「ええ」

「空っぽだ」

「ええ」

「なにかわかるか？　このボートの意味がわかるか？」

「父は小さいボートを持ってたわ。シンクヴァトラ湖のそばにサマーハウスがあるので」

エーレンデュルはカセットテープを止めた。これは降霊会の録音だ。か細い声の主は自殺した女性マリアだろう。だが、エーレンデュルはここで彼らが語っていることについては、彼女の父親がシンクヴァトラ湖で溺死したということ以外なにも知らない。死んだ女性の声を今テープで聞くのは何とも妙な感じだった。他人のプライベートライフに入り込んだような居心地の悪さを感じた。続けて聞いていいものか、しばらく迷ったが、話がどう続くのかを知りたい気持ちが勝り、ふたたびボタンを押した。

「葉巻の匂いがするが、彼は葉巻を吸っていたのか？」

「ええ、それもかなりのヘビースモーカーで」

「あなたに、気をつけろ、と言っている」

「ええ、ありがとう」

その後長い沈黙が続いた。聞こえたのはテープが回る音だけ。突然、霊媒師が話しだしたが、その声はまったく変わり、暗く、荒々しい声だった。

「気をつけろ……。お前は自分がなにをしているのか、わかっていない！」

その荒々しい声にエーレンデュルは飛び上がるほど驚いた。だが、次の声はまた変わっていた。

「どうだった？　よかったかね？」霊媒師が訊いた。

「ええ、そう思う」と緊張した声。「あれは……？」

とためらう声が続いた。

「聞き覚えのある声が聞こえた？」と霊媒師。

「ええ」

「そう。いや……、寒いな……、なぜこんなに寒いのか、歯が合わないほど震えが来ている……」霊媒師が言った。

「別の声だったわ」

「別の声？」

「ええ、あなたじゃなかった」

「そう？　それで、その声は何と言った？」

「気をつけろ、と」

「何のことか、私にはわからない」霊媒師の声。「私はなにも憶えていない。まったく知らない……」

「あの声は……」

「あの声は……？」

「わたしの父の声のようだった」

「だが、この冷気は……、降霊とは関係ないだろう。冷たいこの空気は。これは直接あなたと関係することだ。なにかひどく危ないもの、危険なことだ。あなたに用心せよ、警戒せよと言っているようだ」

エーレンデュルは手を伸ばしてストップボタンを押した。これ以上聞きたくなかった。テープの声の主に失礼だと思った。聞き続けることは自分の良心に反すると思った。まるで他人の部屋のドアに耳をつけて盗み聞きしているような。盗み聞きすることで女性のプライバシーを侵してしまうような気がした。そんなことはしたくなかった。

6

その高齢の男性は警察の玄関ホールで待っていた。以前は妻と一緒にやってきていたのだが、妻が亡くなって以来、男は一人でエーレンデュルに会いに来る。かつては夫婦揃って定期的に会いに来ていた。およそ三十年間、最初のうちは週に一回、その後一月に一回、そのあとは年に数回、そして年に一回、しまいには数年に一回、息子の誕生日にやってきた。エーレンデュルは長い年月に彼らをよく知るようになり、会いに来ずにはいられない彼らの気持ちも十分に理解できるようになった。彼らの末っ子、ダーヴィッドは一九七六年に行方不明になり、そのまま年月が流れていた。

エーレンデュルは男性と握手し、署の自室に迎え入れた。部屋に向かう途中、どう過ごしていたかと訊いた。老人は少し前から高齢者施設に移り住んでいるが、そこは住み心地が良くない、老人ばかりだから、と言った。彼はタクシーでやってきていた。話が終わったらタクシーを呼んでくれないかとエーレンデュルに頼んだ。

「帰りの車は手配しますよ」と言って、エーレンデュルは自室のドアを開けた。「高齢者施設ではなにも面白いことがないと?」

「そう、めったにないね」腰掛けながら、老人は言った。

老人は息子についてなにか新しいことがわかったかどうかを聞きに来たのだ。しかし新しいことなどなにもないということも彼自身十分にわかっていた。エーレンデュルはこの奇妙な頑固さが十分に理解できた。それでいつもこの夫婦に優しく対応し、彼らの言葉に耳を傾けてきた。彼らが常にニュースに注目し、新聞を読み、ラジオを聴き、テレビのニュースを見ていること、息子の失踪についてなにか手がかりになるようなものをどこかで誰かが見つけていないかとアンテナを張っていることを知っていた。だが、このおよそ三十年間、一度もそんなことはなかった。

「あの子は今日が誕生日でね。四十九歳になる」と老人は言った。「最後に誕生パーティーをしたのは、あの子が二十歳のときだった。あの子が高校時代のクラスメートを全員家に呼んだもんで、グンソルンとわしは体よく家を追い出されたよ。誕生パーティーは夜中まで続いた。それが最後で、二十一歳の誕生パーティーはなかった」

エーレンデュルはうなずいた。警察は息子の足取りが一切摑めなかった。息子ダーヴィッドの失踪届は一日半経ってから出された。時折彼は放課後友達の家に行って夜遅くまで勉強し、そのまま泊まって、家には帰らずまっすぐ学校へ行くことがあった。その朝両親には放課後友達の家に行くと言って出かけた。また、本屋に行かなければならないとも言っていた。それは高校最後の年で、春には卒業試験を受ける予定だった。息子がその日の夜家に帰らなかったので、両親は息子の友人たちに電話をかけて訊いて回った。そして息子はその日の朝、学校には来なかったことがわかった。息子の友人は、ダーヴィッドは前の晩泊まりには来なかった、そもそも泊まりに来るとは聞いていなかったと言った。前の日その友達は映画に行かないかと誘ったのだが、ダーヴィッドは他に用事があると言って断った、何の用事かは言わなかったという。他の友人知人は誰もその日ダーヴィッドを見かけなかったという。前日に登校したとき彼は薄着だった。両親には簡単に、友達の家に泊まると言っただけだったという。

ダーヴィッドの失踪は新聞やテレビで報道されたが、何の反応もなかった。時が経つにつれ、家族は希望を失って、きっと自殺したのだろうと思うようになった。そして時とともにそれはダーヴィッド自身にとっても突然のことだったに違いないと彼らは確信した。数カ月後、ダーヴィッドの失踪に何の手がかりも得られないことがはっきりしたとき、エーレンデュルもこれは自殺かもしれないと思うようになった。その状況下では、他の可能性が考えられなかった。ダーヴィッドが突然険しい山登りを始めたとか、山岳地方にトレッキングに出かけて遭難したとかいうことは考えられなかった。かろうじて考えられるのは、暴力的な者たちに襲われ、殺されて、どこかに埋められたということ。しかし家族はもちろん彼の友人たちも、彼がそんな犯罪者たちと関わりをもっていたとはまったく考えられないと強く否定した。航空機の搭乗者名簿にも彼の名前はなかったし、客船の乗客名簿にも見当たらなかった。書店の店員たちにも聞き込みをしたがその日彼を見かけた者はいなかった。

老人はエーレンデュルが勧めたコーヒーを、すでに冷めていたにもかかわらず音を立ててすすった。エーレンデュルは老人の妻の葬式に参加していた。夫婦には親戚も友人もあまりいないらしく、参列者は少なかった。ダーヴィッドの兄は妻と別れて独り身になっていた。子どもはいなかった。コーラスグループの女性数人が賛美歌を歌った。天の神さま、聞いてください……

「うちの息子のことで、なにかわかったかね?」飲みかけのコーヒーカップを手に、老人は訊いた。「なにか、新しいことは?」

「いや、残念ながら」エーレンデュルはいつものように答えた。老人がこうして何度もやって来ることを不快に思ってはいなかった。残念ながら自分にできることは、いったいなぜ息子の身にこんなことが起きたのか、なぜ何の手がかりもないのかと嘆く親の言葉に耳を傾けることぐらいだと思っていた。

「あんた方にはもちろん他にも仕事があるんだろうから」と老人が言った。

「まあ、忙しいときも暇なときもあるが……」

「いやいや、それでは今日はこの辺で」と老人は言ったが、腰を上げはしなかった。まだなにか言いたいことがありそうだ。それでも一応今回も、彼らは事件の初めから今までの経過を語り合ったのだった。

「なにかあったら、必ず連絡しますよ」老人のためらいに気づいたエーレンデュルが言った。

「ああ。いや……、エーレンデュル。わしはもうあんたに会いに来んかもしれん。あんたに面倒をかけることはもうないだろうよ。もういいんだ。そっとしておくときが来たんだと思う。いや、じつは……」老人は咳払いした。「なにかが見つかったらしい。肺になにかあると言われた。わしは吸いたいだけタバコを吸ってきたからな。それが今祟《たた》ったんだろう。何でそんなことになったのかはわからんが、ずいぶんセメントの粉も吸ってきたしな。まあ、それだけじゃないんだろうが……。それでわしは、もうこの辺でいいことにしようと思うんだ。あんたには礼を言うよ、エーレンデュル。あのとんでもなく恐ろしいことが起きたあの日、あんたが家に訪ねてきたあの日から、あんたは本当によくやってくれた。礼を言うよ。あんたが一生懸命探してくれることは最初からわかっていた。実際あんたはよくやってくれた。息子は結局見つからなかったが、それでもできることは全部やってくれた。礼を言うよ。あの子は初めっから死んでいたんだろう、この長い間、ずっとな。それはもうずいぶん前からわしたちもわかっていたさ。だが、それでも……、人は最後までもしかすると、と思うものさ。そうだろう？」

老人は立ち上がった。エーレンデュルも立ち上がり、部屋のドアを開けた。

「いつでも、最後まで人は望みを捨てないものですよ」と言って、エーレンデュルはうなずいた。「その、肺の具合は、どうなんです？」

「いや、人は誰でも年を取ると力がなくなるものさ。毎日疲れで体が動かない。まったくおしまいさ。肺の診断が出てからは、今まで以上に呼吸が苦しくなったような気がする」

エーレンデュルは署の玄関まで一緒に行った。老人を施設まで送る車を手配し、外に出て老人を見送った。

「それじゃ、これで、エーレンデュル」ボサボサの白髪、痩せて、過酷な仕事で腰が曲がった老人は挨拶した。

「体に気をつけて」エーレンデュルが声をかけた。

そのままそこに立ち、警察の車に乗り込んだ老人の姿が見えなくなるまで見送った。

マリアが連絡をとっていた牧師はエイヴルといい、担当区はグラファルヴォーグルではなく、その隣の教区だった。マリアの死を知って彼女は打ちひしがれていた。自死する以外に方法はなかったのかと。

「人生の最盛期に、まるで他になにも選択肢がないかのように死ぬことを選ぶ人々がいる。こんなことがあると、私たちはみんな子どものようなもの。泣くことしかできないんです」とエイヴルは、その日の午後遅く教会にやってきたエーレンデュルに言い、こう続けた。「魂の危《クライ》機《シス》と不幸に陥った人たちを、本来私たちは救うことができるはずなのです。そこまで行かないうちに、そのプロセスがまだ初期の段階のうちに」

「ということは、あなたはマリアがどれほど深刻な状態に陥っていたのか、わからなかった？」とエーレンデュルが訊いた。いつもながら、こういうときにプロセスという英語が使われることに苛立ちを感じながら。「マリアは神を信じていて、この教会に通っていたと聞いたんですが」

「母親が亡くなってから、マリアが落ち込んでいるということは知っていました」とエイヴルは言った。「でも、彼女がこれほど極端なことをするとは思っていませんでした」

牧師は四十歳前後で、洗練された服装にアクセサリーで身を飾っていた。紫色のスーツに指輪を三個、ゴールドチェーンのネックレスに大きなイアリング。彼女は教会に通ってきていた信徒が自死したことに関し、警察官が調べに来たことに驚きを隠さなかった。そして、真っ先にこれは警察が疑念をもつような事件なのかと訊いた。エーレンデュルは入り口で、そんなことはない、単に報告書を書き上げるために二、三訊きたいことがあるだけだと答えた。マリアが教会の牧師と話をしていたと聞いたので、その牧師に少し話を聞きたいと思ってやってきた、話の内容があとで役に立つかもしれないと思ったのでと説明した。自殺という行為の扱いは残念ながら今では警察の仕事の一つになっていて、もちろん歓迎するようなことではないのだが、自分としては自殺の原因について役だつことがあれば知っておきたいと思う、と。

エイヴルは了解した。この警察官は信頼できると直感した。

「そう、マリアが自死するとは思ってもみなかった。そういうことですね」エーレンデュルはうなずいた。「死について話したことは？」

「ああ、それはありました」エイヴルはうなずいた。「母親のことがあったので。それと、彼女がまだ子どもの頃に体験したある出来事のために。そのことはきっとご存じないでしょうが」

「父親が溺死した、ということ？」

「ええ。母親が亡くなったあと、マリアはとても落ち込んで大変だったんです。母親レオノーラの葬式はここで、私が取り仕切りました。あの母娘とはかなり深い付き合いでした。とくに母親が病気になってからは。レオノーラは強い女性でした。特別な人でしたよ。頭を下げるということを、負けるということを、知らないというか」

「なにをしていた人ですか？」

「仕事ですか？　ここの大学の教授でした。フランス語の」

「そして娘のマリアは歴史研究者だった。なるほど、それであんなに蔵書があったのか。マリアという人は深く考え込むタイプでしたか？」

「とても苦しんでいたと言っていいと思います。この話はここだけにしてください。本来私はこんなことを他の人に話してはいけないのですから。そもそも彼女が私に会いにきたのは悲しみを鎮めるためではなかった。でも、彼女が落ち込んでいることは明らかでした。教会に来ることは来るのですが、私に胸襟を開いてすべて打ち明けるということはなかったですね。私は彼女を支え、慰めようとした。でも正直言って、それはむずかしかった。マリアは怒っていました。母親があんなふうに死ぬなんてと、その死に方に怒っていたんです。天の力に対して腹を立てていた。もしかすると、信仰心も少し薄れたのではないかと思うほどに。子どもの頃から信じていた宗教が、母親があんなふうに弱って死んでしまうことに何の助けの手も差し伸べなかったと」

「しかし、神の御心は不可解だと言われていますよね。神のみが我々人間の苦しみのわけを知っていると」

「信仰が助けてくれるという思いがなかったら、私は聖職にはついていません。神を信じる心がなかったら、私たちはどうやって生きて行ったらいいのでしょう」

「マリアが〝超自然〟に関心をもっていたことは知っていましたか？」

「いいえ。でも、さっきも言ったように、彼女はすべてを話す人ではなかったし、個人的なことを話すときはとても用心深かった。とくにある範囲のことについては」

「ある範囲とは？」

「マリアは夢を信じていました。目を覚ましているときには見えないなにかが夢の中では見えると。その思いが次第に強くなって、しまいには夢は別の世界への入り口だと信じていたようです」

「別の世界？　この世のあとの世界、ということ？」

「彼女がどういう意味でそう言ったのかわかりませんが」

「それで？　あなたは彼女に何と言ったのですか？」

「教会での説教を伝えました。この世の最後の日からの復活と永遠の命を信じていると。愛する人にふたたび会うことが復活《イースター》の意味するところだと」

「マリアはそのような再会を信じていましたか？」

「ある種の慰めを感じていたことは確かだと思いますよ」


エリンボルクは二度目にエーレンデュルがマリアの夫バルドヴィンに会いに行ったときも同行した。それはエーレンデュルが牧師と話した翌日のことで、メモ帳を忘れたという口実を作ったのだった。エリンボルクはグラファルヴォーグルのその家のリビングルームでエーレンデュルの隣に腰を下ろし、再度この家に来た理由をエーレンデュルが説明するのを聞いていた。

エーレンデュルはメモ帳など一度も持ったことがないのだ。

「そういうものは見かけませんでしたね」と言って、バルドヴィンは確かめるように部屋の中を見渡した。「見つけたら連絡しますよ」

「お願いします」エーレンデュルが言った。「申し訳ない、お邪魔して」

エリンボルクはそばでぎこちない笑顔を作った。

「いや、私にはまったく関係ないことですが、マリアは、死はすべての終わりだと思っていたのでしょうかね？」突然エーレンデュルが訊いた。

「はあ？　すべての終わり？」バルドヴィンは驚いて訊き返した。

「マリアは死後の世界があると信じていたか、ということですが」とエーレンデュルが説明した。

エリンボルクはエーレンデュルをまじまじと見た。彼がこの種の質問をするなんて信じられない、という顔つきだった。今まで一度も聞いたことがなかった。

「ああ、そうだと思う」バルドヴィンが答えた。「マリアは復活ということを信じていたと思いますよ。ま、他のキリスト教徒同様に」

「人は問題にぶつかると、例えば愛する人や家族を失うと、なぜだと言って答えを探す。ときには霊媒師とか超能力者などの力を借りてまで」

「そんなことは知らない」とバルドヴィン。「なぜそんなことを訊くんです？」

エーレンデュルはカレンが持ってきた録音テープのことを話そうかと思った。が、やめた。

他のときにしようと思った。ここでカレンのことを持ち出して、彼女の不安感を彼に伝えるのはよくないという気がした。彼女の信頼を裏切ってはならない。

「いや、ちょっと自分が考えていることを口に出して言ってしまっただけですよ。いや、お邪魔してしまって申し訳ない」

エリンボルクはバルドヴィンの手を取り、握手して、元気づける言葉をかけた。

「今のはどういうことですか？」

車に戻り、エーレンデュルがゆっくり車を出すのを待って、彼女はきつい口調で言った。

「マリアは自殺したんでしょう？　死んだ人のことを引っ掻き回すなんて！　命に対する敬意というものがないんですか！」

「いや、彼女は霊媒師に会いに行ってるんだ」エーレンデュルが言った。

「そんなこと、どうして知ってるの？」

エーレンデュルはカレンから受け取ったカセットテープをエリンボルクに渡した。

「彼の妻が降霊会に参加したときの記録だ」

「降霊会？」エリンボルクが疑わしげに言った。「何ですか、それ。マリアが降霊会などに出ていたとでも？」

「全部は聞いていないが、俺はその霊媒師がどんなことをしていたのか、今回の悲劇に何らかの形で関与していないか、知りたくなったんだ」

「その霊媒師が彼女を騙した、引っかけたとでも思っているんですか？」

「ああ。湖にボートが見えるとか、葉巻の匂いがするとか言ってるが、デタラメに決まってる」

「マリアの父親が溺死したときのことを言っているのかしら」

「ああ、そうらしい」

「あなたは霊媒師を信じない？」エリンボルクが訊いた。

「ああ。バカバカしいにもほどがある」と言ってエーレンデュルは車をUターンさせた。

7

その晩帰宅するとエーレンデュルは羊肉のスライスをのせたサンドイッチを作ってコーヒーをセットし、カレンからもらったカセットテープをラジカセに差し込んだ。

マリアの自殺について考えた。自殺行為に及ぶほどの絶望感、その背景にあったに違いない深い鬱《うつ》状態。彼はそれまで自殺者たちのメモや遺書を読んだことがあった。ほんの数行のメモだったり、一語だけだったりの短い、遺書とも呼べないようなものもあったし、自殺の行為の背後にある理由を細かく書いている長文の手紙もあった。枕の上に置いてあったものも、ガレージの床にあったものもあった。書き手は父親、母親、若者、子ども、老人、一人暮らしの者。

ボタンを押してテープを聞こうとしたとき、ノックの音がした。玄関ドアを開けると、エヴァ＝リンドがさっと体を滑らせて入ってきた。

「邪魔かしら？」と言って、膝までの黒いレザーコートを脱いだ。中はジーンズと厚いセーター姿だった。「ものすごい寒さよ、外は。この寒さ、いつになったら終わるのかしら？」

「まだまだ終わらないだろうな。気象予報によると、今週いっぱいはこうらしい。こんな風は昔は狂った北風《ノルダンガリ》と呼ばれていたらしい。アイスランド語には風の言い方がいろいろある。正気《ウート》を失った風《シニングル》という言い方もある。聞いたことあるか？」

「うん、というか、知らない。シンドリ、最近来た？」と訊く。風の呼び名にはまったく興味がないらしい。

「ああ。コーヒー飲むか？」

「それで？　なにか言ってた？　あ、うん、ほしい」

エーレンデュルはキッチンへ行ってコーヒーを持ってきた。夜コーヒーを飲む量を控えようと思っている。寝る前にコーヒーを二杯以上飲むと寝付けなくなるからだ。だが眠れないときにベッドであれこれ考えるのは嫌いではなかった。ものごとを根底から考えるのにその時間ほど適切なときはないと思っていた。

「別にあまりしゃべらなかったな。お前とママがケンカしたとか言っていたが。俺に関することだとか」

エヴァはレザーコートのポケットからタバコのパッケージを取り出し、一本つまみ上げて火をつけた。それから部屋の中にフーッと長い煙を吐き出した。

「オバさん、猛烈に怒った」

「なぜ？」

「あたしが、あんたたち、会うべきだと言ったから」

「あんたたち？　お前たちの母親と俺か？　なぜ？」エーレンデュルが訊き返した。

「ママもまったく同じ言葉を吐いた。なぜって。単に会うためよ。会って話をするためよ。連絡も一切取り合わないなんて馬鹿げたことをやめるためよ。なぜそれができないの？」

「それで彼女は何と言った？」

「忘れて、だって。そんなこと、全部忘れてちょうだいって言ったわ」

「それだけか？」

「そう。それであんたは？　あんたはどう思うの？」

「俺か？　別に。向こうがそう言うのなら、それでいい」

「なに、その、それでいいって。あんたたち話もできないの？」

エーレンデュルは考えた。

「お前はなにを望んでいるんだ？　俺たちの関係がもうずっと前に終わっているのは、お前だって知っているだろう。俺たちはもう何十年も口もきいていないんだから」

「だから、それが問題だと言ってるんじゃない。あたしとシンドリが生まれてから、あんたたちは話もしてないってことが」

「お前が入院していたときに見かけたよ」エーレンデュルが言った。「あれは嫌な経験だったな。忘れてくれ、エヴァ。向こうもこっちとは会いたくないんだから」

エヴァ＝リンドは数年前に流産したことがあった。そのことを彼女は長い間悲しんでいた。長年ドラッグにはまっていたが、シンドリの話によれば、エヴァは自力で立ち直ろうとしている、そしてそれはうまくいっているとのことだった。

「本気なの？」と言って、エヴァ＝リンドは父親を見た。

「ああ、本気だ。ところでお前は最近どうしているんだ？　どこか違うように見える。少し大人になったような」

「なにそれ。大人になったって？　老けたとでもいうの？」

「いや、そういう意味じゃない。落ち着いたというか。いや、それもぴったりこないな。シンドリからお前は頑張ってると聞いてるよ」

「バッカみたい、何の話よ」

「いや、正しいんじゃないか、あいつの言うこと」

エヴァ＝リンドは答えなかった。タバコの煙を深く吸い込み、長く肺の中に保ってからゆっくり鼻から吹き出した。

「友達が死んだの。あんたが彼女を憶えているかどうか知らないけど」

「誰だ？」

「ハンナ。ミョッドのゴミ捨て場で、大きなゴミ箱の後ろにいたって。警察が見つけた」

「ハンナ……」エーレンデュルが呟いた。

「やりすぎたの。過剰摂取」

「思い出した。それほど前のことじゃないね。ヘロインをやっていた子だ。まだヘロインが流行っていなかったときに」

「あたしたち、仲が良かったの」

「そうか。知らなかった」

「あんたはたいていのこと知らないのよ。とにかく、そのとき思ったの。彼女のようにやるか、それとも……」

「それとも？」

「他のことをやってみるか。地獄から抜け出してみるか。本気で、命がけで」

「彼女のようにやるか、とはどういう意味だ？　彼女は自分でやったというのか？　過剰摂取を意図的にやったというのか？」

「わからない。どうでもよかったんじゃない、もう。なにもかも」

「どうでもよかった？」

「うん。なにもかもクソ食らえって感じ」

「あれはどういう話だったかな？」エーレンデュルが訊いた。去年の冬ミョッドのショッピングセンターで腕に注射器を刺したまま死んでいた二十歳ぐらいの若い女を思い出した。ゴミ収集の男たちが、腕に注射器を刺したまま壁に寄りかかって凍死していた女を見つけたのだ。

「あんたは相変わらずどこかの大学教授のように話すね」エヴァ＝リンドが言った。「どうだっていいじゃない。彼女は死んだのよ。それで十分じゃない？　意図的かどうかなんてどうだっていい。誰も彼女に手を貸そうとしなかったのが問題だというの？　彼女自身手を借りたくなかった、自分自身に嫌気が差していた。そんなとき他の人が手を貸すことなんかできなかった」

「なるほど。ハンナがお前にきっかけをくれたのか」エーレンデュルは控えめに言った。

「友達だった。ああ、彼女のことを話しに来たんじゃないよ。ママに会う？　あたし、会ってほしいの」

「まるで今まで俺がお前のためになにもやらなかったような言い方だな」

「ううん、十分にやってくれたよ」

「俺はお前に影響を与えることができなかった。一度もお前を助けることができなかった」

「心配しないで。自分のことは自分で何とかするから」

「彼女は自分が嫌になったんだろうか？」

「誰のこと？」

「お前の友達。ハンナ。彼女は自分に嫌気が差したと言ったね。だからヘロインの過剰摂取をしたのか？　自己嫌悪で？」

エヴァ＝リンドはタバコを揉み消した。

「わかんない。自分を大事にする気持ちをなくしたんじゃない？　どうなったってもうかまわないという気持ちだったんじゃないの？　あたしが思うに、彼女、なにより自分にうんざりしたんだと思う」

「お前もそう思ったことがあるのか？」

「ふん、千回ほどね。どうなのよ、ママに会う？」

「正直言って、会ってもどうにもならないと思う。はっきり言って、会っても彼女になにを言っていいかわからないし、最後に会ったときの彼女は、控えめに言ってもケンカ腰だった」

「あたしのために、と頼んでも？」

「それじゃ訊くが、お前は俺たちが会うことになにを期待しているんだ？　こんなに年月が経ったあとに？」

「あたしはただ、あんたたち二人に、会って話をしてほしいのよ。あんたたちが二人一緒にいるところを見たいの。そんなにむずかしいこと？　あんたたち、一緒に子どもまで作っているのに。しかも二人も。シンドリとあたしを」

「まさか、一緒に暮らせとか言うんじゃないだろうな」

悪い冗談だった。エヴァ＝リンドはしばらく父親を睨んでから言った。

「馬鹿にしないで。もう一度言ったら許さないから」

そう言って立ち上がり、バッグを手に取って部屋を出て行った。


エーレンデュルはしばらくそのまま座っていた。エヴァ＝リンドは傷つきやすい子だったことを今更のように思い出した。話せば必ず彼女を怒らせてしまう。別れた妻であり子どもたちの母親であるハットルドーラと会うことは、考えられない。彼女との関係はすっかり終わっている。それはエヴァ＝リンドがどう思おうと変わりはしない。ハットルドーラはもはやまったく他人と言っていい。

カセットテープのことを思い出し、ラジカセの前に戻った。前回聞いたことを思い出すために、少し巻き戻した。霊媒師の声が変わって、暗く、荒々しいダミ声になり「気をつけろ……。お前は自分がなにをしているのか、わかっていない！」という声が聞こえ、次の瞬間、霊媒師の声がまた変わって、寒い、と言った。

「別の声だったわ」女性の声が言った。

「別の声？」

「ええ、あなたじゃなかった」

「そう？　それで、その声は何と言った？」

「気をつけろ、と」

何のことか、私にはわからない。私はなにも憶えていない。まったく知らない……」

「あの声は……」

「あの声は……？」

「わたしの父の声のようだった」

「だが、この冷気は……、降霊とは関係ないだろう。冷たいこの空気は。これは直接あなたと関係することだ。なにかひどく危ないもの、危険なことだ。あなたに用心せよ、警戒せよと言っているようだ」

沈黙。

「大丈夫か？」

「警戒せよと言っている、とは、どういうことかしら？」

「わからないが、冷気はたいてい良くないことを表すものだということは言える」

「母を呼び出すことはできますか？」

「私は人を呼び出すことはしない。現れたいと思う人は現れるもの。私が呼び出しているんじゃない」

「でも、あれはほんの一瞬だった……」

「それはどうしようもない」

「その男の人は、とても怒っているようだった。お前は自分がなにをしているのか、わかっていない！と言った」

「それがどういう意味かは、あなたが解かなければならない」

「また来てもいいですか？」

「もちろん。どうですか、お役に立てたかな？」

「ええ、もちろん、ありがとう。でも……」

「ん？」

「母はがんで死んだんです」

「そうですか」同情するような声が聞こえた。「それは知らなかった。亡くなったのはいつですか？」

「およそ二年前」

「それで、彼女は今の降霊に出てきた？」

「いいえ。でもそんな気配があった。母がいるように感じたわ」

「彼女が現れたんですか？　あなたは他の霊媒師のところにも行ったことがあるのかな？」

この質問のあとに長い沈黙が続いた。

「すまなかった。もちろん、私には関係ないことだ」

「わたしは母が夢に現れるのを待っているんです。でも、まだ一度も」

「なぜ、それを待っているんです？」

「わたしと母は、じつは……」

沈黙。

「じつは？」

「約束したんです」

「約束とは？」

「母は、いいえ、わたしたちは……、話したんです。母がわたしになにか合図を送ると」

「合図？　どんな合図？」

「もし、死後の世界があったら、母がわたしに何らかの印《サイン》を送ってくれると」

「何らかのサイン？　夢の中で？」

「いいえ、夢の中ではなく。わたし、母の夢を見るのを待ち望んでいるんです。本当に母に会いたくてたまらないので。だけどそのサインというのはまた別のことです」

「え、それはつまり……、サインが送られてきたとでも？」

「ええ、そうだと思うんです、つい先日」

「そう？　それはどういうもの？」霊媒師は好奇心を抑えきれないようだった。「どんなサイン、どんな合図だった？　どんな形、どんな方法で？」
ふたたび長い沈黙が続いた。

「母は大学でフランス語を教えてました。好きな作家はマルセル・プルースト、『失われた時を求めて』が愛読書でした。原語のフランス語の特別装丁本を持ってます。母はプルーストを何らかの形で使うと言ってました。サインはつまり、死後の命はあるという知らせのはず」

「それで？」

「わたしのこと、頭がおかしいと思ってるでしょう」

「いや、そんなことはない。人間は長いこと死後の命というもの、死後も命はあるのかということを問うてきた。何千年もの間、科学的にも個人的にも、ちょうどあなたの母上のように。私がこのような話を聞くのは決して初めてではない。そして、私は決して人を裁きはしないということを憶えていてください」

このあと、長い沈黙が続いた。エーレンデュルはいつもの一人掛けソファに腰を下ろしてこのテープに聞き入った。亡くなった女性マリアの声になぜか強く惹きつけられた。彼女の言葉には嘘がない、心から本当のことを言っているのは間違いないと思った。彼女の話している内容自体には疑念をもったが、彼女自身がそれを信じていることには疑いがないと思ったし、彼女は実際にここで語っていることを経験したのだろうと思った。

ようやく次の言葉が続いた。

「母が死んだあと、最初の頃はわたし、リビングに腰を下ろしてプルーストの本のシリーズを睨んでいました。本から目を離すことができなかった。でも、なにも起きなかった。来る日も来る日もそうやって書棚を睨みつけていました。寝るのもその部屋で寝たんです。週が重なり、月も重なった。目を覚ませば、最初にするのは書棚を見ること。そして一日の終わりにすることはまた書棚を見てなにも起きなかったのを確かめることだった。まもなくそんなことをしても何にもならないとわかり、よくよく考えてみれば、そして書棚を見れば見るほど、こんなことをして何になる、なぜなにも起きないと疑問に思うようになったんです」

「それで？　なぜなにも起きなかったのか？　なにかわかったのかね？」

「時間がかかったけど、そのうちにわかったんです。わかってよかった、本当に。母がしたこと、母の言葉は、わたしが悲しみを生き抜くのを支えるためだったんです。母が死んだあと、わたしがすがるもの、わたしを支えるものをくれたんです。母はわたしになにを言ったところで、何の慰めにもならないということを知っていた。母はわたしのために死んだあとのことを十分に用意してくれたんです。母の体がすっかり弱ってもうなにも話せなくなるまで、わたしたちはたくさん話をした。死について話をし、もし死後の命があるのならなにか合図をくれるということになった。実際の話、母が用意してくれた、わたしが母の死を悼む行為、マルセル・プルーストを通じて母が向こうから送ってくれるなにかの合図を待つこと以上に私を助けたものはなかったんです」

沈黙。

「わたしの話、わかりますか？」

「もちろん。続けて!」

「そして先日、ことが起きたんです。母が死んで二年近く経ってから。わたしはもうだいぶ前から書棚を、マルセル・プルーストの本をチェックするのはやめていた。その日の朝、わたしは起きるとキッチンへ行ってコーヒーをセットし、新聞を取ってきました。キッチンへ行く途中、何気なくリビングに目が行ったんです……」

女性の声のあと、静かにテープが回る音だけが響いた。

「それで?」霊媒師の声が囁《ささや》いた。

「床の上に、開かれて置いてあったんです」

「なにが?」

「マルセル・プルーストの『失われた時を求めて』の第一巻『スワン家の方へ』が」

ふたたび長い沈黙が続いた。

「それで、今日あなたはなぜここに来たのかね?」

「あなたは死後の世界を信じますか?」

「ああ」霊媒師が言うのが聞こえた。「もちろん。私はもちろん死後の命はあると信じている」

8

明け方に目を覚ましたエーレンデュルの脳裏に、署に訪ねてきた老人の姿が浮かんだ。三十年ほど前に失踪した息子のことでなにかわかったことがあるかと今でも訪ねてくる父親のことだ。それはエーレンデュルが未解決事件とみなしているいくつかの事件の一つ、それも最初の一つだった。他の捜査官たちはとっくに諦めたものだ。三十年ほど前、警察本庁の建物はまだコーパヴォーグルの工場地帯にあった。エーレンデュルはこの時期、老人の息子の失踪事件の他に自分が担当したものではなかったが、二つの失踪事件があったのを憶えていた。その一つは老人の息子の件より数週間前に起きたもので、ケフラヴィークでパーティーに参加した若者がニャルドヴィークの自宅まで歩いて帰ると言って会場を出たものの、家には着かなかったという事件だった。冬のことで、その晩は吹雪になった。三日三晩の捜索ののち、海岸近くで靴が片方見つかった。若者の歩いた方向は正しかったが、吹雪に煽《あお》られて海岸まで吹き飛ばされたものと推測された。彼はパーティー会場の家からコートも着ずセーター姿のまま、かなり酔っ払って帰ったと参加した者たちが証言した。

もう一件はアクレイリの若い女性の失踪事件だった。女性はレイキャヴィクの大学の学生で、市内にアパートを借りていた。彼女がいつ失踪したかは明確ではなかった。前の月の家賃が未払いだと大家が取り立てに行ったが、彼女は留守だった。彼女は生物学の学生で、大学の授業は必ずしも出席を求めるものではなく、家で卒業論文を書いていた。一人っ子で、両親は二カ月の間アジア旅行に出かけていたため、娘とはときどき連絡を取り合っている程度だった。親たちが帰国し、娘に会いにレイキャヴィクに行って初めて彼女がいないことが判明した。親たちによれば、大家に部屋の鍵を開けてもらって中に入ると、部屋はまるでちょっとその辺に買い物にでも出かけているような様子だったという。テーブルの上には論文執筆のための本が数冊広げられていて、キッチンの流しには使ったままの皿やコップがあり、ベッドは寝て起きたばかりの状態だった。彼女はアクレイリにいる友人たちに少し前に電話をかけていて、レイキャヴィクの大学の友人二人は女性が数週間前に出身地のアクレイリに出かけたとばかり思っていたと言った。女性の愛車、ポンコツのミニもなくなっていた。

エーレンデュルはキッチンへ行き、コーヒーをセットした。トースターでパンを二枚焼き、バターを塗り、チーズとマーマレードを用意した。

カレンが持ってきたテープの内容を考えた。さて、これからどうするか。とにかく、これで少し、マリアの自殺する前の心境がわかったことになる。

シンドリとエヴァ、そして前妻のハットルドーラのことが頭から離れなかった。どんなにエヴァ＝リンドが懇願しても、前妻に会うことは考えられなかった。そもそも彼はめったに彼女を思い出すこともなかった。というのも、彼女と二人の子どもを置いて家を出るまでにどれほど激しい衝突があったかを思い出すのが嫌だったからだ。別れるまで相当の時間がかかった。喧嘩などまったくしたくなかったのだが、関係を終わらせたい、別れたいと言い出そうものなら、ハットルドーラは耳を塞ぎ、そんなことは絶対にできない、別れなくてすむように努力すればいいと言った。なにより、ハットルドーラは二人の間には何の問題もないと言い切り、エーレンデュルが言っていることは何の意味もない、自分は知らない、関係ないと主張した。

エーレンデュルは新聞をめくり始めたが、脳裏にはマリアの声と、霊媒師に言った彼女の言葉が渦巻いていた。彼女が霊媒師に会ったのはそれほど前ではないに違いない。テープでは、母親は二年ほど前に逝ったと彼女は言っていた。霊媒師との会話はこの回が初めてではなかったようだ。母親とマリアの関係は強い絆で結ばれていたらしい。その絆は父親がシンクヴァトラ湖で溺死してからさらに強固になったようだ。それにしても、母親が向こうの世界からの合図として挙げていた本をマリアが床の上に見つけたというのは偶然だろうか？　それとも何者かが仕掛けた悪意のあるいたずらだろうか？　マリアは母親が死んでから床の上に本を見つけるまでの間に、母親と申し合わせた合図のことを誰か他の人間、例えば夫や友人などに話したことがあったのだろうか？　そしてそのことを忘れてしまったのだろうか？　彼女自身がその本を書棚から取り出し、そのあと元の場所に戻さなかったとか？　その辺のことがわからなかった。母親から合図をもらったと思ったので霊媒師を訪ねたと話すところでテープは終わっていた。霊媒師に合図のことを話し、できれば母親と交信したい、そして彼女の死を受け入れたいと言った。そんな行動をとったマリアが自殺したということは、母親の死を受容できなかったことを意味するのか。さらには、そのことが彼女を死の淵まで追い詰めたのか。テープを聞いたあと、エーレンデュルは自分でも説明できないほど激しく、もっと知りたいという思いに突き動かされていた。もっと知りたい、自殺したこの女性のことを、彼女の友人や家族のことを、そして彼女をサマーハウスで首を吊って自殺するまでに追い込んだ理由を知りたい、知らなければならないと思った。徹底的に追及して、この霊媒師を探し出して問い詰めたい、シンクヴァトラ湖畔のサマーハウスで実際になにが起きたのか、マリアはどういう人物だったのか、知りたいと思った。そのとき突然、テープにあった男の声を思い出した。気をつけろ……。お前は自分がなにをしているのか、わかっていない。あの声は何なのか？　暗く、荒々しい声だった。

エーレンデュルはキッチンテーブルに向かったまま考え続けた。なぜこのことがこんなに気になるのかわからなかった。考えはいつの間にか自分自身の母親のことに移っていた。父親が死んでから母親はレイキャヴィクに移り、半地下の小さな部屋に一人で住んでいた。魚の缶詰工場でいつも懸命に働いていたが、その動きはかなり鈍くなっていた。エーレンデュルはよく母親の部屋を訪ねた。ときにはたまった洗濯物を持って。母親は食事を作ってくれて、たいていそのあとは二人ともしゃべらず、黙ってラジオを聴いたりしていた。ときには本の読み聞かせをしたりした。母親は縫い物をしたり、彼のためにマフラーを編んだりしながら耳を傾けていた。別に話らしい話もしなかったが、二人とも黙ってただ一緒に座っているだけで十分だった。

夫が死んだとき、彼女はまだ老齢ではなかったが、再婚しようとはしなかった。一人でいるのが好きだと言った。故郷であるアイスランド東部の親族や友人たちとの付き合いはまだ続いていたし、同じように東部からレイキャヴィクに引っ越してきた人々とも付き合いがあった。アイスランドはどんどん変化していて、地方からレイキャヴィクへの人口の流入は加速していた。この大都会で自分は決して寂しくはない、と彼女は息子に言った。しかしそれでも彼は母親にテレビを買った。母親は一人暮らしに不自由はないと言い、めったに彼に頼み事をすることはなかった。

二人は突然いなくなったエーレンデュルの弟ベルギュルの話はめったにしなかった。母親はたまに世間話をしているときにベルギュルの名前を、あるいは息子二人のことを口にすることもあったが、息子を亡くしたとは決して言わなかった。それは彼女の気持ちであって、エーレンデュルはその彼女の気持ちがよくわかった。

ある日、母親は会いに来ていたエーレンデュルに言った。

「お父さんは死ぬ前に知りたがってた」いつものように黙って一緒に過ごしていたときのこと。それは弟が行方不明になった日で、二人はその日を命日として一緒に過ごしていた。エーレンデュルはそれまでも必ず、吹雪の中で父親とはぐれたあと、弟だけがいなくなってしまったその日を母親と一緒に過ごすようにしていた。

「うん」とエーレンデュル。

母親の言わんとしていることがわかって、エーレンデュルはうなずいた。

「いつかわかるのかねえ？」と言って、母親は彼が持ってきた、読みかけの本から顔を上げた。その日彼はついに勇気を出して一冊の本を持ってきて、母親に渡したのだった。母親に読ませることがいいのかどうか、迷いながら。

「どうだろう、わからない。なにしろずいぶん時間が経っているからね」とエーレンデュル。

母親はまた読んでいた本に戻った。

「これ、何なんだい、バカバカしい」と言って、母親はまた顔を上げた。

「うん、そうなんだ」とエーレンデュル。

「お父さんとあたしのことなど、関係ないだろ？　そもそも何であたしたちのことなんか書くんだろう？」

エーレンデュルはなにも言わなかった。

「こんな本、あたしは人に読んでほしくない。誰にも」母親は言った。

「俺たちにはどうしようもない」

「それに何だね、この人があたしについて書いていること！」

「うん、関係ないよね」

「この本、もう世の中に出てるのかい？」

「ああ。これは三部作の一作なんだ。最後の巻だ。この冬、クリスマス前に出た。母さん、この男に会ったことあるの？　この本を書いたダグビャルトゥールという男に？」

「知らないよ。うちの近くの人たちに話を聞いたんだろうか？」

「ああ、そのようだね。ずいぶん詳しく書いてある。だいたいは間違っていないが」

「でもその男、こんなふうにお父さんとあたしのことを書く資格はないはずだよ」

「ああ。もちろんだ」

「お父さんに対して公平じゃない」

「そう。そのとおり」

「こんなこと全部、この男はどこで聞いたんだろう?」

「わからない」

母親は本を閉じた。

「全部間違っている。バカバカしいことばかり。誰にも読んでほしくない」と母親は繰り返した。

「そうだね」

「誰にも。絶対に」と言うと、母親は彼に本を渡した。今にも泣きだしそうだった。「まるであの子がいなくなったのはお父さんのせいだとでも言ってるようじゃないか。とんでもないでたらめよ!」

エーレンデュルは本を受け取った。母親には見せない方がよかったのかもしれないと思った。もしくはこの〈エスキフィヤルダルへイジの悲劇〉という章について、あらかじめ説明しておく方がよかったのかもしれない。これからは誰にも見せないことにしよう。母は正しい。この話を人にむやみに伝えるのはやめよう。そう彼は心に誓った。

雪山で少年二人が遭難した物語を書いた本が出版された冬、母親はインフルエンザにかかった。エーレンデュルはまったくそれを知らずにいつものように仕事に没頭していた。母親は息子を煩わせたくなかった。そして完全に回復する前に働き始めた。それが災いしてふたたび、今度はさらに悪化した。ようやく息子に連絡した頃には、息も絶え絶えだった。心臓が弱り、病院に運び込まれたが、もはや手遅れだった。六十歳を過ぎたばかりの年齢でそのまま亡くなった。

エーレンデュルはすっかり冷えたコーヒーを飲み干した。立ち上がり、リビングに行って本棚からシリーズの第三巻を取り出した。それは遠い昔、母親が手に取った本だった。母親はこの物語を書いた著者にひどく腹を立て、自分たち家族に対する敬意がないと言った。エーレンデュルも同じ思いだった。その本には自分たち家族のプライバシーが、家族以外の者には関係ないことが書かれていた。たとえそこに書かれていることがどれほど真実であろうとも。シンドリもエヴァもこの本の存在を知っているが、エーレンデュルはそれを見せたことはなかった。それはもしかすると父親の名誉のためだったかもしれない。いや、母親の反応のせいだったかもしれない。

エーレンデュルは本をそのまま本棚に戻した。グラファルヴォーグルの女性に関する疑問がまた頭に浮かんだ。なにが彼女を首吊り行為に及ばせたのか？　シンクヴァトラ湖での彼女の父親の死は、どういうことだったのか？　もっと知りたい、と思った。だが、それは彼の個人的関心だから、怪しまれないように気をつけなければならない。人から話を聞くのだ。人々から話を聞き、通常の調査と同じように結論を出すのだ。自分がなぜこの件を聞いて回るのか、理由はいくらでも適当にあげればいい。人に言えない捜査は今までもしてきている。

なぜ女性が残酷で孤独な死を遂げたのか、それも父親が溺死したのと同じ湖のほとりで。彼はそれが知りたかった。

床の上で開かれていた本のページに、意味深い文章があった。天空に関するものだった。降霊会、すなわち霊媒師との会合はマリアを少し勇気づけた。『スワン家の方へ』を書棚から抜き出して合図を送ってきたのは母親だとマリアは確信した。それ以外の説明はつかなかった。また落ち着いた温和な霊媒師も、彼女の意見に賛成だった。彼は似たような話をしてくれた。故人となった人が家族に何らかの合図を送ってきたり、ときには人の夢の中に、それも親族ではなく知人の夢の中に現れたりした話があると。

マリアは、レオノーラが死去する数カ月前からはっきりした幻影を見るようになったことを霊媒師には言わなかった。彼女は暗所恐怖症だったが、その幻影には恐怖を感じなかった。幻影はレオノーラの姿で、寝室のドアのあたりや廊下に現れたり、マリアのベッドの足元に座っていたりした。リビングルームに行くとレオノーラが書棚の前に立っていることもあったし、キッチンではレオノーラがいつもの席に腰掛けていることもあった。ときには町中に現れることもあった。店のショーウィンドーにぼんやり姿が映っていたり、人混みの中にレオノーラの顔が見えることもあった。

最初はこれらの現象はほんの一瞬で、たいていすぐに消えたのだが、次第に現れる時間が長くなり、よりはっきりと見えるようになった。それはマリアが父親の死んだあとに経験したのとまったく同じだった。マリアは悲しみの反動としてこのように幻影を見ることがあると説明する書物を読み、それは喪失感と関係があるということを理解した。喪失感、それは罪の意識と長期にわたる不安が原因なのだ。また、そのような幻影を見るのは彼女自身の脳、彼女自身の内なる目と関係がある、それらが幻影を呼び出しているのだと言われていることもわかった。マリアは高等教育を受けた人間だった。むやみに幽霊を信じているわけではなかった。

それでも彼女は、自分が幻影を見ることについてこんな説明だけでは不十分な気がした。科学が人間のすべての問いに答えられるとは思えなかった。

時が経つにつれマリアは、幻影は別物ではないかと思うようになった。心理的な幻影以上のもので、鬱《うつ》状態とか挫折が原因で現れるものではないか、と。一時期、幻影はじつにリアルで、実証科学がどう主張しようとも、別の世界から来るものではないかとさえ思った。さらにそのうちに、そういう世界が実在するかもしれないと思うようになった。ふたたびマリアはレオノーラが自分を元気づけるために読んでくれた、臨死体験と輝きの中にあるもの、またこれらすべての中にある愛、そしてその光の中にいる神のような存在、光に向かう暗いトンネルの中の浮遊した感じ、などの話に没頭した。レオノーラの死後、マリアは悲しみから抜け出すための助けを外には求めず、論理的に、また生まれつきの知性の力で、自分で自分の精神状態を分析した。

このような状態でほぼ二年の時が流れた。次第に幻影は現れなくなり、それとともにマリアはプルーストの本にもあまり注意を払わなくなった。生活はふたたびバランスのとれたものに戻りつつあった。もちろん母親が生きていたときとまったく同じようにはならないことは承知していた。ある朝目が覚めると、マリアは書棚の方に目を向けた。

なにも変わっていない。

いや……。

シリーズの最初の巻がなかった。書棚に近寄ってみると、『スワン家の方へ』は床に落ちていた。

マリアは本に触るのが怖かった。が、その場にしゃがみ込むと、開かれたページに書かれている文章を読んだ。

森はすでに黒く佇《たたず》んでいるが、天空はまだ青い。

9

シグルデュル＝オーリが出勤してきた。咳をしながら、ポケットからティッシュを取り出しては洟をかんでいる。まだすっかりインフルエンザから回復したわけではないが、家の中でぶらぶらしているのに飽きたから出てきたと言う。すでに秋も深まり寒くなっているのに、薄いコートを羽織っただけだ。早朝からジムで運動をし、そのあと理髪店に行ってからの出勤で、まだ回復していないにもかかわらずいつもどおり颯爽としていた。

「すべてハンキー・ドーリー《順調》？」シグルデュル＝オーリが訊いた。

「具合はどうだ？」エーレンデュルはシグルデュル＝オーリがわざと自分が嫌いな英語で言ってからかっていると知っているので、無視して訊いた。

「まあまあ。今は何の捜査です？」

「いや、なにも変わったことはない。どうなんだ？　彼女のもとに戻るのか？」

エーレンデュルはシグルデュル＝オーリがインフルエンザで休む前にも同じ質問をした。彼はシグルデュル＝オーリの妻ベルクソラに好感をもっているので、二人の今の状態を心配していた。それ以前にもシグルデュル＝オーリに同じことを訊いたことがある。当時の印象では、はっきり別れたということではないらしかった。そのときもシグルデュル＝オーリははっきり答えなかった。今もまたそうだ。エーレンデュルに口出しされるのが不愉快なのだ。

「相変わらず昔の失踪事件をほじくり返しているらしいですね」とエーレンデュルの問いを無視して言った。

いつもより事件が少なかったので、このところエーレンデュルは三十年ほど前に立て続けに起きた三件の失踪事件の報告書を読み返していた。今その書類が彼の机の上にある。そのうちの一件、失踪した娘の両親のことを彼ははっきり憶えていた。娘の失踪の二カ月後、捜索のかいなく結果がなにも得られなかったとき、エーレンデュルは両親に会った。彼らはアクレイリからレイキャヴィクにやってきて、友人の留守宅に泊まっていた。二人は娘が失踪したことに良心の呵責《かしやく》を感じていた。母親は疲労困憊《こんぱい》の様子、父親は無精髭をはやし、目の下には黒い隈《くま》ができていた。二人は手を握り合って座っていた。エーレンデュルは二人が精神科に通っていること、自らを責めていることを知っていた。長期旅行の間、娘とはほんの数回、電話で短く話しただけだった。極東への旅行は夫婦の長年の夢で、中国、日本、そしてモンゴルの奥地にまで行った。最後に娘と話したのは、北京のホテルからで、電波状況が悪く、娘の声がよく聞こえなかった。その電話をかけるのに何日も前に予約しなければならず、しかも雑音が入って聞き取れなかったのだ。それでも娘は元気そうで、帰ったら話を聞くのが楽しみと言っていた。

「それが最後」と母親は言い、肩を落とした。「それから二週間後に帰国したんですが、娘はすでに行方がわからなくなってたんです。帰国の途中、乗り換えのコペンハーゲンの空港から、そしてケフラヴィーク空港に到着してからも電話したけど、通じなかった。あの子の部屋を訪ねて初めていなくなったことがわかったのです」

「ヨーロッパに戻るまで、電話はほとんど通じなかったと言っていい」と父親が言った。「だが、そのときにはもうあの子はいなくなっていたんですよ」

エーレンデュルはうなずいた。娘のギュードルン、通称ドゥナの捜索は大規模なものだったが失敗に終わっていた。友人たち、学友、親戚の者たちにも聞き込みをしたが心当たりのある人間はいなかった。彼女の身になにが起きたのか誰もわからなかった。忽然と消えたと言うより他なかった。レイキャヴィクとその周辺の海岸も、潜《もぐ》水夫たちが潜って海中も浜辺も徹底的に捜索した。彼女の愛車のミニに関しても、空中からもレイキャヴィク周辺からアクレイリまでの道路、その他の主な道路も徹底的に捜索したが見つからなかった。

「あの車はドゥナがどこか北の方で買ってきたもので、まさにポンコツとしか言いようのないものだった」と父親は言った。「運転席のドアしか開かないんだ。助手席の方のドアは閉まったままびくともしなかった。窓の開け閉めもできなかったし、トランクも開かなかった。それでも娘はあの車がいたく気に入っていて、どこへ行くにも乗っていた」

両親はドゥナが興味を寄せたこと、好きだったものについて話した。その一つが湖だった。彼女の専攻は生物学で、湖の植物と生き物に関心があった。捜索時、このことにとくに注意が払われ、レイキャヴィクとアクレイリ周辺の湖、そしてこの二つの町を繋ぐ道路の沿線が徹底捜索の対象になったが、何の結果も得られなかった。

エーレンデュルは報告書から顔を上げた。この行方不明者たちは今どこにいるのだろう。おそらくあの夫婦はアクレイリに今でも住んでいるだろう。今では八十代で、年金生活者になっているだろう。穏やかな暮らしをしているといいが。娘の失踪後の数年はときどき連絡してきたが、そのうちに問い合わせがなくなった。

もう一つのファイルを開けた。ニャルドヴィークの若い男性の件だ。彼の失踪は説明がつくと言ってもいいかもしれない。若者は隣町まで歩いて帰るには薄着すぎた。決して長い距離ではなかったにせよ、吹雪の中を歩くにふさわしい格好ではなかった。それが彼の命取りになったと言っていいだろう。雪の中を歩く途中、強風に煽《あお》られて陸地から海の方へ、海岸まで吹き飛ばされたのに違いない。かなり酒が入っていたことで、素早い行動ができなかったのではないか。判断力、忍耐力、そして意思のどれもが鈍っていたのではないか。救援隊、若者の家族、そして友人たちが最初の数日ガルドスカーガフィーレンからアルフタネスまでしらみ潰しに捜索したが、見つからなかった。所持品さえ見つからず、悪天候の中で捜索は難航したのだった。

エーレンデュルはカレンに電話してカセットテープを聞いたと伝え、少し話をした。カレンはマリアと親しかった人物の名前をいくつか挙げたが、エーレンデュルが興味をもったと知っても、理由を訊きはしなかった。反応してくれただけでもありがたいと思ったのかもしれない。カレンが挙げた名前の一人はイングヴァルという男性だった。エーレンデュルはさっそく会いに行くことにした。

イングヴァルは快く彼を迎えた。なぜ警察官がマリアのことで自分を訪ねてきたのか尋ねはしなかった。冷たい雨が降る日の午後のことで、エーレンデュルは、現在アイスランド警察が他の北欧の国とともに行なっている自殺に関する調査に協力してほしいと訪問の目的を説明した。それは半分本当だった。その調査自体は実際に行なわれていることで、北欧五カ国の社会省が実施し、各国の警察が実態調査を行なっていた。スウェーデンの報告書によれば、自殺行為の背景にある原因を調べること、年齢、性別、経済状態などになにか共通点があるかなどを知るのが目的だった。

エーレンデュルはこの調査について説明し、イングヴァルは興味深そうに聞いた。年齢は七十歳ほど。マリアの父親マグヌスの友人で、静かで穏やかな印象だった。マリアの死にショックを受けていた。葬式にも出席したのだが、整然とした、美しい葬式だったと言った。マリアがこんな絶望的な死を遂げるとは思ってもみなかったとも言った。

「マリアは父親の死に深いショックを受けていたらしいですね」と言って、エーレンデュルは飲み干したコーヒーカップをテーブルに戻した。

「ああ、それはもう」とイングヴァルはうなずいた。「大きなショックだったと思う。子どもにはあんな経験は残酷すぎる。どんな子どもにもあってはならないことだ。なにしろあの子はすべて見たのだから」

エーレンデュルはうなずいた。

「マグヌスとレオノーラは結婚してまもなくあのサマーハウスを買ったのだよ」イングヴァルが話を続けた。「妻と私は、ああ、妻はもう亡くなっているが、週末よくあそこに招待されてね。マグヌスはいつも湖にボートを出して釣りをしていたな。魚釣りが好きでね、一日中釣り糸を垂れてボートに座っていたものだ。私もときには一緒に釣りをすることもあった。マグヌスは可愛がっていたマリアにも一緒に来てほしかったと思うが、マリアは釣りには興味がなかったね。それはレオノーラも同じで、彼女はマグヌスが釣りをすることには一切関心がなかったようだった」

「ということは、彼女たちは二人ともそのときボートには乗っていなかったということですね？」

「ああ、もちろんそうだ。ボートにはマグヌス一人だった。そのことはあんたたち警察の報告書に書かれているんじゃないかね。当時はまだ救命胴衣はそれほど一般的ではなかったし、持っている人も少なかったと思う。マグヌスはボートに乗るとき、いつも救命胴衣を着けなかった。私の記憶が正しければ、確か当時ボートを買うと救命胴衣が二つセットでついてきたと思う。だがマグヌスはいつもそんなものはいらないと言って、ボートハウスに残したままだった。たいていの場合、彼は湖の岸辺から遠くへは行かず、近くにボートを停めていたものだ」

「しかし、亡くなった日は遠くまでボートを出した？」

「ああ、そうらしいな。だがその日はいつにも増して寒い日だった。ちょうど今くらいの季節だったかな、秋も深まった頃だ」

イングヴァルは沈黙した。

「私はいい友達をまた一人亡くしてしまった」とイングヴァルは静かに言った。

エーレンデュルはうなずいた。

「あのボートはモーターが水中ではなくボートの上部に取り付けてあるタイプだった。警察の話では、プロペラが外れて、ボートはコントロール不能になって停まってしまったらしい。不幸なことにボートにはオールがなかった。マグヌスはモーターを見ようとして湖に落っこちてしまったというんだ。彼はかなり太っていたし、タバコも吸っていた。運動もあまりしないタイプだった。そういうことも状況に影響したんだろうね。レオノーラによれば、その日は冷たい風がスキャルドブレイズの方から吹いていたという。白いガチョウが数羽湖に浮かんでいたとか。マグヌスは湖に落ちてすぐに溺れて凍死した。この時期、シンクヴァトラ湖の水温はまさに氷の冷たさだ。落ちたら数分で死んでしまうに決まっている」

「そうでしょうな」エーレンデュルは相槌を打った。

「レオノーラによれば、ボートは岸辺から百五十メートルほどしか離れていなかったらしい。だが、岸辺にいた彼女たちにはなにが起きたかわからなかったという。突然ボートの方からマグヌスの叫び声が聞こえたかと思うと、すぐに静かになったというんだ」

エーレンデュルは窓の外に目を移した。雨を通して街の明かりが見える。道路も混んできた。家の中まで車の音が聞こえてくる。

「マグヌスの死はレオノーラにもマリアにも深い影響を与えた」イングヴァルは話を続けた。「レオノーラは再婚しなかったし、マリアと一緒にあの家に住み続けた。マリアは結婚してからも、夫となった男の方があの家に入ったんだからね。医者だそうだが」

「母娘は宗教を信じていたと聞いてますが？」

「シンクヴァトラ湖での事故以来、レオノーラが教会に通い始めたということは知っている。きっと慰めになっただろう。マリアもそうだったのじゃないかね。マリアは決してレオノーラを心配させるような真似はしなかった。結婚した相手は、私はあまり知らなかったが医者だそうで、マリアが亡くなってから、初めて言葉を交わした。ちゃんとした男のようだ。もちろんすっかり気落ちしていたがね。それは我々みんな同じだ」

「マリアは大学で歴史学を学んだらしいですね」エーレンデュルが言った。

「ああ、そうだ。マリアは過去に関心があって、本をよく読んでいた。それには母親の影響もあっただろう」

「歴史のどの辺に関心があったのですかね？」

「いや、そこまでは知らんな」イングヴァルが答えた。

「もしかすると宗教史とか？」

「そうだな。母親が死んでから死後の世界に惹かれていたとは聞いている。心霊主義《スピリティズム》を学び、死後の世界を知ろうとしていたらしい」

「マリアが霊媒師とか、霊能力のある人物に会おうとしていたと聞いたことはないですか？」

「いや、それは知らないな。マリアからそんな話を聞いたこともない。夫のバルドヴィンに訊いてみたかい？」

「いえ。今思いついただけなので。マリアは激しく落ち込んでいたんでしょうか？　自殺を思い立つほどに？」

「いやあ、それはわからない。母親の死後何度か会って話をしたし、電話でも話した。だが、まさか、あんなことをするほどとは……。いや、正直言って、むしろその反対のような印象だったね。自分を取り戻し始めているような。最後に電話で話したのは、自殺の数日前のことだったが、いつもよりもキッパリしているような気がしたね。もっと楽観的だったような。良くなってきたんだと思った。だが、そのあとあんなことが起きたから、いやあ、わからないものだね」

「なにが、です？」

「彼女のような人は、決心したら、むしろ明るく振る舞うのかもしれないと」

「子どものときに湖での事故を目撃したことが何らかの影響を与えていたということはないですかね？」

「いやあ、それは部外者には理解できることではないと思う。とにかくあのあとマリアは母親にしがみついて、元気も慰めも母親からもらったということは確かだ。あの事故以来ずっとね。レオノーラはマグヌスの死後数カ月、いや数年間はあの子から目を離すことができなかったようだ。あのような出来事は深い傷跡を残すだろうし、その傷は生涯癒えないものだろうから」

「そうですか。あの二人は手を取り合って悲しみを分かち合ったということですね」

イングヴァルはなにも言わず、想いに沈んでいるようだった。

「ボートのモーターが壊れたわけは知ってますか？」エーレンデュルが訊いた。

「いや、知らない。プロペラが外れて落ちたと聞いたが」

「マグヌスは自分でそれを修理しようとしたんですかね？」

「マグヌスが？　いや、それはないね。彼は機械にはまったく疎かったから。私の知るかぎり、彼はモーターになど触れもしなかったはずだ。マグヌスについてもっと知りたかったら、姉さんのクリスティンに訊いたらいい。彼女なら私よりわかるはずだ。そう、そうしたらいいよ」

同じ日、エーレンデュルはマリアの高校時代の同級生にも会った。名前はヨーナスといい、製薬会社の経理部長という肩書だった。会社の広い一室で、長身で特別仕立てのスーツを着こなし、場違いなほど派手な黄色いネクタイを締め、短く刈り込んだ顎鬚をたくわえたその姿は、なぜかシグルデュル＝オーリを思わせた。エーレンデュルはあらかじめ電話をかけて時間をとってもらっていた。彼は昔のクラスメートの死が警察の捜査の対象になっていることに驚き、自分がなぜそれと関係があると思われたのかと不審に思ったが、そんなことはおくびにも出さずにエーレンデュルの訪問を受け入れた。

今エーレンデュルはヨーナスが電話を終わらせるのを待っていた。どうしても受けなければならない外国からの大切な仕事の電話だということだった。棚の上に三人の子どもと女性が一緒に写っている写真が置かれていた。家族写真だろうか。

「さてと、マリアに関することとか？　聞いたところでは自殺だそうですが？」ようやく電話が終わってヨーナスはエーレンデュルに向かった。

「そのとおり」エーレンデュルが言った。

「まさか、と思いましたよ」とヨーナス。

「彼女は高校時代のクラスメートだったとか？」

「ええ。三年間付き合っていました。高校時代の二年と、大学の一年。マリアは歴史学専攻でした。もう知っているでしょうが。黙って考えるタイプでしたね」

「一緒に暮らしたんですか？」

「ええ、最後の一年はね。そのあとは、僕の方が続かなかった」

ヨーナスは口を閉じた。エーレンデュルは待った。

「いや、じつは彼女の母親が……、正直言って何にでも口を出したもので。何ともうんざりでした。おかしいことに、マリアはまったくそれを変だと思っていないようだった。僕はグラファルヴォーグルのあの家に移り住んだんですが、そのうちに我慢ができなくなった。レオノーラは何にでも首を突っ込むし、僕はマリアと二人きりでいることがまったくできなかった。僕はマリアにそのことを訴えたんですが、彼女は母親がいつもぴったりとそばにいることも、僕ら二人のことに口出しすることも、何とも思っていないようだった。むしろそれのなにが悪いの、という態度だった。彼女とはそのことで少し言い争いましたが、しまいには嫌になってしまってあの家を出たんです。僕がいなくなって寂しいとマリアが思ったかどうかはわかりません。あれ以来彼女とはほとんど会っていないので」

「その後、彼女は結婚してますよ」エーレンデュルが言った。

「ええ、相手は医者だとか?」

「少しは知っているんですね」

「ええ、噂は耳にしました。もちろん、驚きはしませんでしたが」

「別れてからまったく会わなかったんですか?」

「偶然に二、三回会った程度。共通の知人のパーティーでとか。問題なかったですよ。マリア自身はとてもいい女性ですよ。彼女があんなことをするなんて、まったく何とも残念なことです」

エーレンデュルのポケットで携帯電話が鳴りだした。彼は謝って電話に出た。

「彼女はいいって」エヴァ=リンドの声だった。

「なにが?」

「会ってもいいって」

「誰が?」

「ママに決まってるじゃない。あんたに会ってもいいって」

「今仕事中だ」と言って、エーレンデュルはヨーナスにちらっと視線を送った。ヨーナスは例の派手な黄色いネクタイをいじりながら待っていた。

「あんたはどうするのよ?」エヴァ=リンドが訊いた。

「あとで話そう。今は仕事中だ」と繰り返した。

「イエスかノーか、それだけ言って」

「あとで電話する」と言って、電話を切った。

「マリアにとって、死はなにか特別な意味をもっていたんですかね？」エーレンデュルが言った。「特別にこだわりをもっていたということはなかったですか？」

「いや、とくになかったと思いますよ。特別に死について話をしたという記憶もないし。二人ともまだ若かったですしね。一つ憶えていることは、彼女は暗闇を怖がったということ。彼女と付き合っていたときのことで一番はっきり憶えているのが、それですよ。彼女はとんでもなく暗闇を怖がった。家にいるときでさえ、夜になると一人でいるのを怖がった。いつもレオノーラといたがったのはそのためじゃなかったかな。それにしても……」

「それにしても？」

「彼女はあんなに暗闇が怖かったのに、いや、暗闇が怖かったから、なのかな？　とにかく彼女は幽霊話に取り憑かれていた。ヨン・アルナソンの民話とかそういうものを全部読んでいましたよ。映画と言えば、死者がよみがえる恐怖映画を観たがったし。そういうものを息もつかずに観ては、夜ほとんど眠れなかった。彼女は一人でいることができなかった。いつも誰かがそばにいなければならなかった」

「なにをそんなに怖がっていたんですかね？」

「いや、それが僕にはわからなかった。僕にはそういうものすべてがバカバカしかった。暗闇を怖いと思ったこともなかったし。僕は彼女の話をちゃんと聞いてあげることができなかったのかもしれない」

「だがマリアは一人でどんどんのめり込んでいった?」

「そうですね。他の方向に行っているようには見えなかった」

「彼女は自分の周りでなにかが見えたり聞こえたりしていたのだろうか? 暗闇を怖がったというのは、彼女が経験したことから来ていたのだろうか?」エーレンデュルが訊いた。

「いや、そうは思わない。しかしときどき夜中に目を覚ましてベッドルームの入り口の方を見ていることがあった。まるでそこに誰かが立っているかのように。しかし、次の日になると何事もなかったように振る舞っていた。夢だと思いたかったのかもしれない。自分でも説明がつかなかったのかもしれない。ときどき人の姿が見えるとも言っていた。それはいつも彼女が半分眠っているような状態のときに現れるらしかった。しかしそれは彼女だけに見えたもので、他の者には見えなかった」

「そういう人物は彼女に話しかけたりしたのだろうか?」

「いや、そういうことはなかったと思う。夢の話だったのだから」

「そういう状況では、父親のことに思いが行くのは簡単に想像がつきますね」

「彼女は父親に会っていたわけだ。夢の中で?」

「そう」

「付き合っていた当時、彼女は霊媒師などに会いに行きましたかね?」

「いや、そういうことはなかったと思う」

「もしそういうことがあったら、あなたは知っていたと思う？」

「ええ。でもマリアはそんなことはしなかった」

「暗闇を怖がったということですが、どんなふうに？」

「暗闇を怖がる人は世の中にたくさんいるでしょう。例えば、地下の洗濯室へ行くのを怖がるとか、キッチンに一人でいるのを嫌がるとか。暗くなったら家中の電気をつけずにいられないとか。僕は他の部屋に行くときには、大声で彼女と話しながら行って素早く戻りましたよ。夜遅い時間ならなおさらだった。僕が一人で出かけるのを彼女は極端に嫌がった。とくに泊まりがけで出かけたりすることはできなかった」

「マリアは専門家に助けを求めましたか、そういうことで」

「助け？　いや、別に。暗所恐怖症などで人は助けを求めたりするものかな？」

エーレンデュルもそれはわからなかった。

「もしかすると。精神科医とかそういう専門家がいるかもしれない」

「いや、そういうことはしなかったと思う。少なくとも僕が一緒の頃は。彼女の夫に訊いてみたらどうですか？」

エーレンデュルはうなずき、礼を言って立ち上がった。

「いや、礼には及びません」と言って、ヨーナスはまた細い指で派手な黄色いネクタイをそっと撫でた。

10

エーレンデュルは失踪した息子のことを聞くためにわざわざ署まで足を運んでくる老人のことが気になって仕方がなかった。老人に手を貸したいと心から思ったが、今となってはなにもできなかった。この一件はすでに未解決失踪事件としてだいぶ前に捜査が打ち切られていた。おそらく若者は自殺したのだろう。エーレンデュルはその可能性を若者の両親に伝えようとしたが、彼らは聞く耳をもたなかった。息子は絶対に自殺など考えていなかった、そんなことをしようと思ったこともないはず。快活で、元気で、命を絶とうなどと考えたこともなかったはずと言い切った。

若者の友人たちも同じことを言った。ダーヴィッドが自殺したなど、考えることもできないと頭から否定した。だが、だからと言って、他に彼の失踪にどんな理由が考えられるかという問いに答えられる者はいなかった。暴力的な若者たちとの付き合いもなかったし、ごく普通の若者で、高校卒業試験に合格したら秋には友人二人と一緒に大学に進み、法律を勉強する予定だった。

今エーレンデュルはその友人たちの一人が経営する法律事務所に来ていた。ダーヴィッドが失踪してからすでに三十年近い年月が経っていた。ダーヴィッドの友人は大学で法律を学んだあと司法試験に合格し、今では高名な弁護士として二人の弁護士と一緒に大きな弁護士事務所を経営していた。年月とともに腹が出て、頭髪も薄くなり、目の下が垂れ下がって大きな隈《くま》ができていた。エーレンデュルは三十年ほど前の彼を思い出した。若くて体も細く、快活な青年だった。今その男は年月を経て疲れた中年の男として目の前に座っていた。

「なぜ今ダーヴィッドのことを聞きに来たんです？　なにか新しいことが見つかったのですか？」と訊きながら、受付に連絡し、来客中だから取り継がないように断った。エーレンデュルはすでにこの部屋に通される前に、受付に寄り、元気な受付の中年女性と話を済ませていた。

エーレンデュルは二日前にこの件の捜査でマリアの昔のボーイフレンド、ヨーナスに会いに行っていた。同僚のエリンボルクはエーレンデュルが古い失踪事件に首を突っ込んでばかりいてちっとも仕事をしないと文句を言った。自分のことはかまわないでくれとエーレンデュルが言うと、エリンボルクはすかさず「あなたを心配してるんじゃないんです。国民の税金で給料をもらって遊んでいていいんですかと言いたいだけです」と言った。

「いや、新しいことが見つかったわけじゃないんですが」とエーレンデュルは目の前の弁護士の問いに答えた。「ただ、ダーヴィッドの父親はもうかなりの年齢《とし》なので、最後にもう一度、なにかできないかと思ったもので」

「ダーヴィッドのことは今でもときどき思い出す」とソルステインという名前の弁護士は言った。「彼とはとくに仲が良かったから。行方がわからなかったことはとても残念だった。本当に、今でもそう思う」

「警察はできることはすべてやったんですが」

「そのとおりだと思いますよ。それを疑っているわけじゃない。とくにあなたが一生懸命探してくれたことははっきり憶えています。あのときはもう一人警察官がいましたね？」

「ああ、マリオン・ブリームです。我々二人が担当でした。マリオン・ブリームは少し前に亡くなりましたが。今回、三十年前の書類を読み返してみました。あなたは確かあのとき、レイキャヴィクにはいませんでしたね？」

「そう。両親がキルキュバヤルクラウスツール出身で、私はあのとき両親と一緒に向こうへ行っていた。一週間ほどレイキャヴィクを離れていた。戻ってすぐにダーヴィッドがいなくなったということを聞いたのです」

「そう。そしてあなたはダーヴィッドとの最後の電話の話をしてくれた。まだあなたがキルキュバヤルクラウスツールにいたときでしたね、彼からの電話を受けたのは」

「ええ。いつ帰ってくるんだと訊かれました」

「そう。そして彼はなにか話したいことがあると言ったとか」

「そのとおり」

「でも電話ではそれがなにかは言わなかった」

「そう。何だか秘密をほのめかすような言い方だった。なにかとてもうれしそうだった。話したいことというのはなにかとてもいいことのようだった。嫌なこととか悲しいことではなく。実際私は彼になにかいいことがあったのかと訊きましたよ。彼はただ笑うだけだった。心配するな、もうじき話してやるからと言って」

「彼はうれしそうだったんですね、会って話すのが楽しみというように？」

「そのとおり」

「この話、前にも聞きましたね？」

「ええ。ただ、何の役にも立てなかった。今回もそうでしょう」

「電話で彼はうれしそうだった、あなたが帰ってきたらなにかうれしいことを話すつもりだったということは、確かにあのときも聞きました」

「ええ。そのとおり」

「両親もそれがなにか知らなかったんですね？」

「そう。ダーヴィッドはまだ誰にも言っていなかったようです」

「彼がなにを話そうとしていたか、想像がつきますか？　わかりますか？」

「いや。推量することはできますが。ずっと経ってから、もしかすると彼は誰か、女の子に出会ったんじゃないかと思った。ひょっとして好きな女の子ができたんじゃないかと。でも、これは単なる思いつきです。もう一人の友人ギルバートが帰国して話をしたときに、ふとそう思った」

「失踪した頃、ダーヴィッドには恋人がいなかった？」

「ええ、私たち三人とも、まだ恋人がいなかった」と言って弁護士は微笑んだ。「なぜかわかりませんが、三人のうちで恋人が最後までできないのはダーヴィッドじゃないかと私は勝手に思っていた。彼が極端に恥ずかしがり屋だったというせいもありますが。ギルバートとはもう会いましたか？」

「ギルバート？」

「ええ。ダーヴィッドが行方不明になったちょうどその頃、ギルバートはデンマークへ移り住んだんです。その後、ずいぶん経ってからアイスランドに戻ってきて、現在はここレイキャヴィクに住んでいますがね。今話していて気がついたんですが、もしかするとあなたたち警察は当時ギルバートには会っていなかったかもしれませんね。だとすれば、彼は唯一警察が事情聴取していない人間かもしれない」

「確かに、そういう人がいたことはぼんやり憶えています」エーレンデュルが言った。「ただ、確か連絡がとれなかったと思う」

「当時彼はコペンハーゲンのホテルで一年間働くことになっていた。だが、行ってみるとそこでの暮らしが気に入って、そのまま落ち着いてしまったんです。デンマーク人の女性と結婚したし。そうですね、十年ほど前に戻ってきたので、私は今ときどき会いますよ。あるときギルバートはダーヴィッドにはガールフレンドがいたんじゃないかと思うと言った。ただそれははっきり聞いたわけではなく、そんな気がしただけかもしれないとも言ってましたが」

「確かにそう聞いたというわけではなかった？」

「ええ、そんな気がしたという話でした」

その日の夜、食事のあとゆっくり椅子に腰を下ろして本を読もうとしたとき、女友達のヴァルゲルデュルが電話をかけてきた。芝居に一緒に行かないかという誘いだった。今フォルクシアターで人気のコメディアンが出ている、面白そうなので行きたいが、エーレンデュルも是非一緒に、と言う。彼は気が乗らなかった。というのも、経験上芝居はいつも退屈だったからだ。ヴァルゲルデュルから映画に誘われることもあるが、それもまた退屈だった。唯一、あまり悪くないと思うのが独唱、合唱、オーケストラ演奏だった。一番最近のことでは、スヴァルヴァダルダルールの混声合唱団のコンサートだった。ヴァルゲルデュルのいとこがその合唱団の一員で、エーレンデュルはこのときは大いに楽しんだ。そのときのプログラムはダーヴィッド・ステファンソンの詩を歌ったものだった。

「出し物がとても面白いらしいの」ヴァルゲルデュルが言った。「軽いものらしいわ。楽しい喜劇、一緒に観ましょうよ」

エーレンデュルは顔をしかめた。

「うーん。まあ、行ってもいい。いつ？」

「明日の晩。迎えに行くわ」

ノックの音が聞こえた。ヴァルゲルデュルとの電話を終わらせると、玄関へ行ってドアを開けた。エヴァ＝リンドがシンドリを従えて立っていた。父親に短い挨拶をすると二人は中に入り、リビングルームでソファに腰を下ろした。さっそくタバコを取り出して火をつけている。

「上の奴らに何と言ったんだ？　お前が上に行ったあと、爆音が聞こえなくなったが？」

シンドリ＝スナイルは微笑んだ。エーレンデュルは上の階からハードロックの音がまったく聞こえなくなったことで、シンドリが彼らに何と言ったのだろうと不思議に思っていた。

「別に。素直な連中だったよ。女の子は眉にリングをつけてたな。男の子の方は強がりを見せてたけどね。下の部屋にギャングが住んでると言ってやっただけだよ。脅迫とか傷害罪で刑務所を出たり入ったりしているその男が、ここの音楽がうるさいと言ってるよ、とね」

「そうか。いや、もしかしてもう引っ越したのかと思ったよ」エーレンデュルが言った。

「あんた、ずいぶんやるじゃない」エヴァが弟に言った。「親父さんをからかってるの？」

「いやあ、別に。でもさ、確かに大爆音だったよね」シンドリが言い訳がましく言った。

「ねえ、考えた？　ママに会うこと」エヴァ＝リンドが矛先を変えて訊いた。

エーレンデュルはすぐには答えなかった。エヴァの提案についてじっくり考える時間がなかったこともあるが、前妻に会うのは気が進まなかったし、必要も感じなかった。しかし同時に、エヴァが強い関心をもっているこのことについて、彼女の誘いかけを無視したくもなかった。

「なぜそう望むんだ、お前は？」

と言って、エーレンデュルはソファに座っている我が子二人の顔を見比べた。このところ、彼らはよくやってくるようになった。最初はシンドリだった。東海岸の魚の缶詰工場で働いていたがレイキャヴィクに引っ越してきたあと、よく会いに来るようになった。そしてエヴァ。彼女の場合はドラッグをやめてからだ。エーレンデュルは子どもたちがやってくるのを歓迎した。とくに二人揃ってやってくるのはうれしかった。二人が連絡を取り合っているらしいことに安心した。姉のエヴァ＝リンドの方が主導権を握っていて、ときどき弟を教育するような態度をとる。なにか気に食わないことがあれば、弟に注意するようだ。もしかすると小さい頃から彼女が弟の面倒をみてきたのではないかとエーレンデュルはときどき疑う。シンドリは姉になにか注意されると言い返しはするが、悪意のあるものではなく、無視したり、距離を置くという態度ではなかった。

「あんたたち二人にとっていいと思うからよ。なぜあんたたち、口さえきかないのか、ホント、わかんない」

「それじゃ訊くが、なぜお前がそれについてとやかく言うんだ？」

「なぜって、あんたたち二人の子どもだからよ」

「向こうは何と言ってる？」

「会うと言ってるわ。会ってもいいって」

「説得するのに時間がかかっただろう？」

「うん。あんたたちってホント、よく似てるよ。どうして別れたのか不思議なほど」

「なぜお前はこれが大事なことだと思うんだ？」

「話すくらいはしてもいいんじゃないかと思うから。これ以上、こんな状態続けてほしくないのよ。あたしは……、シンドリ＝スナイルも同じだけど、あんたたち二人揃っているとこ見たことない。一度もよ。おかしいと思わない？　それ、普通だと思う？　あんたたちの子どもが、両親が一緒にいるところを見たことないって。自分の親が、だよ」

「そんなにおかしいことか？」とエーレンデュルはシンドリに向かって言った。「お前も同じ意見なのか？」

「いやあ、俺はどうだっていいんだ」シンドリが言った。「エヴァは俺も同じように言うけど、俺は……」

「なにもわからないくせに！」エヴァがシンドリ＝スナイルの言葉をさえぎった。

「ああ、そうだよ、そのとおり。あのさ、あんたたち二人が会うことなんてまったく意味がないとエヴァに言っても通じないんだ」シンドリがエーレンデュルに向かって言った。「そもそもあんたがママと話す気があったら、もうとっくにそうしてただろ？　エヴァは全部自分がコントロールしないと気が済まないんだ。いつものとおりさ。やめられないんだ。何にでも首を突っ込むんだから。自分に関係ないことなら、なおさらってわけ」

エヴァは嚙みつきそうな顔で弟を睨みつけた。

「なによ、なにもわかんないくせに」

「エヴァ、少し落ち着く方がいいんじゃないか。これは……」エーレンデュルが話し始めた。

「ママはいいって、会ってもいいって言ってるのよ」エヴァがエーレンデュルをさえぎって言った。「ママを説得するのに二カ月もかかったんだから。どんなに大変だったか、あんたにはわかんないだろうけど」

「いや、それはわかる、と言うか……。お前が一生懸命だということはわかるが、正直言って俺はできない」

「なぜ？　どうしてよ？」

「それは……、お前たちの母親と俺の関係はもうとっくに終わっているからだ。今、昔のことをほじくり返しても、何にもならない。もう過去のことだよ。完了。終わってることだ。そう考えるのが一番いいと思う。むしろ未来に目を向けるべきなんじゃないか」

「ほら、俺の言ったとおりじゃないか」とシンドリ＝スナイル。

「ふん、なによ、未来に目を向けるって。笑わせないで！」

「それじゃ訊くが、実際に俺たちをどこでどう会わせようと考えてるんだ？　向こうがこっちに来るのか？　それとも俺が向こうへ行くのか？　それともどこか中立的な場所で会うのか？」

エーレンデュルはエヴァ＝リンドを見ながら、前妻の話をするときなぜ自分は冷戦時代の用語を使うのだろうと思った。

「中立的な場所？　なによその言い方！　あんたたちを親にもって、あたしがどんなに苦労していると思ってるの！　あんたたち二人とも完全にイカれてる！」

エヴァは立ち上がった。

「あんたにとってはこれ全部冗談なんでしょ。あたしも、ママも、シンドリも。全部あんたにとってはどうでもいいことなのよ！」

「そうじゃない、エヴァ。俺はただ……」

「あんたは一度もあたしたちのこと、かまわなかった。一度もよ！　一度もあたしたちの言うことなど聞きはしなかった」

エーレンデュルとシンドリ＝スナイルがなにか言う前に、エヴァは立ち上がり玄関へ向かった。叩きつけられたドアが家中に響いた。

「何だ？　今のは何なんだ？」エーレンデュルは思わず呟き、息子を振り返った。

シンドリ＝スナイルは肩をすくめた。

「うん。ドラッグをやめてから、エヴァは怒りっぽくなったんだ。言い返すと、すぐにあんなふうになるんだ」

「あの子はいつお前たちの母さんと俺が会うべきだと言い出したんだ？」

「それはもう、ずっと昔からだよ。会いさえすれば、と言うんだ。ま、わかんないけど、エヴァは昔からめちゃくちゃなこと言ってたから」

「いや、俺はあの子がめちゃくちゃなことを言うのを一度も聞いたことがない。本当の話、あの子はどう思っているんだ？」

「エヴァにとっては救いになる、というか」

「なぜだ？　なぜそれが救いになるんだ？」

「あんたとママが……、あんたとママの関係がそれほど悪くなければ……」

エーレンデュルは息子を凝視した。

「あの子がそう言ったのか？」

「うん」

「そうすれば、あの子はちゃんと生きられると？」

「うん、ま、そんなことだと思う」

「お前たちの母親と俺がちゃんと向き合えば？」

「エヴァはただ、あんたたちが普通に話せればいいと思っているだけだと思う」と言ってシンドリ＝スナイルは短くなったタバコを灰皿にこすり付けた。「そんなにむずかしいことかな？」

エヴァとシンドリが帰ったあと、エーレンデュルは眠れないまま、アイスランド東部に伝わる幽霊の出る家のことを思い出していた。それは二階建ての木造の家で、一八〇〇年代の終わり頃デンマークの商人が建てたものだった。その後一九三〇年代の終わり頃、レイキャヴィクから一組の夫婦がその家に移り住んだ。まもなく、リビングルームの壁から幼い子どもの泣き声がすると妻が言い出し、噂が広まった。それまでそんな噂はなかったし、その声を聞いたのは夫がいないときに家に残っていた女性だけだった。夫は猫の鳴き声ではないかと言ったが、女性は絶対に幼い子どもの声だと言い張り、夜を怖がり、幽霊を怖がり、悪夢にうなされ、決してその家に馴染まなかった。そしてとうとう我慢ができなくなって夫を説き伏せ、夫婦はその家を捨てて、わずか二年でまたレイキャヴィクに戻って行った。家はその地域に住んでいた人間に売られたが、その後はなにも奇妙なことはなく、穏やかだったという。

一九五〇年代になると、以前その家で子どもの泣き声を聞いた夫婦がいるという話に興味を抱き、その家の歴史を調べた男がいた。すでにデンマークの商人がその家を売ってから数回家主が変わっていた。三つの家族が同時に住んでいたこともあったが、リビングルームの壁から子どもの泣き声がしたという話はまったく聞かなかった。男はさらに遡《さかのぼ》って、この家の住人に小さい子どもがいたかどうかを調べた。家を建てたデンマーク人には三人の娘がいて、三人とも成人していたことがわかった。またそのデンマーク人には家政婦がいたが、その女性には子どもがいなかった。男は家を建てた大工たちのことも調べた。その家を建てた大工は二人で、片方がやめるときに次の大工が仕事を引き継いだ。最初の大工には二歳の小さな娘が一人いたのだが、その子はあとでリビングルームとなった場所で工事中の事故に巻き込まれて死んだという。梁《はり》となる木材が高いところから落ちてきて、子どもはその下敷きになって即死したことがわかった。

エーレンデュルは小さいときにこの話を幽霊話として聞いたことがあった。エーレンデュルの母親は大工の娘の話を探り出した男を知っていて、男から直接話を聞いたという。エーレンデュルはこの話を信じていいかどうかわからなかった。母親も信じていいのかわからないと言った。

この話は生と死について語っているのか？

レイキャヴィクから来た、子どもの鳴き声がすると言った女性は、他の者たちよりも感じやすかったのだろうか？　それとも彼女は大工の娘の話を以前聞いたことがあって、そのために想像力が働いたのだろうか？

彼女が他の人間と比べて感じやすかったために、壁の後ろになにがあったかわかったのだろうか？

11

その女性はマリアがバルドヴィンと付き合い始めた頃のことをよく憶えていた。名前はソルゲルデュル。かつて大学でマリアと一緒に歴史学を勉強したことがある。背が高く、がっしりした体軀《たいく》に黒い髪。二年間歴史学を学んだあと、看護コースに進路を変えて資格をとり、現在看護師として働いている。大学卒業後もマリアとは付き合いがあり、おしゃべりが大好きで、エーレンデュルが警察官であると自己紹介しても、まったく動じる様子はなかった。警察といえば、と彼女は自分から、一度目撃証人として裁判に出廷したことがあると話しだした。ドラッグストアで目出し帽をかぶった男がナイフで店員を襲ったときの証人になったという。

「ホント、人間のクズみたいな男だったわ」とソルゲルデュルはバッサリ切り捨てるように言った。「ドラッグ常用者よ。警察はすぐにその男を捕まえた。それでその場にいたあたしたちは目撃証人として出廷したというわけ。簡単だったわ。あのときと同じヤッケを着てたし。目出し帽なんて必要なかったわ。でもさ、その男すごいハンサムだったのよ!」

エーレンデュルは苦笑いした。シグルデュル＝オーリなら下級市民めと言うところだろう。シグルデュル＝オーリはノーベル賞作家ラクスネスの本を読んだことがあるのだろうか。それとも若いときにそんな言葉を聞いたことがあったのだろうか。シグルデュル＝オーリの世界では、泥棒やドラッグ常用者等は、下級市民という範疇《はんちゆう》に入るのだ。他にも彼が何らかの理由でよしとしない者たちはすべてその範疇に入る。教育程度の低い労働者、商店の店員、肉体労働者、彼がいつも苛立ちを見せる職人たち。一度シグルデュル＝オーリは妻のベルクソラと一緒に週末旅行でパリへ出かけたことがあった。往路の飛行機で乗り合わせた乗客はほとんどがある会社の従業員で、それは週末社員旅行だった。機内では彼らは飲めや歌えやの大騒ぎで、挙げ句の果てに飛行機が着陸したときには一斉に拍手をしたという。シグルデュル＝オーリは妻の耳に〝田舎者め〟と吐き捨てるように呟き、この〝下層階級の人間たち〟に対するあからさまな軽蔑を隠さなかったらしい。

エーレンデュルは話をうまい具合にマリア夫婦の方に向け、ソルゲルデュルはいつの間にか、自分が歴史学からコースを変えたことから、マリアが学生パーティーで医学部の学生だったバルドヴィンに出会ったときのことまでベラベラとしゃべっていた。

「あたし、マリアがいなくなってとても寂しい。彼女がこんなふうに生涯を閉じてしまったということ、まだピンと来ていないの。かわいそうに。生きるのが辛かったんだと思う」

「彼女とは学生時代からずっと友人だった？」

「そうなの。マリアは歴史にすっかり魅せられていてね」と言って、ソルゲルデュルは胸の前で腕を組んだ。「そう。昔のことに彼女は興味をもってた。あたしは退屈で仕方がなかったけどね。夜、家でも授業のノートを整理してたわ。そんなことをする人は彼女だけだったと断言できる。結果、当然だけど、彼女は成績抜群だった。そんなの歴史学専攻ではマリアしかいなかったわよ」

「バルドヴィンを知っている?」エーレンデュルが訊いた。

「ええ。マリアが彼に会ってからだけどね。いい人よ。最初は演劇科にいたんだけど、ちょうどマリアと出会った頃、演劇の方はやめたらしい。俳優としての才能はなかったみたいよ」

「そう?」

「ええ。その頃誰かが言ってた、バルドヴィンは医学に専攻を変えてよかったって。でもね、当時あの人たちが付き合っていたのって、とても楽しい連中だったのよ。ええ、演劇関係の人たち。オッリ・フィエルドステッドもいたのよ。今ではすっかり有名になっているけど。リリアとセービュルンはその後結婚したわ。エイナール・ヴィーフィルもいたわね。この人たちは全部今では俳優として成功しているわ。とにかく当時バルドヴィンは医学部で勉強し始めた。少しの間は並行して演劇も続けていたらしいけど、じきやめたのよ」

「やめたのを後悔したかな? どうだったんだろう?」

「ううん、そんなことないんじゃない? でも今でも芝居には興味あるみたい。マリアと一緒によく芝居を観に行ってたし、あの世界の人たちとはずっと付き合いがあるみたいよ。あった、と言うべきでしょうけど」

「バルドヴィンとマリアの母親レオノーラとの関係はうまくいってたのかな?」

「バルドヴィンはマリアの家に引っ越したのよ。そこにはもちろんレオノーラがいたわけ。レオノーラって、強烈な女性だった。母親が何にでも口を出して決めようとするから困るとマリアはときどき愚痴《ぐち》っていたわ。バルドヴィンが腹を立ててるって」

「マリアは歴史学のどの時代が専門だった？」

「中世よ。関心があったのは中世だけと言ってもいいくらい。あたしには中世なんて退屈なだけだったけどね。マリアは家庭内の子どもに対する性暴力とか婚外子、これらに関する裁判や刑罰に強い関心をもってた。彼女の卒業論文はシンクヴァトラ湖での溺死に関するものだった。すごくいい論文だったわ。あたし、文章の校正を手伝ったから知ってるのよ」

「溺死、が卒論だった？」

「ええ」とソルゲルデュル。「湖での溺死に関するもの、その周辺のことだったわ」

エーレンデュルは黙った。彼らが話をしていたのはソルゲルデュルが働いている病院の談話室《ディルーム》だった。老女が一人、手押し車を押しながらそばを通った。白い制服を着た看護助手が急ぎ足で通り過ぎた。実習生と思われる医者の卵たちが少し離れたところでメモをチェックし合っていた。

「うーん。でもね、それほど不思議じゃないと思うの」とソルゲルデュル。

「なにが？」エーレンデュルが訊いた。

「いえね、彼女、……首吊り自殺したって聞いたから。シンクヴェトリルのサマーハウスで」

エーレンデュルはなにも言わずに彼女をまっすぐに見返した。

「もちろん、あたしの考えていること、それとは関係ないと思うけど」とソルゲルデュルはエーレンデュルがなにも言わないことに苛立った様子で言った。

「マリアは超自然なことに関心があったのを君は知っている?」エーレンデュルが訊いた。

「知らない。でも彼女、極端に暗闇を怖がった。昔からそうだったわ。彼女と知り合った頃から。例えば、一緒に映画を観に出かけたら、帰りは絶対に一人では帰れなかった。あたしがいつも送っていってあげたのよ。おかしなことに、それでもホラー映画は絶対に見逃さなかった。変でしょう?」

「マリアはなぜ暗闇を怖がったんだろう? 君はその理由を聞いたことがある?」

「あたし……」

ソルゲルデュルはためらった。そして廊下の方を見た。まるで立ち聞きしている者がいないのを確かめるかのように。手押し車の老女は廊下の一番端まで行って、途方に暮れた顔で立っていた。まるで、長い廊下を歩いているうちになぜそこを歩いていたのかを忘れてしまったかのようだった。遠くにあるラジオから昔のセンチメンタルな流行歌が聞こえてきた。あの人は船で行ってしまった……。

「今なにを言おうとした?」エーレンデュルが身を乗り出して訊いた。

「あたしはね、マリアはどうも……、あの湖で起きたこと、ほら、彼女の父親が死んだときのことを……」

「そのときのことを?」

「ただあたしはそんな気がするというだけなんだけどね。長いこと、考えていたことなのよ、ほら、彼女がまだ子どもの頃にシンクヴァトラ湖で起きた事件。マリアはものすごく落ち込むことがあるのよ。ふだんはとっても明るくて機嫌がいいんだけどね。彼女、薬で治療しているとは絶対に言わなかったけど、あたしは彼女が躁から鬱《うつ》までものすごく揺れるのを見てきたから、とても心配していたの。一度、だいぶ前のことだけど、彼女が猛烈に落ち込んでいるとき、あたし、グラファルヴォーグルの彼女の家でシンクヴァトラ湖のことを彼女が話すのを聞いたことがあるの。それまでそんな話は聞いたことがなくて、初めて聞いたのよ。すぐにわかったのは、マリアはそこで起きたことに罪悪感を抱いているということ」

「なぜ罪悪感をもったんだろう？」

「それを知りたかったから、あたし何度か訊いたんだけど、彼女、決して最初のときのように話すことはなかったの。湖で起きたことに関してはとてもガードが固くって。でもあたし、彼女は胸の中になにか人には言えないようなこと、なにか良心が痛むようなことを抱えていたんだと確信しているのよ」

「言うまでもなく恐ろしいことだっただろうね。父親が溺れ死ぬのを目撃するなんてことは」

「そう、そのとおりよ」

「そのとき、その、最初のとき、彼女は何と言ったんだろう？」

「サマーハウスには行くべきじゃなかった、と」

「それだけ？　それ以外になにを言った？」

「彼女は……」

「うん？」

「彼はどっちにしても死んだだろうって」

「彼？　父親のこと？」

「そう、父親のこと」

　客席がどっと笑いで沸いた。ヴァルゲルデュルも笑っている。エーレンデュルは目を上げて舞台を見た。亭主が三番目のドアから現れ、女房が召使いの腕の中にいるのを見て驚いて呟き込むというシーンだった。女房は召使いを退けて、危うくベッドに引き摺り込まれるところだったわと夫に訴えた。召使いは客席に向かって訴える。聞きましたか！　客席がまたどっと笑いで揺れた。ヴァルゲルデュルは笑いながらエーレンデュルの方を向き、すぐに彼が退屈しているのがわかった。手を伸ばして彼の手を撫で、彼は微笑んでそれに応えた。

　芝居が終わると、二人はカフェに入った。彼はいつものようにコーヒーとシャルトリューズというリキュールを注文した。ヴァルゲルデュルはアイスクリーム添えの温かいチョコレートケーキに甘いリキュールを頼んだ。そして今観てきたばかりの芝居の話をした。彼女は大いに笑ったが、彼の方はまあまあだね、話のつじつまが合わない、と文句を言った。

「まあ、文句言わないで。これは喜劇なのよ。そんなふうに観るもんじゃないの」ヴァルゲルデュルは笑いながら言った。「笑ってちょっとの間日常生活を忘れるのよ。わたしはとっても楽しんだわ」

「ああ、みんな笑ってたね。俺はどうも芝居に慣れていないから。ところで君はオッリ・フィエルドステッドという俳優知ってる?」

エーレンデュルはソルゲルデュルが話していたバルドヴィンの友達という俳優のことを訊いた。彼自身は有名人とか世間の噂に疎いのだ。

「もちろん知ってるわ。あなただって『風の囁《ささや》き』という芝居で観てるじゃない」

「『風の囁き』?」

「そう。あの芝居で夫の役をしたのがオッリ・フィエルドステッドよ。あの役には少し年齢《とし》がいってたけどね。老練な役者よ」

「ああ、あれか」エーレンデュルが呟いた。

ヴァルゲルデュルは観劇が好きで、数回エーレンデュルを誘うのに成功していた。イプセンとかストリンドベリなど、少しでも彼が興味を示しそうなものを選んで出かけるのだが、エーレンデュルはいつもつまらなそうにしていた。イプセンの『野鴨』の公演の最中も眠りっぱなしだった。コメディーはどうかとヴァルゲルデュルは彼を誘い出したのだが、これまたまったく彼はつまらなそうにしていて、何の興味も示さなかった。一方『セールスマンの死』には興味を示したが、それは当然と言えば当然の反応だとヴァルゲルデュルは思った。

カフェに人はまばらだった。店内には低く音楽が流れていた。シナトラだろうか。「ムーン・リバー」だった。この曲ならシナトラが歌っているアルバムを家に持っている。この曲を美しい女優が歌っていた映画も観たことがある。が、映画の題名は忘れた。カフェの外では、人々が急ぎ足で通り過ぎている。すでに秋も深まり、寒くなっていた。厚手のジャケットやコートの襟を立てて、こんなに遅い時間でもまだ急ぎ足で通り過ぎる人々の群れ。顔のない、名前もない人々。

「エヴァ＝リンドがハットルドーラに会ってくれと言うんだ」とボソッと言って、エーレンデュルはリキュールを一口飲んだ。

「そう？」とヴァルゲルデュル。

「もっといい関係になってくれと」

「それは正しいんじゃない？」とヴァルゲルデュル。彼女はこういう話になると、いつもエヴァ＝リンドの肩をもつ。「あなたたちは一緒に子どもを二人作ったわけですものね。もう少し連絡を取り合ってもいいはずよ。彼女の方はあなたに会う用意があるの？」

「エヴァはそう言ってる」

「今までどうしてあなたたち二人はまったく関係をもたずに過ごしてきたの？」

エーレンデュルは考えた。

「向こうもこっちもそう望まなかったから」と言った。

「シンドリとエヴァにとっては、大変だったんじゃない？」

エーレンデュルはなにも言わない。

「最悪、なにが起きると思うの？」ヴァルゲルデュルが訊いた。

「わからない。ただ、まったく関係ないとしか思えないんだ。向こうと俺の関係。昔どうだったかなど、まったく思い出せない。なにしろ別れてから、人の一生分の時間と言っていいほど長い時間が経っているし。今更なにをしゃべればいいんだ？　あの子はなぜ昔のことを引っ掻き回そうとするんだろう？」

「時が経って、傷はもう癒えているかもしれないじゃない？」

「いや、数年前に会ったときはそうは見えなかった。なに一つ忘れていないという感じだった」

「でも、今彼女は会うと言っているんでしょ？」

「うん、そうらしい」

「もしかしてそれは和解のサインかもしれないじゃない？」

「ああ、もしかすると」

「そしてそれはエヴァにとっては大事なことなんでしょう？」

「そうなんだ。あの子は簡単には諦めないから。だが……」

「だが、なに？」

「いや、何でもない。ただ……」

「ただ？」

「俺は仲直りするなどということにはまったく関心ないんだ」

　現場責任者の男はギルバートの名前を大声で呼んだ。呼ばれた男は建築現場の深く掘られた広く平らな穴の中に立ってタバコを吸っていた。現場責任者の説明によれば、そこは地下に広い駐車場を備えた八階建てのビルになる予定らしい。今彼らが立っている場所の下が建物の土台になるという。男はなぜエーレンデュルがギルバートに会いに来たのか、その理由を尋ねはしなかった。ギルバートはしばらくその深くて広大な穴の中から上を見上げていたが、ようやく吸い殻を捨てると木の梯子《はしご》をゆっくり登ってきた。けっこう時間がかかったので、その間に現場責任者の男は行ってしまった。その場所はエットリダ湖の近くだった。黄色いクレーン車が何台も地上にあって、午後の灰色の空が機械の頭で見えないほどだった。ミキサー車の音が聞こえる。どこかで車がバックする音もしている。

エーレンデュルが握手の手を差し出した。ギルバートは訝《いぶか》しげな表情だった。エーレンデュルがどこか静かに話ができるところはないかと訊くと、うなずいて作業員たちの休憩所らしい緑色のバラックの方を指さした。

バラックに入ると、中はサウナ並みの熱さだった。ギルバートはオーバーオールの上半身だけ脱いだ。

「こんなに時間が経ってから、ダーヴィッドのことを聞かれるとは思わなかったな。なにか新しいことでも見つかったのか?」

「いや、そうではない」エーレンデュルが答えた。「私はあのときの捜索担当者だが、なぜか……」

「なぜか、忘れられない?」ギルバートがエーレンデュルの言わなかった言葉を補った。

ギルバートは上背のある五十がらみの痩せた男だったが、年齢よりも老けて見えた。少し前屈みの姿勢。低いドアの上枠や天井に頭をぶつけないようにしてきたせいだろうか。手も体と同じように細くて長く、同じように細長い顔に目が落ち窪んでいた。ここ数日髭を剃っていないようだ。その指が灰色の無精髭を掻くとき、ジャリジャリという音がした。

エーレンデュルはギルバートの言葉にうなずいた。

「ダーヴィッドが消えた頃、ちょうど俺はデンマークに移り住んだところだった」ギルバートがぽつりぽつり話し始めた。「ダーヴィッドが行方不明になったということを聞いたのは、ずっとあとだったが、本当に驚いたな。見つからなかったなんて、残念というより他ない」

「そのとおり。当時、警察はあんたに連絡したかったんだが、どこにいるのかわからなかった」

「ダーヴィッドの両親はまだ生きているのか？」

「ああ、父親の方は。すっかり年を取って弱ってはいるが」

「あんたはその父親のために、まだこうやって捜査を続けているのか？」

「いや、とくに誰のために、ということではないが。今回改めて当時の捜査資料を見てみて、あんただけが我々が連絡できなかった人間だったとわかった。当時あんたは外国に出ていたんだね」

「ああ、そうだ。デンマークには一年の予定だったんだが」と言いながら、ギルバートはまたもやタバコを一本オーバーオールのポケットからつまみ出した。急いでいる様子はない。ゆっくりとライターを別のポケットから取り出すと、腰を下ろし、火をつける前にタバコの端を数回テーブルの上でトントンと拍子をとるように落とした。「二十年も向こうに住んでしまった。そんなつもりじゃなかったんだがね。ま、人生はそんなものだろう」

「出発直前に、ダーヴィッドと話をしたそうだが？」

「ああ。当時俺たちは毎日のように会っていた。あんた、ステイニ、いや本名はソルステインというんだが、彼とは話したのか？」

「そう、話した」

「ステイニとはその後同級会で会ったことがある。他の者たちとはとっくに連絡が途絶えているんだが」

「あんたはソルステインに、ダーヴィッドはもしかするとガールフレンドができたんじゃないかと言ったそうだね。当時我々の捜査ではそのような線はまったく浮かばなかった。その女性が誰なのか知りたい。またその連絡先も」

「あのとき俺がそう言うと、ステイニは心底驚いていた。俺としては、ステイニの方が俺よりもっと詳しく知っていると思って言ったんだがね」そう言ってギルバートはタバコに火をつけた。「彼女が誰かなんて、俺は知らない。ダーヴィッドが行方不明になったとき、誰かそれらしき女の名前があがらなかったのか？」

「ああ」エーレンデュルが首を振った。

携帯電話が鳴りだした。エーレンデュルはギルバートに目で謝って電話に出た。

「マリアのことで訊き回っているのか？」

エーレンデュルはぎくっとした。その声は暗くて重く、冷たく責め立てるような口調だった。

「誰だ？」

「マリアの夫だ」という返事があった。「なぜ嗅ぎ回ってるんだ？　どういう理由だ？」

エーレンデュルはどう答えるか迷った。

「あんたはいったいなにを調べているんだ？」バルドヴィンが矢つぎばやに訊いた。

「会って話す必要があるかもしれない」

「あんたはなにをこそこそと調べ回ってるんだ？　なぜそんなことをするのか話してくれ」

「今日の午後、そちらに行って……」

バルドヴィンは電話を叩きつけるように乱暴に切った。エーレンデュルはギルバートにバツの悪い顔を見せて苦笑した。

「失礼。女性の話をしていたところだった。その人のこと、何でもいい、話せることがあれば聞きたい」

「いや、ほとんどなにもない。ダーヴィッドは俺がデンマークに出発する前の日に電話をかけてきた。別れの挨拶をするためだと言いながら、お前とは当分会えないだろうから、誰も知らないことを教えてあげるよと言った。そう言いながらも言葉が続かなかったので、俺が何なんだ、はっきり言えよと問い詰めると、お前が帰ってくる頃には、女の子関係でなにか起きているかもしれないと言ったんだ」

「ダーヴィッドが言ったのはそれだけだったのか？　つまり、近い将来、女の子関係でなにか起きているかもしれない、というのが、彼が言った言葉？　それだけか？」

「ああ、そうだ」

「ダーヴィッドはそれまで女の子と付き合ったことはなかったのかな？」

「ああ、ほとんどないと言っていいだろうな」

「それであんたは、彼が誰か女の子と出会ったんだと思った？」

「ああ、そう思ったね。だが、それだって、ダーヴィッドがそういう言い方をしたから、俺が勝手に想像したに過ぎないんだが」

「ダーヴィッドが自殺しようと考えているとは思えなかった？」

「いや、まったくその反対だったな。すこぶる元気だったし陽気だった。とんでもなく元気だったと言ってもいい。ふだんのあいつは静かで、なにを考えているのかわからないようなところがあったが」

「それともう一つ。ダーヴィッドに悪意をもっていた者、彼をやっつけようとしていた者に心当たりはない？」

「まったくない」

「その女性が誰か、わからない？」

「全然。まったく。残念ながら」

12

エーレンデュルはグラファルヴォーグルの家へ車で乗りつけた。あたりは暗くなりかけていた。雨の多かった短い夏が終わったかと思うと、早くも冬が始まろうとしている。だが、それはエーレンデュルには問題なかった。暗い冬の心配をする人々、少しでも早く春が来るようにと指折り数えて待つ人々が多い中で、エーレンデュルには冬を厭《いと》う気持ちがなかったからだ。冬とともに一日の昼の時間が短くなり、暗さと寒さに包まれるが、それは彼にとって安心できる落ち着きを意味した。

バルドヴィンは玄関まで出てきた。エーレンデュルはその後ろについて家の中に入りながら、この男は妻も義母もいなくなった今、この家に住み続けるのだろうかと思った。だが、そんなことを訊く暇もなくバルドヴィンは、なぜマリアと自分のことを訊き回っているのか、それを自分は他の人間から聞いて初めて知った、いったいなにが問題なのか、警察は予備捜査を始めたとでもいうのかと迫った。

「いや、そんなことはない」とエーレンデュルは否定し、説明した。警察はいくつか情報を入手した、自殺の場合、そういうことはよくあり、今回のことに関しては一般的な自殺とは少し異なるものもある。それはマリアの女友達の一人からの情報で、（エーレンデュルは女性の名前はあげなかった）何人かに話を聞いている。だが、それはマリアが自殺したという事実を否定するものではない、その事実は変わらない、バルドヴィンは心配しなくていい、これは警察の正式な捜査ではないし、そのような捜査は今のところまったく考えられていないと付け加えた。

エーレンデュルは落ち着いて、相手が納得するように、下手に出る口調でこれらのことを言った。たいていの場合、人はこれで納得する。バルドヴィンも少し落ち着いたようだった。初めは書棚のそばに立って怒りの表情を見せていたが、エーレンデュルの説明を聞くと少し落ち着き、椅子に腰を下ろした。

「それで、現在はどこまで調べたんです？」

「どこまでというようなものではない」エーレンデュルが答えた。「これは事件ではないのですから」

「人がこれについていろいろ話すとか、噂になる、ということは不愉快なものですよ」

「わかります」エーレンデュルは調子を合わせた。

「そうでなくとも、こっちは大変なのだから」

「ええ。ところで、葬式はとても美しかったと聞きましたが」

「牧師の言葉がじつによかった。あの女性牧師はマリアをよく知っていたから。参列者も大勢だった。マリアはみんなに好かれていたもので」

「火葬したとか？」

それまでバルドヴィンは椅子に座ってうつむいて話していたが、この質問を聞くとまっすぐエーレンデュルを見据えて言った。

「彼女自身の言葉に従ったまでです。埋葬の話をしたことがあったので。土の中に埋められて、少しずつというのは……、わかるでしょう。彼女は火葬の方がいいと言っていたことがあった。私もそう思う。私の場合もそうしてほしいと思う」

「奥さんが超自然なことに関心があった、例えば霊媒師を訪ねたことがあったということ、あなたは知っていた？」

「いや、別に、他の人と比べてとくに関心があったわけじゃないと思う。彼女は暗闇を怖がった。それは誰か他の人から聞いたことがあるかもしれないが」

「ええ」

「前にもこのことを訊きましたね。死後の世界とか霊媒師とか。なにを探してるんです？　なにを知りたいんだ、あんたは？」

エーレンデュルは答えず、しばらく相手を見ていた。それから「彼女が霊媒師を訪ねたことは知っていますよ」と言った。

「そう？」

エーレンデュルはコートのポケットからカセットテープを取り出し、バルドヴィンに渡した。

「マリアが霊媒師と会ったときの録音です。私が彼女のことをもっと知りたくなった理由の一つと言っていいかもしれない」

「霊媒師と会ったときの録音?」バルドヴィンが眉をひそめた。「それをなぜあんたが持っているのか……」

「マリアが亡くなってから私のところに回ってきたものです。マリアはそれを女友達に渡したらしい。その女友達から私に」

「女友達?」

「ええ」

「誰だ、それは?」

「その気になれば、彼女の方からあなたに連絡してくるでしょう」

「あんたはこのテープを聞いたのか? それはプライバシーの侵害ではないのか?」

「それよりもこのテープの中身の方が重要でしょう。彼女が霊媒師に会いに行っていたということ、本当にあなたは知らなかったのですね?」

「彼女から霊媒師のことなど一度も聞いたことがないし、あんたとはこれ以上話をするつもりもない。このテープになにが録音されているのかわからないし、全体に不愉快極まりない」

「それに関してはただ謝るしかない」と言って、エーレンデュルは立ち上がった。「このテープを聞いたあと、あなたは私と話をしたいと思うかもしれない。ま、そう思わなくても、一向にかまいませんが。すべてがマルセル・プルーストに関することだと言ってもいいかもしれない」

「はあ? マルセル・プルースト?」

「知りませんか?」

「あんたがなにを言ってるのか、まったく見当もつかない」

「マリアは一人でいるのを怖がったと聞いている。暗闇が怖かったと」

「それは……」バルドヴィンがためらいながら声をあげた。

「そんな彼女が、シンクヴェトリルの暗闇の中に一人でいた」

「それはどういう意味だ? あんたはなにが言いたい? 自殺するときに一人でいたかったということじゃないか!」

「そうでしょうか。ま、その気になったら電話をください」

エーレンデュルは霊媒師のテープをバルドヴィンに残して引き揚げた。


老人は高齢者病棟に入院していた。エーレンデュルは予告せずに病院を訪問したので、ナースステーションで老人の部屋番号を尋ねてから病室へ行った。老人はちょうどモーニングガウンを着ようとしていたところだったが、手こずっていた。エーレンデュルは走り寄って手伝った。

「おお、ありがとう。いや、あんただったのか?」とエーレンデュルに気づいて老人は言った。

「具合はどうですか?」エーレンデュルが訊いた。

「まああというところだね」老人は言った。「こんなところでなにをしているんだ?」と訊きながらも、その声に一抹の希望が込められているのは明らかだった。「まさかダーヴィッドのことで来たんじゃあるまいね？　あの子についてなにか新しいことがわかったというわけじゃないだろう？」

「ええ、残念ながら」エーレンデュルは急いで言った。「ま、なにも新しいことはないんですが、近くまで来たので、ちょっと顔を見に寄っただけですよ」

「体を起こさない方がいいと言われているんだが、一日中寝ているわけにもいかない」と老人はぶつぶつ言った。「談話室《デイルーム》まで一緒に来てくれないか」

そう言うと老人はエーレンデュルの腕につかまり、廊下に出てそのままデイルームまでゆっくり歩いて行って腰を下ろした。ラジオから時報を知らせる優しい声が聞こえた。

「ダーヴィッドが行方不明になったのと同じ頃に、デンマークへ移住したギルバートという友達がいたことを憶えていますか？」前置きなしにまっすぐ訊く方がいいと思ったので、エーレンデュルは老人に質問した。

「ギルバート？　うん、聞いたことがあるような名前だな」

「ダーヴィッドと高校が同じだった男です。ギルバートはアイスランドを離れて長いことデンマークに住んでいた。だが、彼はコペンハーゲンへ発つ前にダーヴィッドと電話で話をしているんです」

「どんな話？　なにか重要なことだったのか？」

「いや、漠然とした話なんですが。ダーヴィッドは女の子に出会ったとギルバートに言ったらしい。あなたがそんなことはなかったと言ったのは憶えています。女の子のことです。ダーヴイッドには付き合っている女の子などまったくいなかったと。このことは当時我々の関心事だったが、あなたはキッパリとそれを否定した。ギルバートの話は、あなたの言っていたことと は矛盾しているんです」

「ダーヴィッドにガールフレンドはいなかった」老人は言った。「とにかく息子はわしらにそう言っていた」

「もしかするとまだ交際が浅かったのかもしれない。そう、出会って間もなかったとか。息子さんはギルバートにそのようなことを言ったようです。ダーヴィッドがいなくなってから、息子さんのことを問い合わせてきた女の子はいませんでしたか？　例えば、息子さんのことで電話をしてきた女性、あなたたちが名前に覚えのない女性とか。ちょっとした問い合わせなどは？」

老人はエーレンデュルから目を離さなかった。頭の中で、ダーヴィッドがいなくなってからの数週間、数カ月、数年間を思い出しているのがわかる。親戚が集まり、警察が忙しそうに報告書を書き、友人たちが手伝いの声をあげ、新聞社など報道機関がダーヴィッドの写真を求めたあの頃のことを。いったいなにが起きたのかわからないまま、ただただ疲れて横になっても、眠れない夜が続いた。どこにも安らぎがなかった。夜になるとダーヴィッドが頭の中に元気に現れ、それがまた、親たちにもう決してあの子に会うことはないのだと思わせた。

老人はエーレンデュルを見つめ、一生懸命思い出そうとした。よく知らないこととか予期せぬことはなかったか？　訪問客、あるいは会話、聞き覚えのない声、意外な問いはなかったか？　もしもし、ダーヴィッドはいますか？　ダーヴィッドと話したいんだけど？

「女の子に関心はありましたかね、ダーヴィッドは？」エーレンデュルが訊いた。

「いや、あんまり。あの子は奥手だったから」

「あなた方の知らない人がダーヴィッドを訪ねてきはしなかった？　彼と同じぐらいの年格好の女の子とか？」

「いやあ、わからん。そういうことは、まったくわしにはわからない。わしは、いや女房とわしは、当時もし息子にそういう女の子がいればきっとわかったと思うが。だが……、そういうことには気づかなかったということがあるかもしれんな。女房のグンソルンなら答えられたかもしれんが」

「若者はそういうことを親と話すのは恥ずかしかったかもしれない」

「そうだな。もしそうだったとすれば、まだ出会ったばかりだったのかもしれん。とにかくわしは、あの子に誰か付き合っていた女の子がいたとは夢にも思わなかった。それだけは確かだ」

「もう一人の息子さん、ダーヴィッドの兄さんは知っていたでしょうか？」

「エルマール？　知らないだろう。もし知っていたら、わしらに話していたに違いないから。大事なことがあったら、必ず話してくれる子だから」

老人は急にひどく咳き込み始め、それは止まらなくなった。ついに鼻の穴から血が噴き出し、老人はソファに体を横たえた。エーレンデュルは廊下に飛び出し、大声で助けを求め、看護師が来るまで、老人に声をかけ続けた。

「医者たちが言うより、もっと早く逝くかもしれん」と老人は吐き出すように言った。

看護師たちはやってくるなりエーレンデュルを押しのけ、彼は老人が部屋に運ばれていくのを見送った。部屋のドアが閉められると、エーレンデュルは玄関ホールに向かいながら、ふたたび老人に会えるだろうかと胸の中で呟いた。

その晩エーレンデュルは眠れないままベッドで自分の母親のことを思った。この季節になると、彼はいつも母親を思い出す。まだ家族が田舎に住んでいた頃のことで、母親は家の外に立ってハルドスカフィの方を見ていた。彼に気づくと、励ますような視線を送ってきた。きっとあの子は見つかるわ、まだすべての望みが絶たれたわけではない、とその目は語っていた。エーレンデュルは今では自分が思い出す母親の姿が実像なのか夢なのかわからなかった。いや、それはもう、どっちでもいいのかもしれない。

母親は入院して三日目で亡くなった。エーレンデュルはその間ずっとそばにいた。看護師たちは別の部屋があるからそこに行って休むように勧めたが、彼は穏やかにそれを断った。母親のそばを離れるなどは考えられなかった。医者たちはいつ逝ってもおかしくないと彼に言った。母親はときどき目を開けたが、意識はほとんどなく、彼のこともわからない様子だった。エーレンデュルは母親に話しかけたが、会話にはならなかった。

母親はうつらうつらとしながらゆっくりと最期の瞬間に近づいていった。エーレンデュルは子ども時代のことを次から次へと思い出した。母親は小さな世界でじつに不思議なほど大きな存在だった。注意深く見守ってくれた。優しく導いてくれた。そしてなによりエーレンデュルにとって良き友人だった。

そして最期の瞬間に、母親はあたかも突然元気になったように彼に微笑みかけた。

「エーレンデュル」と囁《ささや》いた。

彼は母親の手を握った。

「うん、ここにいるよ」

「エーレンデュル?」

「なに?」

「ベルギュルは見つかったの?」

13

エーレンデュルが劇場裏の駐車場に車を入れたのはかなり遅い時間で、開幕まであまり余裕がなかった。時間に遅れて悪いとは思ったが、どうしても今日のうちにこれだけは片付けておきたかった。楽屋係は部屋まで案内しながら、申し訳なさそうに、まもなく幕が開くから話をする時間はほとんどないと彼に伝えた。エーレンデュルはオッリには用件を伝えてあるし、自分が来るのを彼は待っている、ほんの少しの時間で済むと説明した。

舞台裏には熱気がこもっていた。衣装を身につけた俳優たちが廊下を急ぎ足で走り回っていて、中にはまだ化粧が終わっていない者もいた。大道具係は最後の仕上げに汗だくだった。客席の方を見ると、そこここに席を探している客がいた。あと三十分で開幕するというアナウンスが流れた。エーレンデュルは今日の出し物が『オセロ』だと知っていた。ヴァルゲルデュルによるとこの公演は、野心的でオリジナリティに富んではいるが、まったく意味不明であると酷評されているらしい。

ようやくオッリ・フィエルドステッドの楽屋に着くと、本人は一人で台詞《せりふ》を練習していた。彼の役はイアゴーだったが、現代の男性の衣装を身につけていた。それも一時代前の。ヴァルゲルデュルによれば、イタリアで演劇を勉強して帰国したばかりの若い演出家が、この芝居の時代背景を第二次世界大戦直後のレイキャヴィクに設定したらしい。この芝居でもオセロは黒人で、ケフラヴィークに駐屯するアメリカ軍の大佐という設定。デズデモーナはレイキャヴィクに住むオセロのガールフレンド。アメリカ兵たちと交際するアイスランドの若い女性たちの一人で、オセロ大佐はデズデモーナに出会う前はヨーロッパで捕虜になっていた。そしてイアゴーは奸計をめぐらしているという設定らしい。

「あんたが警察官か?」部屋のドアを開けるなりオッリ・フィエルドステッドが訊いた。「もう少し早い時間に来られなかったのかな?」

「申し訳ない。もっと早く来るはずだったんですが。簡単に済ませます」エーレンデュルが言った。

「とにかくあんたはクソ劇評家じゃないだけましだ」とオッリは言った。骨と皮ばかりと言っていいほど痩せていて、顔には厚化粧を施し、チョボチョボとクラーク・ゲーブルまがいのちょび髭をはやし、髪はオールバックにしていた。イアゴーというより、アメリカのギャング映画の小悪党のように見えた。

「きみは劇評を読むかい?」オッリが訊いた。体は小さかったが、声は確かにプロの声で、力強く、張りがあった。

「いや、まったく読まない」エーレンデュルが答えた。

「批評家連中はこの芝居のことなどまったくわかってないんだ」とオッリは言い、エーレンデュルはヴァルゲルデュルが言っていた、まったく見当違いの芝居をしているというイアゴーに関する劇評を思い出した。

「私はなにも聞いてないが」

「あんたはこの芝居をまだ観ていないんだね？」

「芝居はあまり観ないもので」

「まったく、なにもわからない批評家たちめ！　偽者たちめが！　あんたは俳優という仕事をどう思う？」

「いや、それは何とも……」

「来る年も来る年も、おんなじ連中と、おんなじ台詞を馬鹿みたいに繰り返すんだ！　ああ、ところで、用事はなに？」

「バルドヴィンのことをちょっと」

「ああ、そうだった。電話でそう言ってたね。バルドヴィンの奥さんが亡くなったとか。それも突然。彼とはこのところまったく連絡ないんだ。いや、実際もうかなり長い間付き合いがない」

「確か、大学の演劇科で一緒だったとか？」

「そのとおり。バルドヴィンはとても才能のある俳優だったよ。だが、進路を変えて医者になった。賢いね！　腹立たしい批評家と接触しないで済んだんだから。それに、言うまでもないことだが、収入もずっといいはずだ。俳優やっていたって、金がなければいくら有名になったところでどうってこともない。この国では、俳優業は稼ぎが少ないんだ。学校の教師程度の収入さ！」

「確かにあんまり困っているようには見えなかった」エーレンデュルは俳優を落ち着かせる言葉を探しながら言った。

「あいつは以前は常に金に困っていたもんさ。いつも金を貸してくれと言っていた。それでいて返すのはやたら遅いんだ。何度も請求しなければならなかった。それどころか、まったく返さなかったこともあったな。ま、それ以外はいい奴だったがね」

「演劇科時代はよく付き合っていた？」

「ああ、そうだったな」そう言うと、オッリは口髭に手を伸ばし、しっかりついているかを確かめた。「あれはやたらに楽しい時代だったな」

開幕まであと十五分、というアナウンスが流れた。

「バルドヴィンがマリアに出会ったのは演劇科をやめたあとすぐ？」

「そう。よく憶えてるよ。可愛い女子大生だった。しかし、訊いていいかな？　なぜ警察は今バルドヴィンのことを訊き回ってるんだ？」

エーレンデュルは、芝居の世界ほど人の噂を好む世界はないと言ったヴァルゲルデュルの言葉を思い出し、言葉に気をつけた。

「今我々はスウェーデン警察と協力して……」

オッリはすぐに関心を失ったようだった。

「バルドヴィンたちはよく新しいことを発見したり、発明したりして遊んでいたな。それはよく知られていたことだった。確かトリグヴィという男が彼らになにか実験台にされて、その後すっかりおかしくなってしまったという話を聞いたことがある」

「なにか芝居の道具でも使っていたずらしたんですかね？」

「芝居の道具？　いや、そういう話じゃない。その頃はもうバルドヴィンは芝居はやめて医学の方に行っていたからね。他になにかまだ訊きたいことがあるかい？　あと五分で出番なんだ。客席はどうだった？　客が少しは入ってるのかな？　批評家めが、奴らのためにこの芝居の観客は激減してしまったんだ。まったく！　芝居のことなど何にもわからないくせに、いい加減なことを言いやがって！　あいつらの言うことを真に受けて、電話で文句を言ったり、キャンセルしたりする客が出てきているんだ」

　オッリは部屋のドアを開けた。

「そのトリグヴィという男の話、もっと聞きたいな」エーレンデュルが言った。

「トリグヴィ？　ああ、確かそういう名前だったと思うけど、確かじゃない。その男、完全におかしくなってしまったらしい。あんたも聞いたことがあるだろう。スーパーインテリだったのが、ある日突然すっかりおかしくなってしまうって人間の話。大学もやめてしまったらしい。その後その男がどうなったのかは知らないが」

「バルドヴィンはそのいたずら、いや実験に加わっていた？」

「ああ、そう聞いてる。彼と、もう一人医学部の学生が。それはトリグヴィのいとこか親戚の男だったらしい。とにかく三人がよく一緒に遊んでいたのは確かだ」

「いったいなにが起きたんですかね？」

「この話、聞いたことがないの？」

「ええ、まったく」

「トリグヴィはそのいとこの男に……」

そのとき、オセロ役の男がデズデモーナを後ろに従えて慌ただしくやってきた。アメリカ軍の軍服を着たオセロと淡いピンクのワンピースを着たデズデモーナ。金髪を高く結い上げている。オセロ役の男は頭を丸坊主にし、すでに大汗をかいていた。

「さあ、この忌々しい芝居をやっつけようぜ」と叫ぶなり、イアゴー役のオッリを引っ張って、舞台の方に向かった。デズデモーナがエーレンデュルに正面からにっこり微笑みかけた。

「トリグヴィはその男になにか頼んだのかな？」エーレンデュルは彼らの後ろから叫んだ。

オッリは足を止めてエーレンデュルと目を合わせた。

「この話、どこまで本当なのか、俺は知らない。それにだいぶ前の話だよ」

「どういう話？　なにを聞いたか憶えているか？」

「トリグヴィは死なせてくれと頼んだらしい」

「その男、もう死んでいるのか？」

「いや、生きていることは生きているらしいが」

「もっとはっきり言ってくれ」

「そのいとこの男というのが、トリグヴィに実験をしたらしい」

「実験？　何の実験？」

「俺が聞いた話では、その男はトリグヴィを数分間死なせて、その後、生き返らせたというんだ。だがトリグヴィは決して元には戻らなかったらしい」

　オッリ・フィエルドステッドはそう言うと、他の二人と一緒に舞台に駆け上がっていった。


　翌日、エーレンデュルは古い記録の中からシンクヴァトラ湖での出来事についての記録を読んだ。レオノーラの証言と、ボートのタイプとモーターについてのエキスパートの意見も読んだ。マグヌスは氷点下の湖水で溺れて死んだと証明する解剖結果もあった。七歳の女の子の証言記録はなかった。この一件は事故として処理されていた。エーレンデュルはこの件の担当者の欄を見た。ニルスとあった。エーレンデュルは溜め息をついた。ニルスに関してはまったくネガティヴな印象しかなかった。レイキャヴィク警察ではエーレンデュルとほぼ同じくらいの古株だが、エーレンデュルと違って、ニルスは怠け者だった。調査はいい加減で、しかもいつも長引いた。ときには時間がかかりすぎて、事件そのものが調査未了のままお蔵入りになることさえあった。

　ニルスはコーヒータイムで、カフェテリアで女性たちと冗談を言い合っていた。エーレンデュルはそばに行き、ちょっと話があると言った。

「何の話だ、トモダチよ」とニルスはいつもながらの軽口を叩きながら言った。親友、トモダチ、旧友、若者よ、などという言葉を彼は必ず言葉の最後につける。言葉自体は小さい付け足しなのだが、ニルスはそれを自分を相手よりえらく見せるために使うのだ。

エーレンデュルはカフェテリアの隅まで行き、相手を座らせて、シンクヴァトラ湖での悲劇、亡くなった男の妻と娘のことを憶えているかと訊いた。

「ああ。あれは、間違いなく事故だったな」ニルスが言った。

「きっとそうだったろう。その事故でなにかとくに記憶に残っていることはないか？　関係者のことでも、事故そのものに関してでも」

ニルスは遠い昔に起きた湖での事故を思い出すような表情をした。

「おい、何十年も前に起きたあの事故のことを、お前、まさか今更掘っくり返すつもりじゃないだろうな？」

「ああ、そんなことはしない。ただ、あのときの女の子、あのとき母親と一緒にいた女の子が先日死んだんだ。その子の父親だろ、あのときに湖に落ちて死んだのは」

「さあ、どうだったかな。あのときの調べで、なにか変わったことがあったかどうか思い出せないな」

「モーターからプロペラが外れて湖の中に落ちたんだろう？　どうやったら、そんなことが起きるんだ？」

「昔のことを逐一憶えてやしないさ」ニルスはうるさそうに言った。エーレンデュルを腹立たしそうな目つきで見た。警察内でエーレンデュルが古い事件のことをほじくり返すのを不愉快に思っているのはニルスばかりではなかった。

「鑑識が何と言ったか、憶えているか?」

「機械が古くなって、摩耗したんじゃなかったかな」ニルスが答えた。

「ああ、そういうことだったかもしれん。だが、それはちゃんとした説明にはなっていない。モーターは古くて、ガタがきていて、手入れされていなかったとあったが。報告書に書かれていること以外に、鑑識官たちは何と言っていた?」

「あのときの鑑識官は老グドフィンヌルだった。もう天に召されてしまってるがね」

「そうか。それじゃもう、訊けないってことか。報告書にすべてが書かれるとはかぎらないってことは、あんたも知っているだろう」

「あのさ、そもそもあんたは何で昔のことをそうやって引っ掻き回すのかな?」

エーレンデュルは肩をすくめた。

「なにを引っ張り出そうってんだ、あんたは?」ニルスが訊いた。

「別に」と言ってエーレンデュルは唇を噛んだ。

「はっきり言ってくれ、なにを探し回ってるんだ?」

「奥さんと小さな娘、この二人はどういう反応をしたんだ、そのとき?」

「なにも不自然なことはなかったさ。悲劇的な事故だった。それは誰にでもわかったことだ。奥さんは茫然自失状態だった」

「確か、プロペラは最後まで見つからなかったんだな?」

「ああ、そうだ」

「プロペラがどうしてモーター本体から外れたのか、どうしてもわからなかったらしいな」

「そのとおり。ボートには男だけしか乗っていなかった。なにかの理由で、彼はモーターをいじったんだろうよ。それで、バランスを崩して湖に落ちてしまった。そして溺れ死んでしまった。奥さんも娘さんもその場面は見ていなかった。奥さんは突然ボートに人の姿がないことに気がついた。次の瞬間、悲鳴が聞こえたがすぐに静かになったという」

「あんたは……？」

「俺たちはボートの販売業者に話を聞いた」ニルスが言った。「いや、俺たちと言っても、本当はグドフィンヌルが聞いたんだがね。ボートについていたモーターの製作所の人間から直接話を聞いたんだ」

「ああ、そう報告書にある」

「製作所の男によれば、プロペラは簡単に外れたりはしないそうなんだ。ものすごい力を加えなければ、到底外せるものではないと」

「もしかしてボートは岩かなにかにぶつかったんだろうか？」

「いや、そういう障害物はなかった。だが、奥さんの話では、旦那は前の日にモーターをいじっていたというんだ。なにをしているのかと訊きはしなかったから、詳しくはわからないと言っていた。間違ってプロペラを一度外してしまったのかもしれないと我々は思った」

「誰が？　本人がか？」

「ああ」

エーレンデュルは、マグヌスの友人のイングヴァルの言葉を思い出した。マグヌスは機械に疎かった、モーターなど一度も触ったことがないはずと彼は言っていた。

「あんたたちが母娘に会いに行ったとき、女の子はどんな様子だった？　憶えているか？」

「まだ七歳かそこらだったな」

「ああ」

「その年頃の子どもがショックを受けたら、きっと誰もがそうなるような反応だったと思う。母親にぴったりと抱きついていた。一ミリも離れなかったな」

「報告書にはその女の子から聞いた話は載っていないが」

「そのとおり。その子の話は聞かなかった。いや、その子はほとんど口をきかなかったからな。それに俺たちも女の子の話は聞かなくてもいいと思った。子どもの話はほとんど取るに足りないものが多いからな」

エーレンデュルが異議を唱えようとしたとき、食堂に制服姿の警察官が二人入ってきて、ニルスに挨拶の声をかけた。

「なにを考えているんだ、おい。今の話はどこにどう繋がるんだ？」ニルスが訊いた。

「暗闇が怖いという話さ」エーレンデュルが答えた。「よくある暗所恐怖症の話だよ」

14

エーレンデュルはマリアの友人カレンの自宅を訪ねた。カレンは大学の西側にある大きなアパートメントに住んでいて、エーレンデュルをその広い自宅に迎え入れた。警察にやってきてエーレンデュルにマリアのことを話して以来、彼女は協力の見込みのありそうなマリアの知人や友人たちの名前を教えてくれていた。カレンはまた、自分とマリアの付き合いは、二人とも転入生だった学校で、隣り合わせの席になった十一歳の頃からだとエーレンデュルに打ち明けた。マリアの母レオノーラはそれまでマリアが通っていた学校の方針とマリアの担任教師に不満があって、その少し前にマリアを転校させていた。新しい学校でマリアはクラスメートに仲間外れにされていた。カレンは引っ越してきたばかりで、友達がいなかった。レオノーラは毎日マリアを車で送り迎えしていた。ある日マリアはカレンに家に遊びに来ないかと誘った。レオノーラは娘の新しい友達を歓迎し、その日から二人の付き合いはレオノーラの許可のもと親しさを増していった。

「じつを言うと、マリアのママ、何にでも口出ししたの。ちょっとうるさかった」カレンはエーレンデュルに率直に言った。「例えば、わたしたち二人とも別に好きじゃなかったのに、バレエのレッスンに通わせようとしたり、グラファルヴォーグルのあの人たちの家にあたしを泊まらせようとしたり。レオノーラはあたしに、他の子の家に泊まっちゃダメと言ったりもしたのよ。映画の切符を買ってくれたり、家でテレビを観るときにはポップコーンを作ってくれたりもした。ママなしでマリアと二人だけで遊ぶなんてめったにできなかった。あ、誤解しないでね、レオノーラはとても親切だったのよ。でもときどきやりすぎと思うことがあったの。娘のためなら何でもやるという感じだった。マリアはものすごく甘やかされていたけど、だからと言って、彼女はそれでわがままになるってことはなかった。いつもお行儀良くて、素直で、優しい子だったわ。そういう性格だったのね、彼女は」

カレンとマリアの友情は次第に深まっていった。高校卒業試験も一緒に合格し、二人ともそのまま大学に進んだ。カレンは教職コースに、マリアは歴史学に進んでからも一緒に海外旅行をしたり、手芸を楽しんだりもした。夏休みは一緒に旅行したり、サマーハウスを借りて一緒に過ごしたりするほど特別に親しい仲だった。

エーレンデュルはここに至ってようやく、なぜカレンがわざわざ警察署までやってきて、親友のマリアが自殺するなんて、なにか特別な理由があったに違いないと言い張ったのか、わかるような気がした。

「降霊会のことはどう思いました？」カレンが訊いた。

「マリアがそれに行ったということ、きみは知っていたの？」エーレンデュルは質問には答えず、逆に質問をした。

「マリアをあそこに連れていったのはあたしなの。霊媒師の名前はアンデルセンというのよ」

「もしレオノーラが本当に死後の世界に行ったのなら、娘のマリアに何らかの印《サイン》を送るという話だったね」

「あたしはそれ、大いにありだと思う。マリアとはよく死後の世界のことを話したわ。例のマルセル・プルーストの本が床の上にあったこともあたしに話してくれた。このようなこと、あなたはどう思うの？」

「そのような現象にはきっといろいろな説明ができるのだろうな」エーレンデュルは答えた。

「あなたはそんな現象、信じないのね？」カレンが訊いた。

「そう、信じない」エーレンデュルは答えた。「だが、マリアのことは理解できる。彼女が霊媒師に会いに行った気持ちもよくわかる」

「死んだあとにも命があると信じる人は大勢いるわ」

「ああ。ただ、私はその一人ではないということだ。死にかかっている人が光とトンネルのことを語るのは、人間の脳が活動をやめる最後に発するメッセージなんだろうと思う」

「マリアはそうは思わなかった」

「マリアはプルーストのことをきみ以外の人にも話しただろうか？」

「さあ、どうかしら。知らない」

カレンはそのままじっとエーレンデュルを見つめた。この話をする相手として適切な人だろうかと値踏みしているような目つきだった。エーレンデュルはその視線を受け止めた。アパートメントの中はすでに暗くなりかけていた。

「そうか……。それじゃ、マリアが死ぬ少し前にあたしに言ったことを、あなたに話してもあまり意味がないわね」

「私に話しても仕方がないと思うのなら、言わないでほしい。肝心なのは、マリアは自ら命を絶ったということ。きみにとっては認めるのはむずかしいかもしれないが、この世には受容するのがむずかしいことはけっこうあるものだよ」

「ええ、わかってる。それにあたしは、母親が亡くなってからマリアがどんなに大変だったかもよく知ってる。それでもやっぱり、これはちょっとおかしいと思うの」

「なにがおかしいと？」

「マリアが母親を見たということ」

「死んだあとに見たということ？」

「そう」

「降霊会で？」

「いいえ、そうじゃない」

「マリアはあれも見たしこれも見たと言っているらしいね。その上彼女は極度の暗所恐怖症でもあった」

「暗所恐怖症のことはもちろんあたしも知ってる。でも、これはまったく別の話なの」

「別の話？」

「そう。何週間か前にマリアは夜中に目が覚めた。すると母親が寝室のドアのところに立っていたというの。夏服を着ていたって。黄色いシャツにヘアバンドをつけて。マリアにおいでおいでというように手を振って、寝室の入り口から出て行った。マリアが部屋の外に出てみると、母親の姿はどこにもなかったんですって」

「うーん、マリアはかなり参っていたということがわかるね、この話で」

「マリアのことをそう決めつけるのはまだ早いと思うの」カレンが言った。「テープには、レオノーラが死後の世界から合図する方法が語られているわ。それ、聞いたでしょう？」

「ああ」とエーレンデュル。

「それで？」

「別に、その続きはない。本が床に落ちたというだけのことだ」

「でも、まさに〝その本〟が床に落ちていたのよ」

「マリアはその本をなにかのときに本棚から取り出し、そのまま忘れたのかもしれない。もしかするとバルドヴィンにその本のことを話して本棚から取り出し、床の上に落としたのを忘れたのかもしれない。訪ねてきた客にその本の話をし、客がその本を本棚から取り出したのかもしれない。なにより、マリアはきみにその本の話をしている」

「ええ、そうよ。でもあたしはその本を床に落としたりしなかったし、そのままそこに置いてきたりもしなかった」

「私は偶然というものはあり得ると思う」エーレンデュルが言った。「それに、レオノーラはどうも、死んでからも家の中に姿を現し、ふらふらと歩いていたようだ。まるで生きているように。つまり、そのこと自体、死後の世界の証明になりはしないか？　マリアが以前付き合っていた男は、マリアはよく、知っている人間を夢の中で見ると話していたと言っている」

二人はしばらく沈黙した。

「訊いてもいいかな。きみはつまり、このテープの霊媒師を知っているんだね？」

「ええ。彼はとても有名な人よ。マリアに彼のことを教えたのはあたしよ。あたしは彼のことを他の友達から聞いたの」

「マリアがその霊媒師と会ったときのテープをなぜきみが持っていたのかな？」

「マリアが貸してくれたのよ、つい先日。あたしが降霊術ってどういうものか、興味があると言ったから。あたし自身は今までそんな経験したことなかった」

「マリアは彼以外の霊媒師にも会いに行っていたのだろうか？」

「ええ。マリアが会いに行った霊媒師はもう一人いたわ。死ぬ直前だったと思うけど」

「それは誰？」

「その人、マリアのこと何でも知っていたとマリア自身が言ってた。文字どおりすべて。信じられないほどだったと最後の電話で言ってたわ。マリアが具合が悪いってことは知ってたけど、まさか、死の直前に霊媒師に会いに行くほど悪かったとは、ほんと、知らなかった」

「その霊媒師の名前は？」

「それは聞いてない。でも、マリアの口調から彼女がその女の人に好感をもったらしいことはわかった。そして本当に信頼しているようだったわ」

「そうか、女性だったんだね？　その霊媒師は」エーレンデュルが訊いた。

「ええ」

カレンは黙って居間の大きな窓から暗くなった外を眺めた。

「ねえ、あなたはシンクヴァトラ湖でのこと、知ってるの？」カレンが突然言った。

「ああ、聞いたことはある」

「あたし、いつも思っていたんだけど、あの湖で本当はなにか起きたんじゃないかしら？　誰もなにも言わないから決して表には出なかったようなことが」

「例えば？」

「マリアは一度もこれについてはっきり言ったことがないの。でも、このことはいつも悪夢のように彼女を悩ませていた。過去のことだけど彼女はすごく悩んでいた。だけど決してそのことを話そうとはしなかった。あたしは、それが今回の悲劇と関係があるような気がしてならないの」

「きみはマリアが大学で歴史を勉強していたときの友達、ソルゲルデュルを知っている？」

「ええ、誰だか知ってるわ」

「彼女も同じようなことを言っていた。それはマリアの父親と関係することじゃないかと。彼はどっちにしても死んだだろう、と言ったらしい。きみの言うのも、そういうこと？」

「いいえ、違うわ。彼はどっちにしても死んだだろうとマリアが言ったとソルゲルデュルから聞いたの？」

「ああ。きっとそれはマリアの口から漏れたんだろうな。どうとでもとれる言葉だ」

「まるでそれは、父親の命はもうそれまで、とでも言ってるようね」

「うん、そうもとれるね。その日に死ぬことは父親の宿命で、もう変えられないことだとでも言っているようだ」

「あたしはそんなことを彼女が言うのを一度も聞いたことないわ」

「マリアが言ったというその言葉は、他の解釈もできるかもしれない」エーレンデュルが言った。

「でも……、それって、父親は死ぬに値する、という意味でしょう？」

「うん、そういう意味にとれるね。しかしなぜだろう？　なぜ父親は死ぬに値するなどと思ったんだろう？」エーレンデュルが言った。「つまり、もしかして、事故じゃなかったと？」

カレンがエーレンデュルを睨みつけた。

「あれが事故じゃなかったって、どういうこと？」

「私はその件についてはなにも知らない。それは警察が調査し、なにも不自然なことはないと判断したことだ。マリアがソルゲルデュルにそんなことを言ったというのは、事件からずっと経ってからのことだ。君はマリアからソルゲルデュルが聞いたようなことをなにか聞かなかったかね？」

「一度も」

「あのテープには霊媒師の他にもう一人、男の声があったね?」エーレンデュルが言った。

「ええ。それが?」

「暗い男の声がマリアに、気をつけろ、お前は自分がなにをしているのかわかっていない、警戒しろ、というようなことを言っていた」

「ええ」

「あの男の言ったことに関して、君はマリアからなにか聞いている?」

「あの声は父親の声に似ていると言っていたわ」

「ああ、テープにもその言葉が入っているね」

「あたしが知っているのは、あの湖でなにかが起きたということだけ。マリアを見ていればわかった。父親のマグヌスに関係するなにかだったと思う。とにかくそれは彼女が誰にも言えない、話せないことだったのは確かよ」

「まったく別のことだが、君はバルドヴィンと一緒に医学部で学んだトリグヴィという男を知っているかね?」

カレンは少し考えてから首を振った。

「知らないと思う。トリグヴィ? 知らないわ」

「マリアがそういう名前を口にするのを聞いたこともないか?」

「ええ。誰なんです、その人?」

「バルドヴィンの大学時代の友達だったということしかわからないんだが」エーレンデュルは

オッリ・フィエルドステッドから聞いたトリグヴィの話はしないことに決めた。

そのあとまもなくエーレンデュルはカレンと別れた。カレンは外に出てきて、上り坂になっている道路に停めたエーレンデュルの車に手を振った。テールライトが丸い形の、黒い中古車だ。彼女は当然ながらその車のことはなにも知らない。ともあれ、車はその場をすぐには動かなかった。しばらくして運転席の窓からタバコの煙がゆっくり立ちのぼった。特徴ある丸いテールライトが赤く灯って、ゆっくりと車が走りだしたのは、四十分も経ってからのことだった。

＊

少年時代、彼は弟のベルギュルの夢を見たかった。ベルギュルのものを見つけてはしまっておいた。小さな遊び道具とか母親が編んだセーター、それも母親が丁寧に畳んだものなどを。母親は決してベルギュルのものを捨てなかった。エーレンデュルは寝るときそんな弟のものを枕の下に置いた。見つけたものはすべてそのように大事にとっておいた。初めの頃はベルギュルが夢の中に現れて一緒に遺品を探せるといいのにと思った。そのうちに、いなくなった当時の姿を思い出し、ただひたすら弟の姿が見たいと思った。

だが、ベルギュルは決してエーレンデュルの夢に姿を現さなかった。

その後、数十年も経ってからあるホテルの寒い一室で、一度だけベルギュルの夢を見たことがあった。夢で見たベルギュルの姿は、昼間もエーレンデュルの瞼《まぶた》から離れなかった。それは空想と現実の狭間に見えた姿のようだった。ベルギュルは部屋の片隅で震えながら膝を抱えて丸くなっていた。もう少しでその肩に手が触れるところだった。だが弟の姿を見たのはその一度だけで、エーレンデュルはその前もそのあとも、弟に会いたいという思いを胸に抱いたまま、時が流れていた。

本棚の前の床に『スワン家の方へ』を見つけてから、マリアの不安は少しやわらいだようで、体調も良くなってきた様子だった。見る夢もまた以前のように暗いものではなくなった。夢をまったく見ない夜も次第に増えて、朝、目を覚ましたときも気持ちが軽そうだった。

バルドヴィンも以前よりマリアに理解を示すようになった。それが、マリアが気がおかしくなりそうな様子だったのを恐れたためなのか、それともレオノーラからの合図が、彼自身が自覚するよりも大きな影響を彼の意識に与えたためだったのかはわからなかった。

「もしかすると、霊媒師に会ってみるのもいいかもしれないね」ある晩バルドヴィンが言った。

マリアは驚いて夫を見た。バルドヴィンからそのような言葉を聞くとは思ってもみなかったからだ。というのも、それまで彼は霊媒師とか降霊術とかいうことには一切興味を示さなかった。アンデルセンという霊媒師に会ったことを彼に話さなかったのもそのためだった。彼とそのことで諍いになるのが嫌だったし、それよりなにより、彼女は依然としてこれは母親と自分だけのことで、他の人間には関係ないと思っていたからだった。

「あなたはそういうことには賛成しないと思ったけど?」マリアが言った。

「いやあ……、もしそれで君の気持ちが楽になるのなら、どこから助けを得るかなんていうことは関係ないじゃないか」

「誰かいい霊媒師を知ってるの？」マリアが訊いた。

「いやあ、知ってるというほどじゃないが」バルドヴィンはためらっている様子だった。

「知っているわけじゃないけど何なの？」

「そういうことを職場で話している連中がいるんだ。心臓専門医たちさ」

「え、なにを話しているっていうの、その人たちが」

「あの世の話さ。この世の命が終わってからの、あとの世界のこと。最近起きたことだが、男が一人、手術の最中に死んだんだ。バイパス手術の最中に。男は二分間心臓が止まった。医者たちは必死に心臓マッサージをした。すると心臓がふたたび鼓動を開始したんだ。男は臨死体験をしたと言った」

「臨死体験をしたって、その人、誰に言ったの？」

「みんなにだよ。医者たちに、看護師たちに。クリスチャンではなかったんだが、この経験をしたあと、彼は宗教を信じるようになったらしい」

二人ともしばらくなにも言わなかった。

「その男、別の世界に行ってきたと言ったそうだ」バルドヴィンが言った。

「今まであなたに訊いたことないけど、そういう話、病院ではよくするの？　そのような話はよく聞くことなの？」

「うん、そういう話を聞くことはあるね。いや、死後の世界というものがあるかどうか、実験をしてみるという連中までいるからね」

「え、なにそれ?」

「臨死体験を実験でやってみるんだよ。けっこう知られた話だ。一度、そんな映画を観たこともある。変な映画だったけどね。とにかく医者たちが霊媒師のことに興味をもち始め、一人の医者がなかなかいい霊媒師がいるということを聞きつけた。何でも彼の奥さんがその霊媒師のところに行ったことがあるとかで。それで、もしかすると、君も行ってみたらどうかなと思ったんだ」

「何という名前? その男性」

「男じゃない。女なんだ。マグダレーナという。君はその人と話してみたらいいんじゃないか。もしかすると、なにかの助けになるかもしれないよ」

15

トリグヴィが最近姿を現したという場所はロイダラススティーグルの近くで、浮浪者仲間三人と一緒に住んでいる薄汚れた悪臭漂うバラックだった。板壁にプレートを打ちつけただけの掘立て小屋で、窓ガラスは割れ、屋根からは空が見える、解体予定の家とも言えない家だった。中に入ると猫の小便の臭いが鼻についた。ガラクタで足の踏み場もない。調べでは、家主は現在遺産相続の係争中とかで、決着がつくまではなにもしないつもりらしかった。四人の男たちはその家を占拠したなどとはとても言えない、そんな能力も気力もない連中で、トリグヴィは泥酔と浮浪の科《とが》で何度か警察の厄介になっていた。だがエーレンデュルの調べによれば、トリグヴィはおとなしく、人とは群れず、人と交わらない性格らしかった。レイキャヴィクの街をうろつくには寒すぎるときは、警察の世話になったり、救世軍の施設に入り込んだりしているらしかった。

トリグヴィに会おうとして、二度目にクヴェルヴィスガータの警察署から歩いてそのあばら家に行ったとき、エーレンデュルはトリグヴィと一緒にときどきそこに転がり込んでいるらしい男と会った。男は酔っ払って朦朧《もうろう》としている状態だったが、エーレンデュルを見ると石の床に直接敷いたマットレスに横たわっていた体を半分起こした。マットレスの周りには飲み干された強酒《ウオツカ》の酒瓶、甘い香りのデザート酒の小さな空き瓶、医療用アルコールの瓶、そして短い針のついた注射器が二本あった。男は体を起こすとエーレンデュルをはっきり見ようと目を凝らした。片方の目はまったく開かなかった。

「誰だ?」と訊いた男の声はしゃがれていて、ほとんど聞き取れなかった。

「トリグヴィを探している」エーレンデュルが言った。「ここにときどき来るんだろ?」

「トリグヴィ? あいつはここにはいねえよ」

「ああ、それは見ればわかる。この時間、どこにいるかわかるか?」

「このところ、見かけてねえな」

「ときどきここに寝に来るんじゃないのか?」

「ああ、前はな」と言って男は体を起こした。「だがこのところとんと見かけねえ。今日は何曜日だ?」

「曜日と関係あるのか?」とエーレンデュル。

「なにか飲み物はねえのか?」男の声にすがりつくような調子があった。厚い上着の下にウールのセーターが見える。茶色いズボン、擦り切れたブーツ。ブーツに突っ込んだ白い脛が見える。唇が切れている。喧嘩の跡だろうか。

「いや、ないね」

「それで、何だ? トリグヴィに何の用事だ?」

「別に。ただ会いたいだけだ」

「お前、あいつのきょうだいか？」

「いいや。トリグヴィはどうしてるんだ？」

あと少しここに留まると、着ている服が小便くさくなるということはわかっていた。

「知らねえよ」酒の匂いのする男が言った。急に刺々《とげとげ》しい口調になった。「あいつがどうしているかだと？　ひでえ暮らしをしているに決まってらあな。お前、あいつを救い出そうってのか？　喧嘩をふっかける連中がいるからな。ひでえ奴らだ。火をつけてやるだとよ」

「あいつらって？」

「チンピラどもよ。俺たちにかまうな、ほっといてくれ！　と言ってやった」

「いつのことだ？　最近か？」

「ああ、四、五日前だ。あいつらめ、ますますひどくなるばかりだ」

「そいつら、トリグヴィを狙ってるのか？」

「トリグヴィはこのところ……」

「見かけてねえ、というんだな。わかった」とエーレンデュルが続けた。

「この辺の食堂に行ってみな。最後にあいつを見かけたのはそこだった。ナポレオンという食い物屋さ。少し金が入ったんだろ。でなきゃ、店主につまみ出されちまうからな」

「ありがとうよ」エーレンデュルは礼を言って出ようとした。

「金ねえか？」男が訊いた。

「あったら、酒を買うんじゃないか？」

「だから何だというんだ？」と言って男はエーレンデュルを睨みつけた。

「そうだな、確かに俺の知ったこっちゃない」と言って、エーレンデュルはポケットから小銭を出して彼に渡した。

ナポレオンという店はエーレンデュルが前回覗いたときと変わりはなかった。壊れかかったテーブルに突っ伏している男たち、赤い開襟シャツの上に黒いバーテンダーヴェストを着込んだ男がカウンターの中でクロスワードパズルを解いている姿、カウンターの隅のラジオから午後の『あなたのコーナー』番組が流れているところまで同じだった。

エーレンデュルは自分が探しているトリグヴィについてはほとんど知らなかった。俳優のオッリ・フィエルドステッドとはあのあと一度電話で話した。オッリは饒舌だった。それもそのはず、『オセロ』が予定よりはるかに早く上演を打ち切られてしまったからだ。だが、エーレンデュルが聞きたかった、トリグヴィはいったん死に、そのあと生き返ったということについては、オッリは前回以上に話せることはなかった。トリグヴィが関わったということは知っていたが、この件の首謀者と見られるトリグヴィの親戚の男については、名前さえ知らなかった。だが彼はエーレンデュルに、トリグヴィが学んでいた神学コースの学部事務局に行ったらいいとヒントをくれた。エーレンデュルが問い合わせたところ、トリグヴィは一年で神学課程をやめているとわかった。そのあとトリグヴィは医学部に入り、およそ二年ほどでそれもやめて働き始めたらしかった。さらに調べると、トリグヴィはトロール船や商船で働き、その後また陸に上がって、今度は港湾労働者として働いていたことがわかった。当時トリグヴィと一緒に働いたという男は、すでにその頃トリグヴィはアルコール依存症だったと語った。酒浸りで、しまいにクビになったという。警察の記録に名前が出るようになったのはそのあとで、エーレンデュルが探しに行ったような空き家に潜《もぐ》り込んで捕まったり、泥酔して警察に保護されたりという路上生活者の暮らしをしていた。だが、エーレンデュルの知るかぎり暴力沙汰や盗みなどの犯罪行為を犯すことはなかったようだ。

エーレンデュルはクロスワードに夢中になっているバーテンダーに声をかけた。

「トリグヴィを探しているんだが。ここにときどき来るんだろう？」

「トリグヴィ？　あの連中の名前など知らないね」バーテンダーが答えた。

「そうかい？　トリグヴィは知らないか？」

「向こうにいる緑色のヤッケを着ている奴に訊いたらいい。あいつは毎日ここに来てるから」

エーレンデュルはバーテンダーが顎をしゃくった先を見た。緑色のヤッケを着た男は飲みかけのビールのジョッキを手にして座っていた。テーブルの上には空っぽのジョッキが三つある。同じテーブルに女が一人、同じく空のジョッキを前にして座っていた。

「トリグヴィという男を探しているんだが」エーレンデュルが話しかけた。近くのテーブルから椅子を一脚引っ張ってきて腰を下ろした。

男女は声をかけられて、驚いて目を上げた。

「誰だ、あんたは？」男が訊いた。

「友達さ、学校時代の。トリグヴィはときどきここに来るそうだな。あいつに会いたいんだ」

「それで?」と、今度は女が訊いた。

二人の年齢《とし》は不明だった。男も女も顔色が悪く充血した目をしている。タバコ紙でタバコの葉っぱを巻いていた。エーレンデュルは二人の内職の邪魔をしたことに気がついた。女はタバコ紙の上に適量のタバコをのせる。少しもこぼさないように気をつけながら。男はそれをぐるりと巻いて紙の端を舐めてとめる作業だ。

「いや、別に、用事ってわけじゃないんだが」エーレンデュルが言った。「ただ会いたいんだ。今どこにいるか、知ってるか?」

「トリグヴィは死んだって話、聞かなかったか?」緑色のヤッケの男が女に言った。

「さあ、ずいぶん見かけてないねえ。逝っちまったんじゃなかったっけ?」

「トリグヴィを知ってはいるんだな?」エーレンデュルが訊いた。

「たまにここに来ることはあったな」そう言うと、男は巻いたタバコの紙の端を舐めた。

「それじゃ最後にトリグヴィを見かけたのもずいぶん前のことか?」エーレンデュルが訊いた。

「そうだな」

「どこで見かけた?」

「どこだっけ、ええと……。思い出せないな。あそこに座っているルドルフに訊いてみればいい」

男は入り口近くに座っている大柄な男を指さした。厚ぼったい青色のジャケットを着てタバコを吸いながらビールを飲んでいる。エーレンデュルはそのテーブルへ行って男の前に座った。

男は驚いて顔を上げた。

「どこへ行ったらトリグヴィに会えるかな？」エーレンデュルが訊いた。

「あんたは誰だ？」

「大学時代の友達だ」

「あいつ、大学に行ってたのか？」

エーレンデュルはうなずいた。

「どこに行ったら彼に会えるか知っているかな？　向こうに座っている彼らは、あいつは死んだんじゃないかと言うんだが」と言って、エーレンデュルは緑色のヤッケの男の方を顎で指した。

「トリグヴィは死んではいないさ。俺は二、三日前に会ったよ。もしそれが同じトリグヴィならの話だが。少なくとも俺はトリグヴィという男は一人しか知らん。あいつ、大学に行ってたのか？」

「どこで会った？」

「仕事に就くつもりだと言ってた。酒はもうやめると」

「そうか？」エーレンデュルが訊き返した。

「あいつがそう言うのを聞くのは初めてじゃない。アイスランド・バスセンター《BSI》にいたよ。あいつ、トイレで髭を剃ってた」

「そうか、トリグヴィはバスセンターにいるんだな？」

「ああ。ときどきな。あいつ、バスをチェックしてるんだ。一日中あそこに座って、入ってくるバスと出て行くバスをチェックしてるんだ」

16

同じ日の夕方、エーレンデュルはスクーラカフィというカフェレストランに入った。外は雨だった。店に入ると、背中をこっちに向けて座っている女性が目に入った。女性はうつむいて、テーブルに覆い被さるように座っていた。指の間に根元まで吸ったタバコを挟んだまま。エーレンデュルは一瞬迷った。店内には客が少なく、新聞をめくっている長距離トラックの運転手、遅い休憩時間をとってデニッシュを食べ、すぐにも職場に戻らなければならない様子の作業員が目につく程度だ。擦り切れたコルク製の床材、くたびれきった椅子のクッションの感じは、店に入る疲れきった様子の客とよくマッチしていた。その店はレストランというよりも工場の食堂のようで、エーレンデュルがその店に来るようになってから今まで一度も改装されたことがなかった。レイキャヴィクではここが一番サルトシュット（塩漬け肉の料理）と砂糖入りの甘いホワイトソースの美味しい店だと彼は思っている。ここを選んだのは彼だった。エヴァ＝リンドによれば、ハットルドーラは反対しなかったらしい。

「やあ」とテーブルに近づいて、エーレンデュルが挨拶した。

ハットルドーラはコーヒーカップから顔を上げた。

「ああ」と言ったが、その声の調子から挨拶をしているようには聞こえなかった。

エーレンデュルは握手の手を差し出したが、彼女は右手を上げたかと思うと、そのままその手でコーヒーカップを持った。そして一口コーヒーを飲んだ。

エーレンデュルは出した手を引っ込めてコートのポケットに入れ、ハットルドーラの前に腰を下ろした。

「よくこんな場所、選ぶわね」と言って、ハットルドーラはタバコの火をねじり消した。

「ここの塩漬け肉《サルトシュット》がうまいんだ」エーレンデュルが言った。

「昔どおりのダサい食堂」とハットルドーラ。

「ま、そう言ってもいいか。どうしてた？」

「そんなお愛想、あたしのために言ってくれなくていいわよ」と言って、ハットルドーラはエーレンデュルをまっすぐに見た。

「わかった」とエーレンデュル。

「エヴァからあんたが女と一緒に住んでるって聞いたわ」

「いや、一緒には住んでいない」エーレンデュルが言った。

「そう？　それじゃなに？」

「いい友達だ。ヴァルゲルデュルという人だ」

「ふーん」

二人ともなにも言わない。

「馬鹿げてる」と言うと、ハットルドーラはテーブルの上のタバコとライターを取ってポケットに入れた。「なに考えたんだか、自分でもわかんない」と言って立ち上がった。

「座ってくれ」エーレンデュルが言った。

「もう帰る。エヴァがなにを企んだんだかわかんないけど、これはただバカバカしいだけ」

エーレンデュルは中腰になって向かいの席のハットルドーラの腕を摑んだ。

「座ってくれ」ともう一度言った。

二人の視線が合った。ハットルドーラは彼の手を振り払った。そして椅子に座り直した。

「あたしはエヴァに頼まれたから来ただけよ」ハットルドーラが言った。

「ああ、俺もそうだ。あの子のためにとにかく話をしようじゃないか」

ハットルドーラはタバコを一本取り出して火をつけた。ライターにマジョルカ島という文字が見えた。太陽を浴びにマジョルカ島に行ったという話は聞いていないとエーレンデュルは思った。太陽を浴びに行きたいと思ってこんなライターを買ったのだろうか。それともどこでもいい、南の国の熱い海岸の砂を夢見て買ったのか。彼は昔、一度そんな旅行に誘われたのを断ったことがあった。そんなところに行ってもすることがないというのを理由にして。することがないって？　そもそも南の国に行くのはなにもしないためなのに！　とあのときハットルドーラは言ったものだ。

「エヴァはずいぶん落ち着いたわ」ハットルドーラが言った。

「俺たちも落ち着くべきじゃないか。俺たちが一緒にあの子をサポートすることができれば、本当の手伝いになると思う」

「それには一つ、問題がある。あたし、あんたと一切関わりたくないのよ。あの子にはそう言ってあるから、もちろんあの子もわかってるわ。今まで何度も言った言葉だから」

「ああ、それは俺も十分にわかってる」

「なにその十分にわかってるって？　あんたがわかってるかどうかなんて、あたしにはどうでもいい。あんたはあたしたち四人の家庭を壊したじゃない。あんたの良心、痛む？　疼く？　あんたは平然として出て行った。子どもたちなんかどうでもよかったんじゃない。あんたになにがわかるっていうの？　大きな口きかないで」

「俺は別に平然として出て行ったわけじゃない。そうではなかった。そのように子どもたちに言うのは公平じゃない」

「あたしが公平じゃないって！」

「喧嘩しないで話せないか？」

「あんたに責められたくない」

「責めたりなどしていない」

「ふん、やっぱり」ハットルドーラが息巻いた。「あんたはいつも喧嘩したくないと言うのよ。あんたはいつだって思いどおりにする。周りの人間は黙ってそれを受け止めろってわけ。あんたが望んでるのはそういうことじゃない？」

エーレンデュルは答えなかった。ハットルドーラと会うのは気が重かった。彼女に責められることはわかっていた。彼女は、起きたことは決して忘れないし、なかったことにはしない人間だ。彼はハットルドーラをよく見た。年を取ってきている。顔の筋肉が緩み、下唇が少し前に突き出て、目の下と鼻の下の皮膚が少し赤くなっている。昔は化粧をしていたが、今はもうそんな興味もなくなったのか。自分はどうかとエーレンデュルは考えた。おそらく同じような救いようのない姿になってしまっているのだろう。

「俺たちは一つ間違いを犯した。いや、俺は一つ間違いを犯した。俺はその結果を引き受けて生きている。仕方がないと思っている。俺はあのとき、もっと違った行動をとるべきだったと思う。別れたあとも子どもたちには会いたいともっと強く言うべきだった。俺はもっとちゃんとあんたに説明できたはずだ。俺はもちろんやってみたつもりだ。だが、もっと徹底してやるべきだった。結果、そのあとどうなったか。俺は残念で仕方がないが、今はもうどうしようもない。今はあんたと俺、二人の問題ではない。シンドリとエヴァにとっての問題だ。いや、もしかするとこれは初めからあんたと俺の問題ではなく、あの子たち二人にとっての問題だったんだ。俺たちはあの子たちに対してもっとちゃんとできたはずなんだ。だが、俺はあんたが決めていいと言って譲った。それで、あんたは子どもたちをとった」

ハットルドーラは短くなったタバコを大きく吸い込んでから、灰皿で揉み消した。すぐにまた一本指に挟むと、マジョルカ島のライターで火をつけた。青い煙を胸いっぱいに吸い込むと、ゆっくり鼻の穴と口から吐き出した。

「なるほどね。すべてあたしが悪いということになるのね」

「いや、俺は別に誰が悪いと言っているわけじゃない」エーレンデュルがすぐに反発した。

「あんたはすべての責任から逃げたのよ。とっても簡単だったでしょう、あんたにとって。あたしが子どもたちをとった？　なるほどね。子どもたちをあたしが引き受けたんだから文句ないだろうってわけ？」

「いや、そう言っているわけじゃない。それに俺は……」

「あたしの人生は薔薇《ばら》の花の上でダンスを踊るような、楽しく幸せなものだったとでも思ってるの？　離婚、母子家庭、子ども二人の養育。簡単なはずないでしょ！」

「いや、誰のせいだと言うのなら、俺のせいだ。俺の犯した間違いだ。それはわかっている。それはずっとわかっていた」

「ふん、わかってればいいのよ」

「だが、あんたもまったく間違っていなかったというわけじゃない。あんたは、子どもたちを俺に会わせなかった。あんたは俺について子どもたちに嘘を言った。それがあんたの復讐だった。俺は子どもたちに会う権利をもっと主張すればよかったんだ。それが俺の犯した間違いだ」

ハットルドーラはなにも言わず彼を睨みつけた。エーレンデュルは彼女の視線を受け止めた。

「あんたの間違い、あたしの復讐？」としまいに言った。

エーレンデュルはなにも言わなかった。

「あんたは相変わらず。なにも変わってないね」ハットルドーラが言った。

「あんたと喧嘩するつもりはない」

「そう？　でもやってるじゃない、現に今」

「あんたはなにが起きているか、見えなかったのか？　なにかすることができなかったのか？　自己憐憫から頭をもたげて、子どもたちがどんなことになっているのか、どっちの方に向かっているのか、見えなかったのか？　俺は自分の責任を痛感している。また、子どもたちが安心して暮らせるように配慮しなかったことは俺の間違いだったとわかっている。エヴァが俺を探してやってきたとき以来、そして子どもたちがどんな思いで暮らしてきたのかを知って以来、俺は自己嫌悪を感じてきた。俺が裏切ったのだとわかっているからだ。だが、あんたはどうなんだ、ハットルドーラ？　あんたは状況を何とか変えることはできなかったのか？」

ハットルドーラはしばらくなにも言わなかった。窓の外の雨を眺めながら、指の間でライターを回している。エーレンデュルは彼女が大声で責め立てるか、脅し文句を言うか、わめき立てるか、覚悟していた。だがハットルドーラは静かに雨を眺めて、タバコを吸っているだけだった。ようやく口を開いたとき、その口調は弱々しかった。

「あたしの父親はあんたも知っているように労働者だった。貧乏に生まれ、死んだときはもっと貧乏だった。母親だって同じようなものだった。うちにはなにもなかった。本当に貧乏だった。だからあたしは違う生活を夢見ていた。貧乏な暮らしから抜け出したかった。立派なアパートメントに住みたかった。美しいものに囲まれて暮らしたかった。そして優しい男がほしかった。あんたがそんな人だと思った。あたしはあんたに会って、今まで夢見ていた少しだけ幸せな暮らしがようやく始まると思った。だけど、そうはならなかった。あんたは好きなように生きてたし、あたしは……酒を飲み始めた。エヴァとシンドリがあんたに何と言ったか知らない。あんたがどれだけあたしの暮らしと子どもたちの暮らしを知ってるか知らないけど、とても語れるようなもんじゃなかった。あたしは男運が悪かったし。中にはほんと、どうしようもない奴もいた。あたしは朝早くから夜遅くまで働いた。住むところといえば、解体寸前のボロアパートばかり。子どもたちのことは一緒に放り出されたこともあった。あたしは長い間アルコール漬けになっていた。子どもたちのことは放りっぱなしだった。あたし自身子ども時代ひどい暮らしをしていたのに、あの子たちはあたしよりもっとひどい暮らしをしたかもしれない。とくにエヴァにとっては。あの子はシンドリよりも繊細《せんさい》で、知らない人や面倒な環境には耐えられなかったのよ」

ハットルドーラは深く煙を吸い込んだ。

「そんな暮らしだった。あたしは自分のことを哀れと思わないようにした。あたしは……、あたしはどうしても、こんなクソみたいな暮らしになったのは全部あんたのせいだと思ってしまう。そうなってしまうのはどうしようもなかった」

「一本、いいかな?」エーレンデュルがタバコに手を伸ばした。ハットルドーラはタバコの箱とマジョルカ島と書かれたライターを押しやった。二人はそれぞれタバコを吸いながら、しばらく思いに沈んでいた。

「エヴァはあんたのことをしつこく訊いたもんよ。あたしはあの子にあんたのことを、今まで一緒に暮らしてきた男たちと同じような奴だと言ったわ。公平じゃなかったということはわかってる。でも、じゃ、何と言えばよかった？　あんたはあたしに何と言ってほしかった？」

「わからない。大変な暮らしだったな」

「あんたのせいよ。こんな暮らし」

エーレンデュルはなにも言わなかった。雨は暗い空から静かに降り続けていた。チェックのシャツを着た男たち三人が席を立って店から出て行った。途中、厨房《ちゆうぼう》の方に声をかけながら。

「あんたとあたしの試合は初めからあたしに勝ち目のないものだった」ハットルドーラが吐き出すように言った。

「ああ、そうだったかもしれない」

「かも？　かもじゃなくって、そうだったのよ」

「ああ」

「なぜかわかる？」

「ああ。わかると思う」

「初めから勝負は決まっていた。あたしは全身全霊であんたとの結婚生活に向かった」ハットルドーラが言った。

「ああ」

「でも、それはあたしだけだった。初めっからフェアな試合じゃなかったのよ」

エーレンデュルはなにも言わなかった。

「そう。まったくね」ハットルドーラはそう言うと、タバコの煙を大きく吐き出した。

「あんたの言うとおりだろうと思う」エーレンデュルが言った。

ハットルドーラは鼻の先で笑った。エーレンデュルと目を合わせようとはしなかった。灰皿に手を伸ばして吸っていたタバコを揉み消した。

「公平だったと思う？」と訊いた。

「悪いが、俺も同じくらいひどい暮らしをしていたとは言えない」エーレンデュルが言った。

「悪いが？」ハットルドーラが声を上げた。「たとえあんたがあたしと同じくらいひどい暮らしをしてたとしても、あたしの恨みは変わらないわ。同じことよ！　あんた、いったいなに考えてるの！」

「わからない」

「あんたと結婚してすぐにわかったことがある。あんたにとってあたしは大事な存在じゃないってこと。でも、それでもあたしは何とかやってみようと努力した。ほんと、バカみたいにね。あんたの気持ちがわかってからは、必死になって努力した。もしあんたがもう少し時間をくれたら……。そもそもなぜあんたはあたしと結婚したの？　あんたの本心は結婚なんてまったく興味なかったのに」

ハットルドーラは泣きだすのをこらえるようにコーヒーカップを睨みつけた。両肩がすぼみ、下唇が震えていた。

「俺は間違いを犯した。俺は……、間違いだと気がついてもどうしていいかわからなかった。いったいなにが起きたのかわからなかった。だからできるだけ考えないようにした。俺の人生であんな時代はなかったことにしたかったんだ。まったく哀れで、バカバカしいやり方だった」

「あたしはそんなあんたが全然理解できなかった」

「あんたと俺はそもそもまったく違うタイプの人間なんだと思う」

「そうかもしれない」

「母親が死んだあと、俺は一人取り残されたような気がしていた。俺は……」

「母親代わりを見つけたと思った?」

「俺は今、あの頃の俺がどんな状況にいたかを説明しようとしてるんだ」

「やめてよ。そんなこと、今更どうでもいいことよ」

「俺たちはこれからどうするかを考えなくちゃなんないんじゃないか?」

「そうかも」

「俺は、エヴァのことを一緒に考えようと思った。今俺たちが会っているのは、俺たちのためじゃない。もはやそうじゃないんだ。もうずっと前からそうじゃないんだ。それはあんたもわかっているだろう、ハットルドーラ」

二人ともなにも言わなかった。厨房から皿を洗う音が聞こえてきた。Gジャンを着た若者が二人店に入ってきて、コーヒーと菓子パンを買い、店の隅のテーブルについた。冬のジャンパーを着た男が一人、別のテーブルで新聞をめくっている。店にいるのはそれだけだった。

「あんたはあたしに向かって飛んできた悪霊だったのよ」ハットルドーラが呟くように言った。

「父さんがいつもそう言ってたわ。あんたは悪霊だって」

「あんな終わり方ではなく、別の終わり方もあったはずだ」エーレンデュルが言った。「俺があの頃どんな状態にいたかをあんたがもう少し理解してくれてたら。だが、それはあんたには無理だった。あまりにも痛すぎた。あんたは忌々しさと憎しみでいっぱいになってしまった。

そして今もまだそうだ。あんたは俺を子どもたちに会わせなかった。もう十分やったとは思わないか？　もうその鉄のかんぬきのような手を少し緩めてもいいんじゃないか？」

「そう言って、あたしばかりを責めるんだ！」

「責めてなんかいない」

「やってるじゃない！」

「エヴァのために、力を合わせようと言ってるんだ」

「それはできないわ。あんたの良心の痛みをやわらげるようなことに手を貸したくない」

「だが、せめて、やってみるだけでも」

「遅すぎるわ」

「あんな終わり方をしてはいけなかったんだ」エーレンデュルが言った。

「あたしになにが言える？　みんなあんたのやったことじゃないの」

ハットルドーラはタバコのパッケージとライターを摑んで立ち上がった。

「そう。みんなあんたのやったことよ」そう吐き出すように言うと、彼女は荒々しく店を出て行った。

17

それから数日間、エーレンデュルはアイスランド・バスセンター《BSI》を覗いてはトリグヴィがいるかどうかチェックした。ナポレオンという店でルドルフという男からトリグヴィのおおよその特徴を聞いていたが、それらしい男が見つかるかどうかは甚《はなは》だ心もとなかった。三度目にＢＳＩに来たとき、ちょうどアクレイリ行きのバスの出発を知らせる放送が流れていた。待合室にはチラホラと人々が集まっていた。ランチタイムのあとだったので、カフェテリアに行ってみると食事をする人も飲み物やサンドイッチを買う人も少なかった。建物の裏側のバス駐車場が見える、大きな窓に面したテーブル席は喫煙が許されていた。そこに男が一人座っていた。手にしっかりと黄色いビニール袋を握ってアクレイリ行きのバスに乗り込む人々を眺めている。髪の毛はボサボサで、事故に遭ったのかナイフで斬りつけられたのか、顎に大きな傷跡がある。手が汚れていて、人差し指と中指の爪は真っ黒だった。

「ちょっといいかな？」とエーレンデュルはそばに行って、男に話しかけた。「あんたはトリグヴィか？」

男は目を上げて、不快そうに訊き返した。

「誰だ、あんたは？」

「エーレンデュル」

「ふん」という音が男の鼻から漏れた。人から話しかけられるのが不愉快そうな顔つきだった。

「コーヒーと食べ物をおごろうか？」エーレンデュルが訊いた。

「俺に何の用だ？」

「話を少し聞きたいんだ。いいかな？」

男はエーレンデュルを上から下まで見て言った。

「俺の話を聞きたい？」

「ああ、もしよかったら」

「なにを聞きたいんだ？」

「なにか食べるか？」

男はしばらくエーレンデュルを見つめていた。思いがけなく話しかけられてどう対処したらいいか迷っている様子だった。

「強い酒《ブレンヴィン》を買ってくれ」としまいに男は言った。

エーレンデュルは一瞬弱ったなという表情を見せたが、ゆっくりカウンターに向かい、ブレンヴィン専用のスナップス・グラスにブレンヴィンの量り売りを四センチ買ったあと、コーヒーを二杯買ってテーブルに戻った。男は窓際に座り、アクレイリ行きのバスがゆっくり走りだすのを眺めていた。レジで酒とコーヒーの金を払うとき、エーレンデュルはレジ係の男に、喫煙席の窓際に座っている男を知っているかと訊いた。

「あの浮浪者のことか?」レジの男は窓際の方を顎でしゃくって言った。

「ああ、そうだ。あの男、よく来るのか?」

「そうだな。ときどき来るよ。ここ数年来てるんじゃないかな」

「ここでなにしてるんだろう?」

「なんも。なにもしてない。おとなしい男だ。トラブルを起こしたこともないし。なにしにここに来るのか、俺は知らないね。ときどきトイレに行って、髭を剃ったりしてるが、また戻ってあそこに座り込むと、そのまま何時間も出発するバスを眺めてるんだ。あんた、あの男の知り合いか?」

「ああ、ちょっとな」エーレンデュルが言った。「よくは知らないんだが。バスが出発するのを見てるだけで、彼自身がバスに乗るってことはないのか?」

「ああ、それはない。俺は一度もあの男がバスに乗るのを見たことがないね」とレジの男は言った。

エーレンデュルは釣り銭をもらって礼を言い、窓のそばに座っている男のところに戻って腰を下ろした。

「名前、何だっけ?」と男が言った。

「あんたはトリグヴィか?」とエーレンデュルが訊き返した。

「ああ、俺はトリグヴィだ。あんたは? あんたの名前は?」

「エーレンデュルだ」と彼はふたたび名前を言った。そして付け加えた。「警察の者だ」

トリグヴィはゆっくりとビニール袋をテーブルの下に引き寄せた。

「俺に何の用だ？　俺はなにも悪いことはしてないぞ」

「あんたを捕まえに来たわけじゃない。あんたがそのビニール袋になにを入れているかにも興味がない。じつはおかしな話を聞いたんだ。あんたが大学生だった頃の話で、本当かどうかをあんたに訊いて確かめたいんだ」

「話？　どんな話だ？」

「それは……、うん、むずかしいな、どう言ったらいいか……、あんたの死についてだ」

トリグヴィはしばらくなにも言わずにエーレンデュルを睨みつけていた。すでにスナップス・グラスのブレンヴィンを一気に飲み干して、エーレンデュルの方に押し戻していた。モジャモジャ眉毛の下のくすんだ色の目、むくんだ顔、痩せ細った体とは対照的に、鼻は大きく、へし折られたことがあるのか、曲がっている。唇は分厚い。重力の原理に従い、顔の肉が全部下に落ちて極端に細長くなっている。

「あんたはどうやって俺がここにいるのを突き止めたんだ？」

「いろいろ聞き回って。中に、ナポレオンという店があってね、そこで聞いた」

「俺の死だって？　何だそれは？」

「この話、本当かどうかはわからないが、大学の医学コースの学生がしたという実験らしい。あんたは当時神学と医学を学んでいたね。どっちかだけだったかもしれんが、それはよく知らない。あんたは実験に同意した。実験はあんたをいったん死なせてから、生き返らせるというものだった。この話、本当か？」

「あんた、何でそんなことを知りたいんだ？」と男はアルコール依存症者に特徴的なしゃがれた声で訊いた。胸のポケットに指を入れて、まだ半分残っているタバコの箱を取り出した。

「なぜ？　興味があるからさ」エーレンデュルが答えた。

トリグヴィはスナップス・グラスに目をやり、それからエーレンデュルを見上げた。エーレンデュルは立ち上がると、バーカウンターの方に行ってアイスランド産のブレンヴィンの小瓶を買い、席に戻った。スナップス・グラスに半分までブレンヴィンを注ぐと、トリグヴィの前に置き、小瓶の方は自分の手前に引き寄せた。

「その話、どこで聞いた？」トリグヴィが言った。ブレンヴィンを一気に飲み干して、グラスをエーレンデュルの方に滑らせてきた。

エーレンデュルはまたグラスに酒を注いだ。

「その話、本当なのか？」

「だったらどうだというんだ？　あんた、この話をほじくってどうしようってんだ？」

「なにも」エーレンデュルが言った。

「警察官だって？」と言うと、トリグヴィはまた酒を一気に飲んだ。

「そうだ。あんたはこの話のトリグヴィに間違いないか？」

「俺の名前は確かにトリグヴィさ」と言うと、彼はそっとあたりを見回して言った。「あんた、なにを知りたいんだ？　俺からなにを聞き出したいんだ？」

「そのときの話を聞きたい」

「なにも起きなかったよ。まったくなにも。ほんとさ、嘘じゃない。あんた、なにを知りたいんだ、こんなに時間が経ってから。あんたに関係あるのか？　誰に関係あると言うんだ？　誰にも関係ない話だよ」

エーレンデュルは彼を怖がらせたくなかった。離れて座っていても不潔な臭いがするこの汚い男に、そうさ、あんたと話などしたくもないと言い放つことはできたが、そんなことを言ったら、元も子もない。それよりもトリグヴィをなだめて、優しく話しかけ、スナップス・グラスにブレンヴィンを注ぎ、タバコに火をつけてやる方がいい。世間話をし、今でもまだ羊の頭の燻製《くんせい》とカブの酢漬けを一緒に売っている店の話をし、昔はガキ大将たちはヴェスパに乗って、後ろの荷台に女の子を乗せてこのバスセンターまでやってきて、特別料理の羊の頭とカブの酢漬けを食ったものだと言ったりする方がいい。ブレンヴィンも効果を発揮した。トリグヴィはブレンヴィンをあおり飲みして次第に口が軽くなり、よくしゃべるようになった。エーレンデュルは酒を勧めながら、ときどきトリグヴィの大学時代に話を戻し、ユニークな実験をしたがっていた男がいたという噂を聞いたと言って探りを入れた。

「腹は空《す》いていないか？」トリグヴィがようやく話し始めた頃、エーレンデュルが訊いた。

「俺はさ、牧師になるつもりだったんだ」と言って、トリグヴィは手を振った。食事はいらないという仕草だ。そしてまっすぐに酒瓶に手を伸ばして、ラッパ飲みを始めた。瓶を置くと、服の袖で口をぬぐった。「しかしさ、神学はほんと、つまんねえのよ。それで、医学も勉強し始めたんだ。俺の仲間はたいてい医学生だったたってこともあったな。俺は……」

「ん？」

「あいつらにはずいぶん長いこと会ってないな。みんな医者になっているんだろうな。いろんな専門分野でさ。金持ちになって、ぶくぶく肥ってさ」

「そんな奴らが思いついたことなのか？」

トリグヴィはエーレンデュルをじろっと見た。この場を仕切るのは俺だぞ、口出しするなと言わんばかりに。気に入らなかったら、出て行けという顔だった。

「俺はさ、あんたが何でこんな古いことを知りたがるのか、どうしてもわからん」

エーレンデュルは溜め息をついた。

「じつは今俺が抱えている事件と関係があるんじゃないかと思うんだ。今はそれ以上は言えない」

トリグヴィは肩をすくめた。

「ま、好きなようにやればいいさ」と言った。また酒瓶に手を伸ばし、一口飲んだ。エーレンデュルはなにも言わずにじっと待った。

「聞くところによると、あんたが自分から実験台になってやると言ったそうだね」とうとうエーレンデュルは切り出した。

「それはひどいデタラメだ」トリグヴィがすぐ反応した。「俺の方からなど言い出しちゃいない。あいつらがやってきて、俺に頼んだんだ。あいつらの方から言い出したことだ」

エーレンデュルは黙って話を促《うなが》した。

「俺はあのバカの話など、聞くんじゃなかったんだ」

「あのバカとは？」

「俺のいとこだよ。あの忌々しいバカ野郎のことさ！」

そのあと、二人とも黙り込み、それぞれの想いに沈んだ。エーレンデュルはしつこく訊きたくなかった。トリグヴィが自分から話しだすのを待った。たとえ話し相手がたまたまバスステーションで会った見知らぬ人間であれ、ぶちまけたいという気持ちがトリグヴィの中に生まれるのを待つことにした。

「寒くないか？」トリグヴィが訊いた。着ていたヤッケを体にぴったり巻きつけている。

「いや、建物の中だから、寒くはない」

「俺はいつも寒くて仕方がないんだ」とトリグヴィ。

「いとこの話だったな」

「詳しくは憶えていないんだが」トリグヴィがポツリと言った。

「あれは、みんなで飲みに出かけていたときだった。突然その話でみんな盛り上がった。だが、実験台になる人間がいなかった。神学を勉強している奴にしよう、と誰かが言った。そうだ、あいつを地獄に送り込もうと。男たちの中に俺のいとこがいた。金持ちで、あいつは死に対して異常な興味をもっていた。当時俺も死には少し興味をもっていた。それを奴は知っていた。そして俺に当時の金で人のもらう一カ月分の給料と同額を払うと言った。またその連中の中には、当時俺が少し惚れていた女の子もいた。もしかすると、俺は彼女のために引き受けたのかもしれない。うん、それは否定できないな。二人は俺より長く医学を勉強していた。二人とも最終学年だったんだ。そう、その女の子も」

18

トリグヴィは酒瓶を半分ほど空にすると、しばらく憂鬱《ゆううつ》そうに窓の外のバスの発着所を眺めていた。彼の話には一貫性がなく、何度も同じことを繰り返したかと思えば、不自然にしゃべるのを避けていると思われるところもあった。ときには話の途中で黙り込んだりした。エーレンデュルは口を挟むのをためらった。黙り込んだトリグヴィは頭を垂れ、目の前のテーブルに目を落としてじっと睨んでいた。その姿は、エーレンデュルには救いようもないほど孤独に見えた。トリグヴィは若いときに実験に応じたことを今まで誰にも話したことがないのかもしれないとエーレンデュルは思った。トリグヴィはその経験を自分の中で理解も消化もできないいま今まできてしまったのではないか、その経験は幽霊のようにずっと彼を追いかけてきたのではないかとも思った。

実験を思いついたのはトリグヴィのいとこだった。彼は医学コースの最終年にいて、卒業したら秋にはさらに勉強を続けるためアメリカに留学することになっていた。当時いとこはボルガルスピタリンという病院で働いていて、なにをしてもすぐに話題の中心になって注目を集め、ギターを弾き、面白おかしい話をしてみんなを笑わせたり、フィヨルドにある観光地ソルスムルクまでの旅行を企画したりもした。様々な方面で活躍し、その自信は確固たるもので、何でも先頭に立って大胆に行動した。そのいとこが親族が集まるパーティーでトリグヴィにフランスの学生たちの実験の話を読んだかと訊いた。それは非合法な実験だったが、当時話題をさらっていた。

「いいや。何の実験？」といとことは正反対の性格のトリグヴィは訊いた。トリグヴィはなにをするにもゆっくりで、内気で、一人でいるのが好きなタイプだった。大勢の人が集まるようなところで話をするのは苦手で、ソルスムルクへのグループ旅行にも参加しなかった。トリグヴィはすでにその頃アルコール摂取量のコントロールがきかなくなり始めていた。

「それがさ、信じられないような話なんだ」といとこは言った。「彼らは仲間の一人に心臓を停止させる実験をしたんだ。三分間死なせて、そのあと息を吹き返させたらしい。この実験、フランスの法制度の下では、裁くことができないらしい。そう、殺したわけじゃないんだからな」

いとこはこの出来事が頭から離れないらしかった。その後数週間、彼はフランスの学生たちの実験、彼らの行為に関する裁判のことを話し、自分も同じような実験がしたいとトリグヴィの耳に囁《ささや》いた。以前からそんな実験をしたいと考えていたところにフランスの学生たちの実験が報道されて、もはや我慢ができなくなったらしかった。

「お前は神学を勉強していただろう？　お前だって興味があるに決まってる」

ある日、大学の医学部のティールームでいとこはトリグヴィに言った。

「俺は殺されたくない。他の人間を探してくれ」とトリグヴィは言い返した。

「お前以外にいないよ」いとこは言った。「お前はこの実験にぴったりなんだ。まず、若くて元気だ。心臓疾患《しっかん》はないし親類の中にも心臓を患《わずら》っている人間はいない。ダグマルも参加するよ。それともう一人、俺の知っている人間で医学生のバッディという奴も来る。もう彼らには話してあるんだ。実験は全然心配ない。なにも問題ない。ほら、あのさ、お前はいつも、死んだあとどうなるんだろうと興味をもっていただろう?」

トリグヴィはダグマルのことは知っていた。医学部に入ったときすぐに彼女に目が留まった。

「ダグマルも?」

「ああ」といとこは言った。「彼女はとても頭がいいんだ」

トリグヴィはそれには気がついていた。ダグマルはいとこの友達で、トリグヴィは一度学生ダンスパーティーで話をしたことがあった。あとにも先にも一度だけ参加したダンスパーティーだったが。ダグマルはトリグヴィたちがいとこ同士だということを知っていた。その後トリグヴィは彼女と二、三度会ってコーヒーを飲んだ。魅力的な女性だと思ったが、とてもそれ以上先に進む勇気はなかった。

「彼女がこの実験に参加したいというのか?」トリグヴィは驚いて訊いた。

「ああ、そうだよ」いとこは答えた。

トリグヴィは信じられないというように首を横に振った。

「ああ、それから、あんたにはもちろんそれなりの金は払うよ」いとこは言った。

しまいにトリグヴィは実験に同意した。自分でもなぜ引き受けたのかわからなかったが説得に負けてしまった。いつも金に困っていたこと、ダグマルの近くにいたかったこと、いとこがしつこかったこと、そして、自分が死後の世界に関心があることをいとこに見抜かれてしまったのも大きい理由だった。

いとことは子どもの頃からの付き合いだった。彼はトリグヴィが死後の世界や神、天国、地獄に関心があることを知っていた。二人とも宗教心の篤《あつ》い家庭で育ち、子どもの頃は日曜学校に通わされた。親たちはことあるごとに教会に行き、教区の人々のために働いた。しかしトリグヴィもいとこもとくに宗教心が篤かったわけではなく、それどころか年齢とともに復活とか、永遠の命とか、天国の存在などは信じなくなっていた。トリグヴィ自身は、そのために自分はもっと宗教のことを知りたいと思うようになり、神学を勉強し始めたのではないかと思っていた。彼の心の中にある疑問、彼が幼い頃からずっと心に抱えてきた疑問、すなわち、本当に神はいるのか？　本当に永遠の命はあるのか？　という問いの答えを得るために。

「俺たちはこのことを小さい頃からずっと話してきたよな」といとこは言った。

「ああ。だが話すのと、これとは……」

「お前は疑問に対する答えを得るために神学を勉強し始めたんだよな？」

「じゃ、お前はどうなんだ？」トリグヴィが言った。「この実験でなにを証明したいんだ？」

いとこはにやりと笑った。

「なにも怖いことはないさ。とにかく今まで誰もしてないことだ。少なくともこれほどのことは。死の向こう側に明るい光が見えるか、トンネルに入るのかをテストしてみることはスリル満点じゃないか。俺たち、特別に危険なことをするわけじゃない。大きなリスクはないんだ。これは絶対にうまくいくんだから」

「そう言うのなら、なぜお前が実験台にならないんだ？　なぜお前自身が眠りに入る実験をしないんだ？」

「それは決まってるじゃないか。この実験には有能な医者が必要なんだ。考えてみろよ、トリグヴィ。お前と俺じゃ比較にならないだろ？」

トリグヴィはフランスの医学生たちの記事を読んだ。彼らは実験台になった学生を覚醒させることに成功した。学生は完全に復活し、本人の言葉によれば以前とまったく同じように元気であるという。

彼らが実験を行なった日はトリグヴィのいとこの二十七歳の誕生日だった。その夜彼らはいとこの家に集合した。トリグヴィといとこ、その女友達のダグマル、そしてバッディの四人はそこから病院へ行った。いとこは使用されていない部屋を用意していた。そこには浴槽と心電《E》図測《CG》定器と除細動器《AED》が設置されていた。トリグヴィは浴槽に入った。学生たちはどんどん冷水を浴槽に満たし、その上大きな袋入りの氷を何袋も冷水の中に入れた。

トリグヴィの脈拍は次第にゆっくりし、とうとうしまいに彼は意識を失ったのだった。

「俺が憶えているのは、目を覚ましてからのことだけだ」と言うと、トリグヴィはまた外のバスを眺めた。ちょうど一台入ってきたところだった。雨が降り始めて、南の空は真っ暗になっていた。バスの窓に雨が激しく降りかかっている。

「その後、どうなった？」

「なにも起きなかった」トリグヴィが言った。「ほんとになにも起きなかったし、なにも感じなかった。なにも見なかった。生の世界から死の世界へのトンネルにも入らなかったし、光も見えなかった。ほんと、なにもだよ。俺はただ眠りに入って、目が覚めただけだった。他のことはなにもなかった」

「だが、実験は成功した。いや、彼らは成功した……、彼らはあんたを一瞬死なせるのに成功した？」

「ああ、少なくとも、いとこはそう言ってた」

「そのいとこは今どこにいる？」

「アメリカへ行った。専門医になるために。まだ向こうにいるんじゃないかな」

「ダグマルは？」

「彼女がどこにいるのか、俺は知らない。俺は……、俺はあのあと一度も彼女に会っていない。俺は医学コースをやめてしまったしな。いや、大学をやめてしまったんだ。そのあとは海に出たよ。船員生活さ。気持ちよかったな」

「それまでは調子は良くなかったのか？」

トリグヴィは答えなかった。

「奴らはその実験を繰り返したのかな?」エーレンデュルが訊いた。

「さあ、どうだろう。俺は知らない」

「あんたはその後、すっかり元に戻ったのか?」

「何の変わりもなかったから、元に戻ったもなにもない」トリグヴィが言った。

「神はどうだった? 神はいたのか?」

「神はいなかったな。天国もなかった。地獄もな。なにもなかった。いとこはひどくがっかりしてたよ」

「あんたは? あんたはなにか答えが得られると思ったのか?」

「ああ、もしかすると。俺たちはなにかわかるかもしれないと期待したと思う」

「だが、なにも起きなかった?」

「ああ」

「そのことについては、なにもとくに言えることはないんだな?」

「そうだ。なにもない」

「確かか? あんたはなにも隠していないんだね?」

「ああ、なにもない」

二人はしばらく黙って座っていた。カフェテリアはさっきよりも人が多くなっていた。トレイに食べ物を載せて座る者、コーヒーだけを飲む者、壁にかかっている新聞を取って目を通す者。その間にもスピーカーから出発時間、到着時間のアナウンスが流れる。

「そして、そのあとはすべてが終わったのか？」エーレンデュルが訊いた。

「何だって？　それはどういう意味だ？」

「あんたの暮らしさ」エーレンデュルが言った。「あんたの暮らしはその後決して楽じゃなかっただろう？」

「それはあの忌々しい実験とはまったく関係ない。あんたは関係があるとでも思っているのか？」

エーレンデュルは肩をすくめた。

「あんたはこのバスステーションに何年も通ってきてるだろう？　この窓側の席に座ってバスを眺めてきた」

トリグヴィは情けなさそうな顔をして窓の外を眺めた。まだ雨が降っている。遠くにレイキャネスとケイリが霞んで見えた。

「あんたはなぜここに来るんだ？」エーレンデュルはほとんど聞こえないくらい低い声で訊いた。

トリグヴィは目を上げて彼を見た。

「俺がなぜここに来るのか、知りたいのか？」

「ああ」

「安らぎを感じるから。そう、安らぎだな。ときどき思うんだ。あのとき、こっちに戻らなきゃ良かったんじゃないかと」

厨房《ちゅうぼう》からガラスが割れる音がした。砕けたグラスが床に飛び散る音だった。

「ここに来ると不思議な落ち着きを感じるんだ。説明できないな。あんたに説明できないんじゃなくて、誰にも説明できないような気がする。俺自身にさえもだ。あのとき以来、もうなにもかもがどうでもよくなってしまった。他の人間たちとか、大学とか、俺の暮らしとか、なにもかもがどうでもよくなってしまったんだ。俺は暮らしというか現実の生活に、何の繋がりもなくなってしまったんだよ」

トリグヴィは話し続けるのをためらっているようだった。エーレンデュルは雨が激しく窓ガラスに降りかかる音を聞いていた。

「それで、あのときから……」

「ん？」

「あのときから、俺は気持ちの安らぎというものがなくなってしまった」そう言うと、トリグヴィはケフラヴィーク行きのバスが静かに動きだすのを目で追った。「俺はいつも落ち着かないんだ。いつも追い立てられているような気がしてならないんだ。まるでなにかが起きるのを、いや誰かが俺を待っているような、そんな気がするんだ。だが、どこに行けばいいのか、なにを、誰を待っているのか、どうしたらいいのか、わからないんだ」

「あんたは自分がなにを待っているんだと思う？」

「わからないと言ってるじゃないか。あんたは、俺の頭がおかしいと思ってるだろう。みんな、俺のことを頭が変になった人間だと思うんだ」

「いや、俺はもっと変な人間に会ったことがあるさ」エーレンデュルが言った。

トリグヴィはケフラヴィーク行きのバスが見えなくなるまで見送った。

「ここ、寒くないか?」とトリグヴィはまた訊いた。

「いや」とエーレンデュル。

「バスに乗って旅立つ人をここに座って見ているのはおかしな気分だよ」としばらく沈黙したあとでトリグヴィが言った。「バスに乗り込む人を見る、バスが出発するのを見送る。旅立つ人が一日中いるんだ」

「見送るだけでなく、あんた自身が旅立つことはないのか?」

「それはない。俺はどこへも行かないよ。いや、絶対に行かないね。俺はどこにも行かない。バスに連れていってもらおうとは思わないんだ。人はどこへ行くんだろう? みんな、どこへ行くんだ? 教えてくれ。一体全体、こんなに大勢の人たちはどこに向かっているんだ?」

この男は何の話をしているのかわからなくなってしまっているとエーレンデュルは思ったが、もう少しこの話を続けたいと思った。汚れた手、げっそりした顔を見ているうちに、これは幽霊だ、幽霊としか言いようがないという気がしてきた。

「そうか、あんたを実験したのはあんたのいとことダグマルという医学生の女性、そしてバッディと呼ばれていた男だったんだな。バッディって、誰なんだ?」

「その男にはそれまで会ったこともなかった。いとこの友達と言ってたな。バッディというのはあだ名だろうが、本当の名前は知らない。何でも医学を勉強する前は演劇科だったとか聞いたな。バッディとみんなに呼ばれてた」

「ふーん。もしかするとバルドヴィンじゃないか?」

「ああ、そうだ。そういう名前だった」とトリグヴィはうなずいた。

「確かか?」

トリグヴィはまだ火をつけていないタバコを唇にくわえたままうなずいた。

「以前は演劇科の学生だったと言ったか?」エーレンデュルが訊いた。

トリグヴィはまたうなずいた。

「そいつは俺のいとこの友達だった。芝居はうまかったとか。三人の中で俺が一番信用できないと思った奴さ」

19

ドアを開けた女性の顔に怪訝そうな表情が浮かんだ。冷たく乾いた北風が吹いていた。エーレンデュルはコートの襟を立て、背中を丸めてその家の玄関前に立っていた。前もって電話をかけてはいなかった。女性は突然の訪問者に不審な顔をし、家の中に通すつもりはないという拒絶の表情を浮かべていた。エーレンデュルは警察の者だと言い、マリアの父親が死んだときの状況を調べていると付け加えた。女性はそれについて話すことはなにもないと言った。

「それより、なぜ今あのことを調べているんです?」と女性は訊いた。

「自殺に関係することだからです」とエーレンデュルは答えた。「我々は今、北欧五カ国の自殺の原因に関して調べているんです」

戸口に立っている女性クリスティンはなにも言わず、そのまま動かなかった。彼女はマリアの父親マグヌスの姉で、マグヌスの友人のイングヴァルが教えてくれた人だった。もしもマグヌスの妻レオノーラがシンクヴァトラ湖で夫が溺死したときのことを誰かに話していたとすれば、それはクリスティンかもしれないと。クリスティンは一人暮らしだった。イングヴァルによれば、結婚はせず生涯独身で、人が訪ねてくるのを煩わしいと思っているらしかった。

「ちょっとでいいんです。中で話を聞かせてもらえませんか?」とエーレンデュルは足踏みしながら言った。寒くて凍えそうだった。「時間はとらせませんから」と付け加えて言った。

少しためらってからようやくクリスティンは仕方がないという顔をしてエーレンデュルを中に入れ、ドアを閉めた。二人とも寒さで震えていた。

「今日はめったにないほど寒いわね」クリスティンが言った。

「ええ、いや、本当に寒い」とエーレンデュル。

「こんなに時間が経ってから、何で今あのことを調べるのですか」ソファに腰を下ろすとクリスティンは苛立った調子で言った。

「マリアをよく知る人たちから話を聞いて回っているのですが、あなたに訊いて確かめたいことがあるんです」

「なぜ今マリアのことを調べるんです？　こういう場合のルーティンなのですか？」

「これは再調査ではないんです」エーレンデュルが言った。「我々はたまたま手に入った情報を確認しているだけです。シンクヴァトラ湖での事故は当時調査されましたし、経過はすべて調査確認済みです。それに疑問を呈しているのではない。マグヌスの死は事故死とみなされ、そのことは揺るぎないのです」

「それじゃ、あなたはなにを探しているんですか？」

「今言ったことをもう一度繰り返させてください。あの報告書に書かれていることはすべてそのまま残り、一言たりとも変えはしません」

クリスティンはまだ疑わしげだった。七十歳を過ぎているだろうか。ショートカットの髪の毛がウェーブしている。美しい女性だが、どこか神経質そうだ。エーレンデュルを見る目は用心深げで、簡単に気を許したりしないと語っていた。

「わたしからなにを聞き出したいんです？」

「あなたが今あるいはあとで私になにを話そうと、あなたの弟さんが事故死したとする報告書の内容を変えはしません。その点をよく理解していただきたい」

クリスティンは深く息を吸い込んだ。もしかするとエーレンデュルが今なにを探しているのか、わかったのかもしれない。たとえそれを表情に出さなくとも。

「あなたがなにを言おうとしているのか、わからないわ」

「いや、別にむずかしいことじゃないです。この何十年もの間、誰も疑問をもたなかったことに首を突っ込むつもりはないんです。レオノーラがあなたに私たちが知らないことを話したとしても、この件の調査は完了しているという事実は変わらない。レオノーラとは仲が良かったのでしょう？」

「ええ」

「レオノーラはあの湖で起きたことについて、あなたと話したことがありましたか？」

エーレンデュルは、この質問が踏み込みすぎかもしれないということは承知していた。手のうちにはごくわずかな疑念があるだけだった。それはイングヴァルから聞いた話のごく小さな矛盾点、そしていい加減な捜査報告書、加えてイングヴァルが言った母親と娘の関係があのあとそれまでにないほど密接になったという話。クリスティンがもし本当にレオノーラの信頼を得ていたのなら、もっとなにかを知っているかもしれない。もしなにかこちらからは見えない理由があって、この数十年間彼女が口をつぐんでいることがあったとしたら、もしかすると今なら話してくれるかもしれない。クリスティンは正直そうな、まっすぐな人間のようにエーレンデュルの目に映った。もしかすると彼女は複雑な状況の中で確かな目をもっていた唯一の人だったのかもしれない。

部屋の中が静まり返った。

「あなたはいったいなにを知りたいんです?」とうとうクリスティンが訊いた。

「何でも。あなたが話せることすべて」

クリスティンはエーレンデュルをまっすぐに見て言った。

「あなたがなにを求めているのか、わからないわ」と言ったが、その声は前のように確信に満ちたものではなかった。

「まず訊きたいことがあります。マグヌスは機械によわく、モーターのことなどまったくわからなかったと聞いています。ところが、あのときの警察の捜査報告書にはマグヌスは事故の前日、自分でモーターをいじっていたとある。このこと、知ってましたか?」

クリスティンは答えなかった。

「マグヌスの友人イングヴァルによれば、じつは彼があなたのことを教えてくれたのですが、マグヌスはモーターのことなどまったくわからない人だった、ましてや彼が自分でモーターを修理するなどということは考えられないと言うんです」

「そう」

「レオノーラは警察に、マグヌスが前の晩自分でモーターを修理しようとしていたと話している」

「それは知らなかったわ」クリスティンは肩をすくめた。

「マリアの古くからの友人は、あの湖のあたりでなにかが起きたに違いないと言っている。なにかはっきりしない、決して表に出てこないことが起きたに違いない、マグヌスの死は事故ではないと思うと言っている。それは単なる〝感じ〟に過ぎないが、別の友人はマリアが『彼はどっちにしても死んだだろう』と言うのを聞いているんです」

「どっちにしても死んだだろう？」

「ええ。父親のことです。マリアはそう言ったらしい」

「どういう意味かしら？」クリスティンが言った。

「友達にはその意味がわからなかった。だがもしかすると、その日に死ぬのは彼の宿命だったということかもしれない。いや、もう一つ考えられる解釈がある」

「それは？」

「彼は死ぬに値するようなことをした、死んで当然、という解釈も可能かと」

エーレンデュルはクリスティンを見返した。彼女はその視線を受けず目をつぶり、肩をがっくりと落とした。

「あのとき湖畔で、我々の知らないことが起きていたのなら、話してくれませんか？」エーレンデュルは静かに問うた。

「さっきあなたはあの時の報告書を書き変えたりしないと言ったわね？」

「何でも話してください。以前の報告書を変えることは決してありませんから」

「誰にも話したことがないのだけど」クリスティンが話し始めた。その声はほとんど聞き取れないほど低かった。「レオノーラが死の床に就いていたときのこと」

　クリスティンにとってこの話をするのは苦しいことに違いないとエーレンデュルは思った。長いこと沈黙が続いた。エーレンデュルは彼女の立場に立って考えてみた。自分の訪問は彼女にとって突然だったはずだし、自分の問いは彼女にとって思いがけないものだったに違いない。だが自分が彼女を訪ねてきたことは不信感を抱かせるものではないようだ。

「確か棚の中にオールボリ（ジャガイモの蒸留酒。アクアヴィットの一種）があるはず」と言うと、クリスティンは立ち上がった。「一杯いかが？」

　エーレンデュルはうなずいた。クリスティンは小さなグラスを二つ持ってくると目の前のテーブルの上に置き、口まで注いだ。エーレンデュルがグラスを手に持った頃には、すでに一気に飲み干し、二杯目をグラスに注いだかと思うと、それも半分まで飲んでようやくグラスを置いた。

「二人とももう死んでしまったことだし」

「はい」

「話してもなにも変わらない、のよね？」

「ええ、そういうことです」

「わたし、モーターのこともボートのことも知りません、何にも」

そう言うと一瞬クリスティンは黙った。そして次にこう言った。

「どうしてマリアは自殺したのかしら？」

「さあ、わかりません」エーレンデュルが言った。

「かわいそうな娘《こ》」クリスティンは溜め息を吐いた。「マグヌスが死ぬ以前のあの子のこと、わたしはよく憶えています。あの子はマグヌスとレオノーラにとってまさに太陽だった。あの二人にはあの子のあと子どもができなかったから、あの子はまさに秘蔵っ子でした。それはそれは大事に育てられたのよ。でも、マグヌスがシンクヴァトラ湖で溺死してから、マリアの人生は一変してしまった。レオノーラにとってもそれは同じだったはず。レオノーラがマグヌスを深く愛していたのは知ってました。レオノーラにとって彼は本当にすべてだった。そしてマリアも父親が大好きだった。だから、わたしにはどうしてあんなことになったのか、わからなかった。彼がなにを考えていたのか、わからなかった」

「彼？　マグヌスのことですか？」

「あの事故以来、母と娘はぴったりくっついて離れなくなったの。レオノーラはマリアを守ったのでしょうけど、それはもう過保護と言ってもいいほどだったわ。そう、護りすぎたということね。レオノーラは他の人間をマリアに近づけなかった。とくにマグヌスの側の人間たち、つまり、わたしを含む親族のことですけど。そうなの。あれ以来わたしたちの付き合いはストップしてしまった。そう、あの湖での事故以来、レオノーラはわたしたちとの関係を断ち切ったと言ってもいい。そのことをわたしは本当に変だと思ったものよ。でも、真相はレオノーラが死ぬ直前までわからなかった。死ぬ直前、あと何日も保たないというときになって、どうしてもわたしに会いたいと言ってきたの。わたしたちはもう何年も、いえ、何十年も会っていなかった。レオノーラは自室のベッドに横たわっていて、ドアを閉めてすぐそばに座ってと言ったわ。そして死ぬ前にどうしてもわたしに言い残したいことがあると言った。わたしはどうしていいかわからなかったから、言われたとおり会いに行ったわ。すると彼女はマグヌスのことを話し始めたの」

「それは、湖で実際はなにが起きたのかを話したということ？」

「いいえ。でも、彼女は怒っていたの、マグヌスのことを」

クリスティンはまたアクアヴィットをなみなみと注いだ。エーレンデュルは首を振って断った。クリスティンは一口飲むとゆっくりグラスをテーブルの上に戻した。

「今はもう、二人とも死んでしまった」

「ええ」

「あの二人はほとんど一心同体だったのよ」

「レオノーラは臨終の床でなにを言ったんです？」

「マグヌスは他の女の方へ行こうとしていたと。じつはわたしはそれを知っていたの。マグヌスから直接聞いていたので。レオノーラがわたしに会いたかった理由はそれだったのよ。彼女はわたしがまるでマグヌスとグルになってなにか策略を講じたとでも思っているような口調だった。そうズバリ言われたわけではなかったけど、彼女がそう思っていることははっきりわかった」

エーレンデュルは口ごもった。

「つまり、マグヌスはレオノーラを裏切っていた？」

クリスティンはうなずいた。

「それは彼が亡くなる二、三カ月前に始まったことだった。マグヌスがわたしに話してくれたのよ。そう、信頼のもとに。彼は他の誰にも言わなかったと思う。わたしも誰にも話さなかった。それは他の人には関係ない、当人たちだけの問題だったから。マグヌスはレオノーラに別れたいと言ったの。それは彼女には青天の霹靂《へきれき》だったはず。本当に、思ってもみなかったことだったと言っていたわ。彼女はマグヌスを心から愛していて、まったく……」

「それをマグヌスはサマーハウスに行ったときにレオノーラに言ったんですね？」

「ええ。マグヌスは死んでしまったし、わたしは彼が他の人に出会ったことを誰にも、一言も言わなかった。レオノーラはもちろん、他の誰にも。マグヌス当人は死んだわけだし、もう誰にも関係ないことだと思ったのよ」

クリスティンは深く息を吸った。

「レオノーラはわたしを責めたわ、マグヌスから話を聞いたときになぜすぐにそのことを自分に教えてくれなかったのかと。でもわたしは、それは彼が直接レオノーラに話すべきことだと思ったの。彼女の態度はじつに猛々しかった。そして死の床でもまだとても攻撃的だったわ。死が迫っているその瞬間にも、わたしが彼女を裏切ったと、腹を立てていたわ。彼女が死んだとき、わたしはとてもお葬式に行く気にはなれなかった。それは、今では後悔している。マリアのために行くべきだったと」

「あの事故について、あなたはマリアと話したことがあるんですか？」

「ないわ、一度も」

「マグヌスが関係をもったという女性は誰か、教えてもらえますか？」

クリスティンはアクアヴィットをまたグイと一口飲んだ。

「それ、今はもう関係ないでしょう？」

「さあ、それはわかりません」エーレンデュルが言った。

「マグヌスがはっきり結論を出そうという態度に出たのは、その女性の事情が事情だったからだとわたしは思っているの」

「どういうことです？」

「彼が関係をもった女性はレオノーラの近しい友達だったということ」

「なるほど」

「そのことのあと、レオノーラと彼女は絶交しています」

「あなたは弟さんとその女性の関係を、湖でのあの事故と結びつけて考えたことがありますか？」

クリスティンは眉をひそめてエーレンデュルを見返した。

「いいえ。いったいなにが言いたいの?」

「私は……」

「そもそもなぜあなたは遠い昔の事故のために、こうやって時間を使っているんです?」

「あの事故のことが今回……」

「マリアの死とあの事故のことが関係しているとでも言うんですか?」

「いや、そうではない」とエーレンデュル。

「でもマリアは女友達に、父親はどっちみち死んだかもしれない、というようなことを言ったのよね?」

「ええ」

「わたしはあの湖で起きたことは信じられないほどの悲劇だったといつも思ってきたわ。それしか考えられなかった」

「しかし、今は?」

「しかし、と言うつもりはないわ。あれはもう終わったこと。なにかを変えるにはもう遅すぎます」

そのタクシーステーションは町の中央にあった。平屋造りで、昔は立派な建物だったに違いない。もともとは町の集会所として使われていたもので、かつては若者たちがポマードで固めたへアスタイルで女の子たちを誘い、彼女たちは美容院に行っておしゃれをし、流行のアメリカンスタイルでロックンロールを踊り明かした場所だった。建物の半分が現在はタクシーステーションに改造されて、かつてを偲ばせるものはなにもなくひっそりと静まり返っていた。年配の男二人がカードゲームのジンラミーをしていた。床は擦り切れたコルク材で、かつては白かったと思われる壁の色は薄汚れ、壁や床から立ちのぼってくる悪臭は強力な消臭剤のなかった時代からそのまま引き継がれているものだった。そんな場所に足を踏み入れると、まるで五十年前の時代に戻ったような気分になった。エーレンデュルは面白いと思った。彼は一瞬足を止め、この場所の歴史に思いをめぐらせた。

カウンターの中の女性が目を上げた。カードゲームをしている男たちが応対するつもりがないと見てとると、彼女はタクシーを頼みたいのかと訊いた。エーレンデュルは女性の方に近づくと、エルマールという運転手を探しているのだが、と言った。

「三十二号車のエルマールかしら？」と、建物とだいたい同じくらい昔に青春時代を過ごしたと思われる受付の女性が訊いた。

「そうだと思う」とエーレンデュルは応えた。

「まもなく戻ってくるわ。座って待ってたら？　もうじき来るわよ。いつもここで夕食食べるから」

「ああ、そう聞いてきたので」

エーレンデュルは礼を言って、近くのテーブルの前に腰を下ろした。ジンラミーをしていた男の一人が顔を上げてエーレンデュルの方を見たが、エーレンデュルがうなずいて挨拶しても、男は無表情で何の反応も見せなかった。男たちはカードゲームに没頭しているように見えた。

古い新聞などをめくっていると、男が一人ドアを開けて入ってきた。

「向こうの人があんたを探しているわよ」と受付の女性はエーレンデュルの方を指しながら言った。エーレンデュルは立ち上がって男に握手の手を差し出した。男はその手を握って、エルマールと名乗った。エーレンデュルは行方不明のダーヴィッドの兄だった。五十歳ほどだろうか、丸顔ででっぷりしている。頭の毛が薄い。ずっと座っている職業のせいか、尻が平らだった。エーレンデュルは小声で用事を伝えた。カードゲームをしている男たちが耳をそばだてているのがわかった。

「そうか、あんたたちはまだ続けてるのか?」エルマールが言った。

「まもなく捜査を終了することになるが」とエーレンデュルはそれ以上は説明せずに答えた。

「これを掻き込んじまいたいんだが、かまわないかね?」と言ってエルマールはカードゲームをしている男たちから離れたところに腰を下ろした。発泡スチロールの入れ物に入ったミートソースらしきものをかけた食べ物を取り出した。エーレンデュルはうなずいて、同じテーブルに腰を下ろした。

「弟さんとの年齢差はあまりなかったようだね」と言った。

「うん。二歳だけだ。俺はあいつの二歳年上。それで？　なにか新しいことが見つかったのかい？」

「いいや」エーレンデュルが首を振った。

「俺たちは兄弟でもあまり付き合いがなかったんだ。いや、俺は弟にあまり関心がなかったと言ってもいい。洟垂れ小僧ぐらいにしか思っていなかった。俺は同じ年頃の者たちとしか付き合わなかったし」

「弟の身になにが起きたのか、考えたことがあるかね？」

「うん。ま、自殺したんじゃないかとは思ったな。怪しい連中との付き合いはなかったし、誰かに恨まれるようなこともなかったと思う。ダーヴィッドはちゃんとした子だったよ。あんなことになってしまったのは、残念だった」

「最後に彼を見たのはいつ？」

「彼が姿を消す前に、という意味か？　だったら、映画に行くために金を貸してくれと言ったときかな。あの頃俺はいつも金欠病だったからな。いや、それは今も同じだがね。ダーヴィッドは放課後ときどきアルバイトをしていたから、ちょこちょこと金を貯めていたんだ。だが、こんなことはあの頃に話したよな？」

「それで……？」

「いや、とくにどうってことはなかった。あいつは俺に金を貸してくれた。まさかその晩が最後になるとは思わなかったし。だからいつものように、じゃあ、と言って別れただけだった」

「兄弟仲はとくにいいというわけではなかった？」

「うん、ま、仲が良かったとは言えないな」

「つまり、信頼してなにかを話すというような関係ではなかったということ?」

「そうだな。いや、つまり、弟は弟だったんだけど、性格もまったく違ったし、それに……」エルマールは猛烈な勢いで食べ物を口に入れた。食べながら、いつも食事の時間は三十分以内と決めていると言った。

「姿を消す前に、ダーヴィッドは誰か女の子に出会ったと言わなかったかな?」

エーレンデュルが訊いた。

「いやあ、知らないな。誰か特定の女友達がいるとは聞いたことがない」

「友達の一人が、ダーヴィッドにはガールフレンドがいたかもしれないと言うんだが」

「いや、ダーヴィッドは女の子と付き合った経験はなかったと思う」と言って、エルマールはキャメルの箱を取り出しエーレンデュルに一本勧めたが、エーレンデュルは断った。「いや、俺が知らなかっただけかもしれないがね」とエルマールはタバコを箱から一本引き抜きながら言ったが、その目はジンラミーをしている男たちの方を見ていた。

「そうか」とエーレンデュルは相槌を打った。「とにかく、あんたの親御さんたちは長いことダーヴィッドは戻ってくると信じていたようだが」

「ああ、そうなんだ。親父たちは……、ダーヴィッドのことばかり考えていた。あいつのことしか頭になかったたな」

その声に苦々しさがにじんでいるのをエーレンデュルは聞き逃さなかった。

「もういいかな?」エルマールが言った。「あいつらとちょっとカードゲームをして遊びたいんだ」

「ああ、もちろん」と言ってエーレンデュルは立ち上がった。「すまない。食事休憩の邪魔をするつもりはなかった」

20

同じ日の夜、エヴァ＝リンドがやってきた。彼女はすでに母親から二人が会ったときの様子を聞いていた。エーレンデュルは自分たちを会わせようとしたもくろみはよくなかったと正直に娘に伝えた。エヴァは首を振りながら言った。

「つまり、あんたたちはもう会わないってこと？」

「お前はできるかぎりのことをやったんだろうが」エーレンデュルが言った。「俺たちははっきり言ってまったく合わないんだ。お前の母親と俺の間には、どうしようもない古い恨みや感情的なしこりがありすぎるから」

「古い恨み？　なにそれ？」

「とにかく彼女と会うのは失敗だった」

「ママは店から飛び出したって言ってたわ」

「ああ」

「とにもかくにもあんたたち二人は今回会ったわけよね」

エーレンデュルは本を膝の上に置いて椅子に座っていた。エヴァ＝リンドはテーブルの向かい側のソファに腰掛けていた。二人はよくこのように向かい合って座る。ときには激しく口論することもあり、エヴァは怒り狂って父親に口汚い言葉を投げつけドアを叩きつけて帰ることもある。一方で二人は理解し合い、互いに相手を受け入れて仲良くなることもある。ときにはエーレンデュルが山岳地帯での滑落や事故について、あるいは昔のその地方の厳しい暮らしについて書かれた本を朗読している最中にエヴァが眠ってしまうこともあった。父親の家に来るときのエヴァの精神状態は安定していることもあるが、興奮してピリピリしていて彼にはまったく理解できないこともあったし、落ち込んですべてに否定的でなにかとんでもないことをしでかすのではないかと心配になることもあった。

エーレンデュルはハットルドーラが詳しい報告を娘にしたかどうか訊きたかったが、それを訊くのはためらわれた。だが、それを察知したようにエヴァが自分から話し始めた。

「あんたは初めっからママのことが嫌いだった、とママは言ってるわ」エヴァは静かに切り出した。

エーレンデュルは本のページをめくった。

「でも彼女自身はあんたのことが最初から好きだったって」

エーレンデュルはなにも言わない。

「あんたたちの変な結婚のこと、それで少しわかるような気がする」

エーレンデュルは依然として黙ったまま、手にしている本に目を落としている。

「あんたと話すのはまったく無駄だったとママは言っているわ」とエヴァ＝リンド。

「俺とお前の母親がお前のためになにができるのか、俺にはわからない。俺たちは気持ちが一つになることはないんだ。それは今までも言ってるだろ」

「うん。ママも同じことを言ってる」

「お前がしようとしていることは理解しているつもりだ。だが、エヴァ、はっきり言って俺たち親の側に問題があるんだ。俺たちはうまくいかない二人なんだよ」

「ママは、そもそも自分たちは出会うべきではない人間だったと言ってる」

「ああ。多分それが一番よかったんだろうな」エーレンデュルがうなずいた。

「それで、もうこのあとは会っても意味がないっていうわけ？」

「ああ。俺にはそう思える」

「でも、やってみるだけのことはあった。そう思っていいのよね？」

「ああ、それはそうだ」

エヴァは責めるような目つきで父親を見た。

「言いたいことはそれだけ？」

「いい加減にしてくれないか？」と言って、彼は本から目を上げた。「俺は努力した。向こうもそうだ。でもうまくいかなかった。とにかく今回はダメだった」

「ということは、次の回はうまくいくかもしれないってこと？」

「それはわからない」

エヴァ＝リンドは溜め息をついた。タバコを一本取り出し、火をつけた。

「あああ、嫌んなっちゃう。あんたたち二人の仲を何とかしたいと思ったんだけどな。でも、まったく望みなしのようね。まったく希望のない二人なんだ」

「ああ、おそらく」

二人は黙り込んだ。

「あたしはいつもあたしたち四人は家族だと思うようにしてきたの。今だってそう。あたしたち四人は家族だってふりをしてるの。でも違うのよね。今までだってそうじゃなかった。あたしは、何と言ったらいいかな、とにかく平和な関係がもてるはずと思ったの。平和な関係。それはあたしとシンドリ、あんたとママを楽にしてくれると思ったのよ。でもさ！」

「俺たちはやってみたんだ、エヴァ。しかし、これ以上はできない。とにかく今は。俺はこう思うんだ、もしその気があったら、とっくに平和な関係がもてたはずだ、と」

「あたし、ママにあんたの弟の話をしたの。彼女、何にも知らなかったわ」

「ああ。俺は弟のことを彼女に話したことはなかった。いや、彼女だけじゃない。他の誰にも話したことがないんだ。俺は弟について誰ともしゃべったことがない」

「ママ、ものすごく驚いてた。ママはあんたの両親のことも知らないって。おじいちゃん、おばあちゃんのこと、何にも。ママはあんたのこと、何だかなにも知らなかったみたい」

「お前のおばあさんは閏年の二月二十九日生まれだ。毎年誕生日がくるわけじゃないが、それが母の生まれた日なんだ。俺はその日には必ず会いに行くようにしていた」

「会いたかったな」とエヴァ。

エーレンデュルは本から目を上げた。

「彼女もお前に会いたかっただろうよ。もし母が生きていたら、ものごとは少し違っていたかもしれない」

「なに読んでるの？」

「悲劇的な出来事について」

「あんたの弟について？」

「ああ。俺は……、これ、読んで聞かせようか？」

「あのさ、あたしのこと、慰めてくれなくていいんだよ」エヴァ＝リンドが言った。

「ん？　何だ、なにが言いたい？」

「あんたとママのことでさ」

「いや、そのことはもういい。ただ、この本をお前に読んで聞かせたいんだ」

エーレンデュルは本を手に取って数ページ戻ると、低いしっかりした声で、恐ろしいほどの悪天候、彼の一生に傷跡を残したあの吹雪の日のことを読み始めた。

〈エスキフィヤルダルヘイジの悲劇〉ダグビャルトゥール・アウドゥンソン著
数百年も前からエスキフィヤルダルヘイジを越えてエスキフィヨルデュルからフリョッダルルへ通じる小道があった。昔からの馬道でエスキフィヤルダルエルヴェン川の北を通り、ランガリグルに沿ってイングリスティンスエルヴェン川の内側を通り、ミドヘイダレンディのヴィンナルダルールとヴィンナルブレックルを抜けて、ウルダルフルートへ上がり、ウルダルクレッツルに沿ってエスキフィヤルデュルランデットに到達する。北にはスヴェラルダルールがアンドリとハルドスカフィの間にあり、ホラフィアルとそれよりさらに北にはセルヘイディが横たわっている。

昔、バッカセルスヒャレイガと呼ばれたエスキフィヨルデュルの奥にあった土地は、フリョッダルール地区へ向かう古くからの道沿いにあった。そこは今は人が住んでいないが、二十世紀の中頃までスヴェイン・エーレンドソンとその妻アスロイグ・ベリイスドッティル、それに八歳と十歳の二人の息子、ベルギュルとエーレンデュルが住んでいた。スヴェインは小規模の酪農を営み、エスキフィヨルデュルにある民間学校で音楽の教師もしていた。一九五六年十一月二十四日、その日は厳しい寒さだったが空は晴れ上がっていた。しかし、道路や山道は雪で覆われていて通行がむずかしかった。この日スヴェインは、以前冬のために羊舎に取り込もうとしたときに見つからなかった、数匹の羊を探し出すつもりで出かけたのだった。その時期はいつも不安定な天候で、野原には枯れ草もすっかりなくなっていた。スヴェインは二人の息子と一緒に明け方出発し、夕方暗くなる前には戻れるようにバッカセルストルプから歩いて山に入った。

最初三人はスヴェラルダルールの谷間に入り、そこからハルドスカフィ山の方へ登った。羊はどこにもいなかった。そこで彼らはエスキフィヤルダルエルヴェン川の方に向かって南へ曲がった。そしてエスキフィヤルダルへイジ高原を歩いた。ゆっくり時間をかけてランガリグルとウルダルクレッツルを通ったが、羊の姿はどこにもなかった。突然天候が変わった。荒れそうだったので、スヴェインはすぐに下山しようとしたのだが、あっという間にあたりは真っ暗になり強い北風と激しい降雪が始まった。それはさらに激しくなり、三人は吹雪と風の中で立ち往生してしまった。吹雪はますます激しくなり、目の前がまったく見えなくなった。スヴェインは子どもたちを見失ってしまった。あたりを動き回り、子どもたちの名前を呼んで探し回ったが子どもたちはどこにもいなかった。気がついたとき彼はエスキフィヤルダルエルヴェン川に沿って歩いてバッカセルストルプにある自分の家へ向かっていた。吹雪の勢いは凄まじく、彼は最後には歩くことができず、四つん這いになって雪の中を這って我が家にたどり着いたのだった。家に着いたスヴェインの衣服はボロボロだった。帽子は吹き飛び、体が氷のように冷えていてほとんど意識がなかった。

エスキフィヨルデュルから救援隊が駆けつけた。まもなくそのあたり一帯の人々は山で二人の男の子が悪天候のため行方不明になっていること、その悪天候が山から今や麓にまで降りてきていることを知った。夜になり、少年たちの捜索のために人々はバッカセルストルプに集まった。だが、悪天候が鎮まらないうちに、また、明るくなる前に捜索に出かけるのは無理だということになった。明け方までの数時間は、猛吹雪の中に息子たちがいるとわかっている夫婦にとって耐えられないほど長い時間になった。とくに父親は気が違ったようになってしまった。呆然として、悲しみのあまり魂が抜けたようになり、ほとんど正気を失ったかのようだった。もう子どもたちは助からないと思い込み、捜索に来ていた人々とは言葉も交わさず、捜索の計画にも参加しなかった。彼の妻のアスロイグはすべての捜索計画に積極的に参加し、翌日の朝早く捜索隊が出発したときには第一捜索隊に加わって山に向かった。レイダルフィヨルデュル、ネスコイプスタデュル、セイディスフィヨルデュルから応援隊を呼んだ。そして参加できる者すべてが捜索に出発した。天候はかなり鎮まってはいたが、山間《やまあい》にある大きな雪のかたまりが捜索隊の行手を阻み、捜索は難航した。彼らはまず高原から捜索を開始した。それぞれが長い棒を手に持ち、雪の中に刺して探していった。あたり一面、男の子たちの跡を探し回ったが、どこにも何の形跡もなかった。当日の夜捜索を行なわなかったうちに、大雪が降り積もっていた。男の子二人はしっかり手を繋いで雪の中に穴を掘って隠れているのではないかと思われた。捜索が開始されたときはすでに十八時間が経過していた。極寒の中、捜索は時間との競争になった。

兄弟は家を出発したとき十分に暖かい衣服を身につけていた。その上に厚いヤッケ、マフラー、手袋もしていた。捜索隊が四時間ほど探した頃、マフラーが見つかった。アスロイグがそれは上の男の子のものだと言った。一行はそのマフラーが見つかった一帯を入念に捜索した。捜索隊の中のセイディスフィヨルデュルから来たハットトルドール・ブリャンソンが雪の中に刺した棒の先になにか抵抗があったような気がすると言った。そしてその場所の雪を掻き分けてみると、上の男の子が見つかった。男の子はうつ伏せに横たわっていた。まるで高いところから落ちたかのように。生きているようだったが、体が極限まで冷えていて、手足はすでに凍傷に冒されていた。ほとんど意識はなく、もう一人の男の子の行方を説明できる状態ではなかった。捜索隊の中でも体力のある者が温かいミルクをもらいに走った。捜索隊の何人かが男の子を交替で背負ってバッカセルストルプにある彼の家まで運んだ。医者が呼ばれ、男の子の体を温めるために様々な試みがなされた。凍傷が手当てされ、体温がゆっくりと上がり始めて、男の子の意識が戻った。体が冷え切っていたため、彼はほとんど命をなくすところだった。

人々は年上の男の子が見つかった周辺を徹底的に捜索したが、弟はどうしても見つからなかった。きっと吹雪でスヴェラルダルールとハルドスカフィの方向に吹き飛ばされたに違いないと人々は言い合った。上の子が意識を取り戻し、弟とははぐれてしまった、どこへ行ったかわからなかったと途方にくれていると聞くと、捜索隊はさらに捜索範囲を広げて熱心に探し回った。上の子は、弟とはしっかり手を握っていたが、強風で手が離れてしまったと言った。すぐに弟の名を呼び、あたりを探し回ったが、強風で何度も転び、体が動かなくなってしまったと言う。少年は泣き叫び、悲嘆にくれ、どうしていいかわからない様子だった。自分もすぐに山に戻って弟を探すと言い張った。しまいに医者が安定剤を与えて落ち着かせた。

夕方になって天候はさらに悪くなり、捜索隊は山からいったん引き揚げざるを得なくなった。エーギルススタディルから来たボランティアたちも山から降りてきた。救援隊本部をエスキフィヨルデュルに設置した。翌日、夜が明けるが早いか、いくつもの捜索隊が出発し、山岳地帯、スヴェラルダルールの谷間、さらには山腹のアンドリとハルドスカフィを探し回った。兄からはぐれてから弟がどう動いたかを推測しつつ、彼らは徹底的に捜索した。しかし、この方面の捜索からはまったく成果が出なかったので、彼らはさらに範囲を広げて北と南に別れて捜索した。しかし、男の子はどこにもいなかった。ふたたび夜になり、捜索は中断された。

組織的な捜索はこうして一週間以上続けられた。しかし、男の子はどうしても見つからなかった。人々はああもあろうか、こうもあろうかと想像した。まるで男の子は地中に呑み込まれてしまったかのようだった。エスキフィヤルダルエルヴェン川に呑み込まれてしまったのではないか、そして川から海まで運ばれてしまったのではないかと言う者がいた。かと思えば、いや彼は強風で煽《あお》られてフィヨルドの高いところまで吹き飛ばされてしまったのではないかと言う者もいた。いや、その子はエスキフィヨルデュルの中にある湿地まで下っていったのではないか、つまり正しい方向に降りてきたのではないかと言う者もいた。

息子が行方不明になったあと、スヴェイン・エーレンドソンの悲しみは計りようもないほどだったと人々は語り合った。その後、この地方の人々は、彼の妻アスロイグがその日の朝、男の子二人を連れて山へ行く夫に注意を促《うなが》したが、夫は彼女の忠告を聞き入れなかったそうだと語り合った。

上の男の子の凍傷はそのうちに回復した。しかし、あの日から彼は内にこもり、暗くなった。また彼は、その後家族がバッカセルストルプに暮らしている間はいつも弟の遺品を探しに山に出かけたという。

このことがあってから二年後、家族はその土地を離れ、レイキャヴィクに引っ越した。その後バッカセルストルプは廃屋《はいおく》となった。

エーレンデュルは本を閉じてすっかり擦り切れた本の装丁を優しく撫でた。エヴァ＝リンドは黙ったまま向かい側のソファに座っていた。しばらくして彼女はテーブルの上のタバコの箱に手を伸ばした。

「内にこもり、暗くなった?」とエヴァ＝リンド。

「ダグビャルトゥール老人は誰に対しても容赦なかった」エーレンデュルが言った。「あんなに好き勝手に書かなくてもよかったのに。俺が内にこもり暗くなったかどうかなど、爺さんは知らなかったのだから。俺に会ったこともなかったのだからね。お前のおじいさんとおばあさんをよく訪ねては来ていたよ。きっと捜索隊に参加した村の連中から話を聞いたのだろうよ。おしゃべりや噂を本に書き残すのは良くないね。たとえこれは聞いた話だが、と断ったとしても書くべきじゃない。彼の書いたことでお前のおばあさんはとても傷ついたのだから」

「あんたも、ね」

エーレンデュルは肩をすくめた。

「昔のことだ。俺はこの話をあえてお前たちにしなかった。きっと母に対する気遣いからだったと思う。母さんはこう書かれたことが嫌でたまらなかったから」

「でも、これ本当なの? おばあちゃんは本当に子どもたちを一緒に連れて行くことに反対したの?」

「ああ、反対した。だが、このようなことになったことで父を責めたりはしなかった。時が経ってからはとくに。もちろん悲しみや怒りはあったと思うが、誰のせいとかいう問題ではないと母はわかっていた。あれは自然との壮絶な闘いだったのだと。冬の前に放牧していた羊をすべて小屋に入れなければならなかった。それがあれほど危険なことになるとは、誰にも予測がつかなかったのだ」

「おじいちゃんになにが起きたの、どうして彼は捜索に加わらなかったの？」

「実を言うと、俺はそのことは本当にわからない。山から降りてきたとき、親父はショック状態だった。猛烈な吹雪の中でベルギュルと俺を見失い、二人ともきっと死んでしまったに違いないと思ったのだろう。まるで、父の命が、ろうそくの火が消えるように絶えてしまったようだった。父は山で俺たち兄弟を見つけることができなかったが、父自身も命からがら山から降りてきたのだ。お前たちのおばあさんの話では、家にたどり着いたその晩、吹雪がさらに大荒れになったとき、父は絶望してしまったと言うんだ。寝室に引きこもりベッドに腰を下ろすと、人々が集まって捜索隊を組んでいることになどまったく関心を示さなかったという。もちろん彼自身、命からがら戻ってきたのだから凍傷もあったし、すっかり弱りきってはいた。俺が無事だったということを聞いて、父は少し元気になったらしい。俺は父の部屋にそっと入った。父は俺を膝の上に抱き上げてくれた」

「ホッとしたんだね、きっと」

「ああ、きっとそうだっただろう。だが俺は……、俺は罪悪感でいっぱいだった。俺にはなぜ俺だけが助かったのか、なぜベルギュルは見つからないのか、死んでしまったのか、どうしても理解できなかった。いや、それは今でも俺にはわからない。何とかできたのではないか、すべては俺のせいではないかと自分を責めた。それからずっと俺はその思いをもったまま、心を閉ざしてしまった。まさに内にこもり、暗くなったんだ。結局あの爺さんの記述は正しかったということになるのかもしれない」

二人はしばらくなにも言わずそのまま座っていた。しまいにエーレンデュルは本をそばに置いた。

「お前のおばあさんはあの家から引っ越すとき、家にあった飾り物はすべて始末した。俺は今まで人々が大急ぎで引っ越した家をいくつも見てきた。テーブルの上には皿がそのまま、食器は食器棚にそのまま、居間には家具が、寝室にはベッドがそのまま残っているのを見てきた。お前のおばあさんは家にあったものはすべて始末した。なに一つ残してこなかった。家具はレイキャヴィクに持ってきたし、いらないものは人にあげた。あの家に住みたいという人はいなかったので、家は空っぽになったまま今でもそこにある。そう、俺たちの家は空き家、廃屋になった。最後の日、俺たちは部屋から部屋を見て回った。じつに変な感じだった。その変な感じは今でも俺の中に残っている。それはまるで、今までの暮らしをそこにそのまま、古いドアや窓の内側に残してきてしまったような感じだった。まるでもう暮らしというものがなくなってしまったような、なにか大きな力が俺たちから暮らしを取り上げてしまったような感じだった」

「ベルギュルを取り上げてしまったのと同じ大きな力？」

「ときどき思うことがある。ベルギュルを解放してやりたいと。一日でいいからあの子が俺の頭に浮かばない日があるといいと」

「でも、そんな日はないんだ?」

「ああ、そんな日はない」

21

エーレンデュルは教会の前に車を停めて、タバコをふかしながら偶然について考えた。まったくの偶然が人の人生を左右することがあると、長い間彼は考えていた。偶然というものが人の生死を左右することがあるのだ。実際にそのようなことが起きるのを仕事の上で何度も見てきた。何の前ぶれもなく、また犯人と犠牲者の間に何の関係もないような、無意味な殺人が行なわれた場面に何度も遭遇したことがある。

中でももっとも無残だったのは、レイキャヴィクの郊外で、夜スーパーマーケットから帰る途中で殺害された女性の事件だ。当時遅くまで営業している店は少なく、そのスーパーは数少ない深夜営業の店の一つで、女性は買い物の帰り道男二人に襲われた。彼らは警察では顔の知られた連中だった。二人は女性を脅して金を奪って逃げるつもりだった。だが女性はどうしてもバッグを放さなかった。男らの一人が小さなバールを持っていた。彼はそのバールで女性の頭を力任せに二度殴った。女性は救急センターに運ばれたときには息絶えていた。

それは二十年前の夏の夜のことで、この女性である必然性はまったくなかったとエーレンデュルは彼女の骸《むくろ》のそばに立って思ったのだった。

女性を襲ったその男らは歩く時限爆弾で、いずれなにかとんでもない事件を起こすことになるのは目に見えていた。だが、彼らの前にその晩その女性が現れたのは、まったく偶然としか言いようがなかった。誰か他の者がその晩、いや一週間後、いや一カ月後、いや一年後に現れたかもしれなかった。なぜその女性だったのか、なぜその場所だったのか、なぜその日のその時間だったのか？　それに、なぜ女性は男たちに対して必死に抵抗したのか？　この殺人事件の始まりはどこにあったのか？　エーレンデュルは問い続けた。男たちの罪を軽くするためではない。ただ、レイキャヴィクの路上が血で赤く染まったわけを知りたかった。

調べると、女性は七年前にレイキャヴィクに引っ越してきた。夫と二人の娘と一緒に移住してきた理由は、それまで住んでいた海辺の魚加工工場が閉鎖されたためだった。漁業組合はトロール船を売却してしまい、エビの養殖業もうまくいかなかった。それが彼女の人生の分岐点になったのかもしれない。

引っ越し先のレイキャヴィク郊外で夫は建設関係の仕事に就き、彼女は電話会社に職を得た。ところが会社が移転したため、彼女はバスでは通えなくなり、辞めざるを得なくなった。その後、小中学校の学校警備員の就職口が決まり、彼女はその仕事に馴染み、生徒たちにも好かれ、すべてがうまくいっていた。毎日学校までは徒歩で通勤し、体を動かすのは気持ちがいいと、夫も誘ってよほどの悪天候でないかぎり毎晩散歩していた。娘たちが大きくなり、上の子はまもなく二十歳になるというときだった。

彼女にとって残された時間はほとんどなかったその運命の晩、家族はみんな家にいて、上の娘が母親に手作りのアイスクリームが食べたいと言った。それが母親にとって最後の秒読みが始まったときだった。冷蔵庫の中にアイスクリームを作るのに必要な生クリームがなかった。他にも足りないものがあったので、母親はスーパーまで買いに行くことにした。

下の娘が、自分が走って買ってこようかと言ったが、母親はそれを断った。夜の散歩がしたかったからだ。夫にも行くかと誘いの目を向けたが、夫は行かないと首を振った。じつは見たいテレビ番組があったのだ。地方の田舎の人々をインタビューする、少し変わった番組の再放送で、彼はどうしてもそれが見たかった。その番組がなかったら、彼はきっと妻と一緒に散歩がてら買い物に出かけたに違いなかった。

母親は一人で買い物に出かけ、二度と戻らなかった。

彼女をバールで殴り殺した男は、力ずくで奪おうとしても彼女はハンドバッグをしっかり抱えて放さなかったと言った。あとでわかったことだが、その日母親は娘の二十歳の誕生日プレゼントを買うために銀行から金を下ろしたのだった。その金がハンドバッグの中にあった。そのために、彼女はどうしてもハンドバッグを放そうとしなかったのだ。ふだんはほとんど現金を持ち歩く習慣はなかったのにその日にかぎって現金を持っていた。それもまた偶然としか言えないことだった。

首都レイキャヴィクで、娘の誕生日のプレゼント用のお金を奪われまいと必死に守った女性が死んでしまった。彼女が責められるとしたら、それは彼女がまったく普通の暮らしをし、家族思いだったせいということになる。

エーレンデュルはタバコの火を消して車を降り、少し先にある教会を仰ぎ見た。灰色の冷たいコンクリートのかたまりだ。この建物を建てた建築家は無神論者だったに違いないと思った。少なくともエーレンデュルの目には建築家に神に対する尊敬の念があったようには見えなかった。むしろセメントを混ぜた建設会社に対する敬意の方が強くあったのではあるまいか。

エイヴル牧師は執務室にいて、電話で話をしていたが、エーレンデュルを見ると椅子に座るように身振りで示した。エーレンデュルは彼女が話を終えるまで待った。執務室には少し扉の開いているクローゼットがあり、中に牧師の制服である黒い衣服と白い襟、そして礼拝用の装具が見えた。

「またあなたですか?」牧師は受話器を置きながら言った。「まだマリアのことを調べているのですか?」

「どこかで読んだのですが、近頃は火葬の方が好まれるようですね」と、質問に答えなくても済むようにと願いながらエーレンデュルは言った。

「火葬を選んで、こまごまと詳細に至るまで指示する人は昔からいましたよ。土の中で体が少しずつ腐っていくのは嫌だという人たちね」

「ということは、これは信仰心とかキリスト教の教えとは関係ないということ、ですかね?」

「ええ、そういうことでしょうね」

「バルドヴィンは火葬したそうですね、マリアを」エーレンデュルがすかさず訊いた。

「ええ」

「それは彼女の希望でもあった?」

「それはどうでしょう。わかりません」

「ということは、マリアはそれについてあなたと話したことはなかった？」

「ええ」

「バルドヴィンはマリアがそう望んでいたとあなたに伝えたのですか？」

「いいえ、そうは聞いていません。彼はただそうしてほしいと言っただけです。教会は本人の希望かどうかの証明は求めませんから」

「それはそうでしょうな」

「あなたはマリアの死が気になるようね？」

「まあ、そう言ってもいいです」

「本当はどうだったと思っているのですか？」

「マリアはとても具合が悪かったのではないかと思う。それも長い間、とても具合が悪かったのではないかと」

「それは私もそう思います。ですから彼女の死を聞いたとき、私はあまり驚かなかった」

「マリアは幻影を見るというようなことをあなたに話さなかったですか？　幻覚というか、そのようなことを」

「いいえ」

「母親のレオノーラを見たような気がするとか？」

「いいえ」

「霊媒師を訪ねたとか?」

「いいえ。そんなこと、聞いたこともないわ」

「一つ質問してもいいですか? 彼女はあなたとなにを話していたのですか?」

「私には個人情報を守る義務があるから詳しく話すことはできません。でも、彼女は自殺について話したことがなかった。ですから、言っても構わないでしょう。私たちは大きく言えば信仰について話していたと言っていいと思いますよ」

「とくによく話していた話題もあった?」

「ええ、ときには」

「何について?」

「赦しについて。罪の告白について。真実について。それによっていかに人が自由になるかについて」

「マリアはあなたに子どもの頃に起きたシンクヴァトラ湖での事故について話したことはありませんか?」

「ない、と思いますけど」エイヴル牧師が言った。

「父親の死については?」

「いいえ。残念ながら、お手伝いできないようですね」

「いや、それはかまいません」と言ってエーレンデュルは立ち上がった。

「一つ、話してもいいかもしれないことがあります。彼女はよく死後の世界のことを話してました。これについては前回あなたがいらしたときにも話したと思いますけど。マリアは……、どう言ったらいいかしら……、年々死後の世界について興味をもつようになったようです。とくに母親が亡くなってからは、ますます。死後の世界の存在について、何らかの証拠がほしくなった。そんな証拠を手に入れるためなら、どんなことでもするというような感じでした」

「どんなことでもする……?」

エイヴルは机の上に身を乗り出した。エーレンデュルの目にエイヴルの後ろのクローゼットに掛けてある牧師の服の白い襟元が映った。

「マリアは相当危険なこともやる覚悟をしていたのではないかしら。でもこれは私が個人的に感じたことで、あなたはそれを信じなくてもかまいません。これはあなたを信じて私が個人的感想を言っているだけですから」

「なぜそう感じたんでしょう?」

「何となくそう感じたとしか言えません」

「ということは、彼女の自殺は……?」

「答えを求めてのことかと。こんなこと、話すべきじゃないと知っていますが、ここ数年来の彼女の様子から言って、あれは彼女が死後の世界があるかどうかの答えを求めての結果ではないかという気がして仕方がないのです」

教会から車に戻り、出発しようとしたとき、携帯が鳴った。シグルデュル=オーリだった。

マリアの携帯の使用状況を調べるように頼んでおいた。バルドヴィンはそれを拒まなかった。亡くなる前の数日の間に、マリアは職場に研究調査のことで電話をかけていた。友人のカレンとはサマーハウスのことで話し、夫のバルドヴィンとは彼の職場である病院に電話をかけていた。そして彼個人の携帯電話にも。

「最後の会話は携帯からで、首吊りしたその晩でした」シグルデュル＝オーリは言葉を選ばず、ズバリと言った。

「それは何時？」

「八時四十分」

「つまりその時点では彼女は生きていたということか？」

「そういうことですね。会話時間は十分でした」

「夫のバルドヴィンはその晩マリアがサマーハウスから電話してきたと言っている」

「なにを考えてるんですか？」シグルデュル＝オーリが訊いた。

「なんだ？」

「この件になにか問題あるんですか？　女性は自殺したんでしょう？　単純なことじゃないですか」

「さあ、どうだろう」

「まるでこれは殺人事件でもあるかのような扱いじゃないですか。わかってるんでしょうね？」

「いや、わからない。彼女が殺されたとは思わないが、なぜ自殺したのか、俺はそれを知りたいだけだ」

「そんなこと、関係ないでしょう、あなたと」

「ああ、そのとおり。まったく関係ない」

「失踪だけじゃないんだ、あなたが関心をもつのは」

「自殺もある種の失踪だ」と言ってエーレンデュルは電話を切った。

霊媒師は戸口まで出てきてマリアを迎えた。降霊の儀式を始める前に少ししゃべって気分を落ち着かせてくれた。マリアはすぐに霊媒師のマグダレーナが気に入った。前に話した霊媒師のアンデルセンと同じように優しくて賢かった。ただ、女性の霊媒師と話すのは男性霊媒師とは違うと感じた。マリアはマグダレーナの前ではそれほど内気ではなかった。それともう一つ、マグダレーナはアンデルセンよりも霊界に通じているようだった。彼女はアンデルセンよりももっと受信能力がある、もっとよく知っている、もっと遠くまで見えるとマリアは感じた。

二人はマグダレーナの住居のリビングルームで話をした。そしてマグダレーナは少しずつ、ゆっくり時間をかけて話を降霊会に導いた。マリアはその家のインテリアにはあまり関心がなかった。バルドヴィンは病院からマグダレーナの電話番号を教えてくれたので、マリアは直接マグダレーナに電話をかけた。すると、その日すぐにでも時間があると言われてここにやってきたのだ。リビングルームの様子から、マグダレーナは多分一人暮らしだろうということぐらいはわかった。

「とても強い霊の力をすぐ近くに感じるわ」マグダレーナが言った。目をつぶり、また開いて言った。「女の人が一人、見えます。インギビュルグ。そういう名前の人、知ってますか？」

「父方の祖母の名前だわ。ずっと前に亡くなってますけど」マリアが言った。

「その人が遠くに見えます。おばあさまとは近しくはありませんでしたね？」

「ええ、祖母のことはほとんど知りません」

「とても悲しそう」

「はい」

「インギビュルグは、起きたことはあなたのせいではないと言ってます」

「はい」

「彼女はなにか、事故のことを言っているようです」

「はい」

「水、がある。誰か、溺れた人がいる」

「はい」

「恐ろしい事故だったと、彼女は言っている」

「はい」

「見覚えがあるかしら……？　絵が見えます。湖の絵かしら？　ああ、これはシンクヴァトラ湖の絵だわ。知ってますか、この湖」

「はい」

「そうですか。ありがとう。そして今ここに……男の人が一人立っている。でもあまり、はっきり見えない。写真か、それとも絵かしら？　そしてもう一人、女の人が、ロヴィーサと名乗っている人がいるわ。そんな名前の人、知っていますか？」

「ええ」

「親戚の人？」

「はい」

「わかりました。ありがとう。彼女はとても若いわ。二十歳にもなっていないよう」

「はい」

「ロヴィーサは笑っている。彼女の周りはまぶしいほど明るい。彼女が光を放っているんだわ。笑顔です。レオノーラはここにいる、とても元気だと言っている」

「はい」

「ロヴィーサは、心配しないで、レオノーラはとてもハッピーだ、と言っている。そして……」

「そして？」

「レオノーラはあなたに会いたいと言っていると」

「はい」

「レオノーラは元気にしている、あなたがこっちに来たらどんなにいいことか、素晴らしいことになるとロヴィーサは言っています」

「え？」

「恐れることはないと言っています。あなたは自身のことをそんなに心配しなくていいと言っています。あなたがすることなすこと、すべてがうまくいくと。ロヴィーサはあなたがすると決めたことは、なんであれ、決して心配しなくていい、すべてはうまくいくと決まっているのだから、と言っています」

「はい」

「この女性の周りはとても美しい。彼女は……、彼女の周りは光り輝いている。あなたに言っている……、作家の名前……、知っている、その作家の名前……？」

「ええ」

「フランスの作家」

「はい」

「彼女、笑ってる。この女性ロヴィーサと一緒にいる女性は……、彼女は……今はずっと気分がいいと言っています。今までの、今まですべての苦しみは……」

マグダレーナはここでまたしっかり目を閉じた。

「ああ、消えていくわ……、また消えていく」

ふたたび目を開け、しばらくは自分を取り戻すために待った。

「これで、これでなにかわかったかしら？」

マリアはうなずいた。

「ええ。ありがとうございました」

マリアは帰宅するとバルドヴィンに降霊会でなにが起きたかを説明した。彼女が受けた印象は鮮明で、こんなにはっきりと伝言があるとは思わなかったと言い、伝えられた内容に興奮していた。父方の祖母のことは、小さいとき以来会ったこともなく、ほとんど考えたこともなかった。またロヴィーサという人は母方の親戚で、マリアは会ったこともなかった。確か祖母の姉か妹で、なにか神経系の病気で若くして亡くなったと聞いていた。

その晩、マリアはほとんど眠れなかった。バルドヴィンは病院から呼び出しがかかったため、家には彼女一人だった。吹き荒れる秋風の音が寝室まで聞こえた。

長い時間が経ち、ようやくマリアは眠りについた。

それからわずか数分後、庭から聞こえる音でマリアは目を覚ました。庭木戸が支柱にぶつかる音が響いていた。雨はさっきより激しくなっていた。バタンバタンと繰り返される音で目が覚めてしまったのだ。

起き上がってモーニングガウンを羽織り、スリッパを履いてキッチンへ行った。キッチンの小さなドアから庭に出られる。庭を通ってテラスへ出ることができるのだ。それは数年前に作ったもので庭木戸はその近くにある。マリアはモーニングガウンの紐をしっかりと締めてキッチンのドアを開けた。その瞬間、強い葉巻の匂いが鼻をついた。

そっとテラスに出た。強い雨で一瞬にしてガウンが濡れた。

バルドヴィンは葉巻を吸ったかしら？　と思った。

木戸が風でバタンバタンと鳴っていた。だがマリアは木戸を閉めに走り出しはせず、テラスに一歩出たまま、庭の暗がりを凝視していた。男が一人立っていた。頭のてっぺんから爪先までずぶ濡れだ。ガッチリした体、下腹が出ででっぷりしている。顔は死人のように真っ白だ。雨がその彼の頭から滝のように流れ落ちている。男は何度か口を開けては閉めて、なにか言おうとしていた。

「気をつけろ……。お前は自分がなにをしているのか、わかっていない！」

22

電話に出たアンデルセンは怪しんでいる様子で、最初はほとんどなにも答えなかった。警察の者だと言ってもその態度は変わらなかった。エーレンデュルはすぐにアンデルセンの声はカセットテープのものと同じだとわかった。アンデルセンは自分と話したいのなら、他の人々同様に予約を入れてくれと言った。エーレンデュルは何とかそれを避けようとして、時間はかからない、すぐに終わらせるなどと言ったが、無駄だった。

「それで、金も取るんですか？」しまいにエーレンデュルが訊いた。

「それは話のあとで決めましょう」

その数日後の夜のこと、エーレンデュルはヴォーガル地域の建物の前に立ち、霊媒師アンデルセンが入っている建物のブザーを鳴らした。

アンデルセンは入り口のコードを解除して彼を建物の中に入れ、エーレンデュルがゆっくり四階まで階段を上っていくと、廊下に出て待っていた。二人は握手し、エーレンデュルはさっそく仕事部屋に案内された。ＢＧＭが流れていた。エーレンデュルはスピーカーを探したが見つからなかった。

エーレンデュルはアンデルセンを訪ねるのを先延ばしにしていたのだが、ついにこれ以上は待てないというところまできて仕方なくやってきたのだ。霊媒師の仕事にとくに関心があるわけでも、死んだ人々と接触する能力があるという彼らにも関心があるわけではなかったから、霊能者と会うのは気が進まなかったのだ。できるだけ具体的、現実的なことに話題を絞りたかった。アンデルセンがそれに答えてくれれば十分と思っていた。

アンデルセンは小さな丸いテーブルの前の椅子を勧め、自身も向かい側に腰を下ろした。

「ここには一人で住んでいるのですか？」と言って、エーレンデュルは室内を見渡した。一般的な、普通の住居のように見えた。大きなテレビ、ビデオフィルムやＤＶＤが棚の上に並んでいる。それと夥《おびただ》しい数のＣＤ。床は板張り、壁には家族の写真が掛けられている。霊媒師というとすぐにイメージするショールとか水晶の玉らしきものはなかった。

怪しげな装置などは見当らない。

「捜査のためにそれを知る必要があるのですか？」アンデルセンが訊いた。

「いや、そうではない。私は……、いや、私は電話で話したように、マリアについてあなたの知っていることを聞きたくて来たのです。そう、自殺したとされる女性マリアのことです」

「その前に、訊いてもいいですか？　そもそもなぜ警察は彼女について調べているんですか？」

エーレンデュルは用意していた答え、すなわち自殺とその理由についてのスウェーデンの調査について話し始めたが、この話にアンデルセンが納得するかどうかについては確信がもてなかった。とりわけ、霊感をもつ、人の心を読み取ることを仕事とする霊能者にこんな説明が通じるかどうか甚《はなは》だ自信がなかった。アンデルセンはこれが口から出まかせであることをすぐに見抜くのではあるまいか？　とにかく最後まで説明し、アンデルセンの反応を待つことにした。

「さあて。どのように手伝えるのでしょうかね？」アンデルセンが言った。「私のところに来る方々と私の間には信頼関係がある。それを破ることはむずかしいのです」

アンデルセンは申し訳ないという顔をして微笑んだ。エーレンデュルも笑顔を返した。アンデルセンは背の高い六十がらみの男で、銀色の交じった髪、肌の色は白い。顔は整っていて、落ち着いた物腰だった。

「お忙しいのでしょうね？」エーレンデュルは少し雰囲気をやわらげようとして訊いた。

「ええ、まあ。しかし文句は言えません。アイスランド人は魂の活動に関してはことのほか興味をもっていますから」

「この世の次の世界、つまり来世のことですね？」

アンデルセンはうなずいた。

「しかしそれは、単に田舎者が都会に来たときに見せる反応のようなものではありませんか？」エーレンデュルが言った。「我々アイスランド人が草葺き屋根の小屋に住んでいた中世の暗い時代から抜け出したのはついこの間のことですからね」

「いや、魂は草葺き屋根の小屋とは関係ないのですよ」アンデルセンが言った。「そのような偏見は一部の人々の間では信じられているかもしれない。私は前からそんな考えはバカバカしいと思っている。しかし、私のような人間を疑わしい目で見る人のこともわかります。私自身、もしこのような能力、特別に見透す力をもって生まれていなかったらそんなふうに見たかもしれない」

「マリアとは何度会いましたか？」

「母親を亡くしてから彼女はここに二度来ました」

「マリアは母親と連絡をとりたかったのでしょうか？」

「ええ、それが目的でした」

「それで、どうでした、結果は？」

「満足して帰ったと思います」

「死後の世界があると思うかどうか、あなたに訊くのは愚の骨頂ですね？」

「ええ。それは私の人生の根本思想ですから」

「マリアはどうでしたか？　彼女もまたそれを信じていた？」

「ええ、百パーセント」

「マリアは暗闇が怖いということを話してましたか？」

「いや、それについてはあまり話さなかった。むしろ私たちは、暗闇が怖いというのは他のいろいろな例同様に心理的なもので、思考経路を変えたり自己制御でなくすことができるというような話をしました」

「マリアは暗闇に対する恐怖感がなにに由来するものかは話しませんでしたか？」

「話しませんでしたね。私は心理学者ではないですし。彼女との話から判断するに、それは彼女の父親の死と関係しているようでした。父親の死を彼女は子どものときに経験したわけですから」

「彼女は……、どう言ったらいいか……、あなたの前に現れましたか？　つまりその、彼女が自殺してから、という意味ですが」

「いや」と言って、アンデルセンは微笑んだ。「そんなに単純なことではありません。霊媒の役割をする人間は適当なことを言っていると思っているのかもしれませんが、そんなに簡単ではないんですよ。あなたは我々の仕事についてどれだけ知ってますか？」

エーレンデュルは首を横に振った。

「まったく知らない。だがマリアは死後の世界に強い関心があったようです」

「それは言うまでもないことでしょう。そうでなかったら、私を訪ねてくるはずがない」

「それはそう。しかし普通の関心以上に彼女には強いこだわりがあったようです。さもなければあれほど強く死後の世界を知りたいと思わなかったのではないか」

エーレンデュルはできればカレンから受け取ったカセットテープのことに触れたくなかった。霊媒師が適当なところで折り合いをつけてくれることを願った。アンデルセンは長いことなにをどこまで話そうかと思案するようにエーレンデュルを見つめていた。

「マリアは求める人でした」アンデルセンが話し始めた。「我々の多くがそうであるように。あなたもきっとそうであると私は確信していますが」

「マリアはなにを求めていたのでしょう？」

「母親を。マリアは母親の死後寂しくてならなかったのです。死後の世界があるのかどうか、それを母親がマリアに教えてくれるはずだった。マリアはその答えを得たと思った。それで私のところにやってきたのです。私たちはたくさん話をした。十分に、時間をかけて」

「降霊会の間、母親のレオノーラは現れましたか？」

「いいえ、現れませんでした。だがそれはよくあることです」

「マリアはそれをどう思ったのでしょう？」

「降霊会そのものには満足して帰ったと思いますよ」

「マリアは幻覚に悩まされていたと聞きましたが？」エーレンデュルが続けて訊いた。

「ま、それはいろんな言い方ができると思います」

「彼女は母親を本当に見たのでしょうか？」

「ええ、彼女は私にそう言いました」

「それで？」

「いいえ、それ以上はなにも。マリアの観察力、ものごとを見抜く力は異常なほど発達していました」

「他の霊媒師のところにも行ったでしょうか？　複数の霊媒師を訪ねたかどうか、知っていますか？」

「マリアは私と関係のないことは一切話しませんでした。ただ一度電話してきて、一人の女性霊媒師のことを私に尋ねました。私はその霊媒師のことは聞いたことがなかった。まだ仕事を始めて間もない人かもしれない。この職業では互いにおよそのところは知っているものですから」

「その女性霊媒師のことはまったく知らなかった？」

「そう。名前を聞いても誰かわからなかった。少なくとも霊媒師としてその名前を聞いたことがありません」

「何という名前でした？」

「マリアは姓は言わず、名前だけ言いました。マグダレーナと」

「マグダレーナ？」

「そう。一度も聞いたことがない名前です」

「どういう意味ですか？　あなたが一度も聞いたことがないというのは？」

「別に特別な意味もないのですが、ただ、その後、私はいろいろな人に訊いたのですが、一人としてマグダレーナという名前の霊媒師を知っている者はいなかった」

「さっきあなたも言ってましたが、まだ新人だったのかもしれませんね？」

アンデルセンは肩をすくめた。

「ええ、きっとそうなのでしょう」

「霊媒師はたくさんいるのですか？」

「いや、そう多くはない。はっきり何人とは言えませんが」

「マリアはそのマグダレーナという霊媒師をどうやって知ったのでしょうかね？」

「それは知りません」

「暗闇に対する恐怖感をどう見るかですが、あなたの態度は亡霊との接触を職業としている人としては、かなり珍しいものではないですか？」

「なにが言いたいんです？」

「暗闇が怖いというのは心理的な恐怖であって、亡霊を信じているのが原因ではないというあなたの態度、そのことです」

「霊界には悪質なものはない。人間はみんな自分だけの亡霊をもっているんです。あなたも例外ではない」

「私も、ですか？」

アンデルセンはうなずいた。

「それもたくさん。ですが、心配しなくていい。探し続ければいいんです。あなたもきっと彼らを見つけるでしょうから」

「彼らではなく、彼を、ですよね？」エーレンデュルが訊いた。

「いや」と言って、アンデルセンは立ち上がった。「彼、ではなく、彼らを、です」

23

以前エーレンデュルは動悸を感じたことがあった。突然心臓の鼓動が激しくなったり遅くなったりした。不快だったので、医者に診てもらうことにした。職業別電話帳をめくって医者を探していると、心臓専門医の欄にダゴベルトという名前を見つけた。ダゴベルトという名前が気に入り、エーレンデュルはこの医者に診てもらうことに決めた。当日、名前が呼ばれて診療室に入ると、彼の好奇心は五分も経たないうちに頭をもたげ、思わず、なぜこんな珍しい名前なのかと訊いてしまった。

「ヴェストフィヨルダルナの出身だから」と医者は慣れた口調で答えた。「この名前が気に入っている。いとこは羨《うらや》ましがってますよ。彼の名前はドソセルスというんですがね」

今回、待合室には順番待ちの人が大勢座っていた。様々な専門分野の医者が働いていた。耳鼻咽喉《いんこう》医、動脈瘤《どうみゃくりゅう》専門医、心臓専門医が三名、腎臓専門医が二名、そして眼科医が一名。エーレンデュルは待合室の端に立ち、ここにはあらゆる痛みと悩みに応えてくれる専門家がいるんだと妙に感心した。何カ月も前に予約した人々とは違い、今日無理に横入りしてしまったのが心苦しかった。心臓専門医は非常に忙しく、何カ月も前に予約した人がようやく今日ここにいるのだ。飛び入りで入った彼のために、予約して待合室にいる人が少なくとも十五分余計に待たされてしまうのだ。彼自身はここに来てから二十分待たされていた。

待合室の前に長い廊下があって、廊下に面して医者たちの個別の診療室がある。四十五分が過ぎた頃、一つの部屋のドアが開き、ダゴベルト医師が出てきて、エーレンデュルの名前を呼び、迎えにきた。エーレンデュルは医者の後ろについて行き、部屋に入ると医者はドアを閉めて彼に向かった。

「また動悸が激しくなったのかね？」とダゴベルト医師は言い、エーレンデュルに診察台に体を横たえるように言った。エーレンデュルのカルテが机の上にあった。

「いや、今日は心臓の調子が悪いわけではなく、仕事で来たのです」

「そうか」と医者は言った。大柄な男で、目に輝きがある。下はジーンズ、上はワイシャツにネクタイという格好だ。医者が着る白衣は着ていないが、首から聴診器を下げている。「ま、そうだとしても横になってくれ。心臓の音を聴きたいから」

「今日はその必要がないんです」と言ってエーレンデュルは机の前の椅子に腰を下ろし、医者の方が診察台に腰を下ろした。エーレンデュルは前に来たときに医者が話したことを憶えていた。電気で衝撃を与えて心臓を観察すると、鼓動がときどき滞《とどこお》ることがある。それはたいていの場合ストレスに起因するというようなことだった。エーレンデュルはそれを聞いてもあまりよくわからなかったが、自分の状態はそれほど危険ではなく、時間が経てば回復すると理解した。

「さて、それじゃ、なにを訊きたいのかな？」ダゴベルトが訊いた。

「科学的に医学の問題を知りたい」エーレンデュルが言った。

この医者に訊くと決めてから、彼はどのように説明するかを考えてきた。警察内の人間には訊きたくなかった。法医学者にも、他の人間にも訊くつもりはなかった。詳しい説明を避けたかったのだ。

「そうか。どんな問題だろう？」

「ここに人を殺したいと思う人間がいるとします。ただし、相手が死んでいる時間は一分か、せいぜい数分だけ。それを可能にするにはどうしたらいいか。狙いは、相手をすぐに生き返らせること。一時的に死んでいたという形跡さえも残らないようにすること。それを可能にする方法はあるか。それが知りたいんです」

医者はしばらくエーレンデュルを見つめてから訊いた。

「そういう例を知っているのかね？」

「いや、それをあなたに尋ねたい」エーレンデュルが言った。「私自身、まったく知識がないので」

「そんなことを正常な意識の下に行なう人間がいるだろうか？　私にも心あたりはない。それで答えになるかな？」ダゴベルト医師が言った。

「そんなことが可能なのか、それが知りたいのです」

「それには様々な条件があるだろう。君はどんなシチュエーションを考えているのか？」

「特別な条件を想定しているわけではないのですが、例えば、個人の家でそんなことが可能かどうか」

ダゴベルト医師の眼差しが真剣になった。

「誰か君の知っている人間がそんな実験をしたのではないかと疑っているのかね？」と訊いた。

ダゴベルトはエーレンデュルが犯罪捜査官であることを知っていた。彼の鼓動がときどき乱れたり、速くなったりするのも職業と関係があると見ていた。この医者は患者の症状を冗談にしたりしないとエーレンデュルは知っていた。それをありがたいと思っていた。

「いや、そんなことではないのですが」エーレンデュルは答えた。「これは仕事とは関係ないのです。ただ古い報告書を読んでいて、ちょっと気になることがあったもので」

「つまり君は、どうやったら心臓を一時ストップさせることができるか、しかもあとでそれがわからないように、その後本人が元の暮らしに戻れるという条件で、ということを知りたいのかね？」

「ええ、ま、そんなところです」とエーレンデュル。

「そもそも誰がなぜそんなことを思いつくのだろう？」

「それは私にもまったくわからない」エーレンデュルが答えた。

「この背景にはなにかもっとあるのだろう？」医者が訊いた。

「いや、別にないです」

「よくわからないな。そもそもなぜ心停止を起こさせたいのか、誰がそんなことを思いつくのか？」

「わからない。あなたならなにかご存じかと思ったのですが」

「そういう条件下での心停止のとき、最初に考えなければならないのは体のどの器官も破壊されないことだ。心停止のあと、即座に始まるのは分解だ。体を構成する様々な繊維や器官の分解が始まり危険に晒される。昏睡《こんすい》状態にいる人間をそのまま保つために様々な機器を用意することは考えられるが、今君の話を聞くと、一番考えられるのは冷却だろうな。その他は思いつかない」

「冷却?」

「そう、体を冷やすことだよ」医者が言った。「それによって、二つの効果が得られる。まず体が一定温度以下になると心臓が鼓動しなくなり、実際死ぬのと同じ状態になる。しかし同時に冷却して体と器官を保存させる。冷却が体のすべての働きを緩慢にするのだ」

「そのあとどうやってその人間を蘇生《そせい》させるのか?」

「おそらく心臓マッサージ、そして体を早く温めることだろうな」

「しかし、これらのことをするには専門知識が必要なのでは?」

「そのとおり。それ以外のことは考えられない。医者の同席は絶対に必要だ。それも心臓専門医の同席が。言うまでもないが、これは遊びでやることじゃない」

「仮死状態にしておけるのは時間で言うとどのくらいでしょう?」

「私は冷却で人を仮死状態にすることに関するスペシャリストじゃないからはっきりは言えないがね」とダゴベルト医師は皮肉な笑みを浮かべた。「心臓が止まってからせいぜい数分というところじゃないか。長くて四分、いや五分か。はっきり言って私は知らない。どのような装置を使うかにもよると思う。もしこれが病院で、すべてが最新式の機器を使ってのことだったら、もう少し延ばせるかもしれない。最近は、傷が治るまで人間を無意識の状態にしておくために冷却という方法が使われることがある。また冷却は例えば心停止状態になった患者の器官を保護するために使われることもある。その場合体温は三十一度前後に保たれるのだ」

「しかしこれを病院ではなく個人の家で行なうとしたら、どんなものが必要？」

医者は考え込んだ。

「私はどうも……」と話しかけたが、すぐに口を閉じた。

「あなただったらどうする？」

「まずは大量の水を入れる大きな浴槽。それと除細動器《AED》と確実な電流回線、かな？　それと毛布と」

「実験は何らかの跡を残すだろうか？　もしその人物を目覚めさせることに成功したとして」

「こんな実験が行なわれたという形跡のこと？　いや、それは残らないだろう。吹雪に遭遇するのと同じようなものだと思うよ。冷気のため体の動きは間違いなくゆっくりになる。まず眠くなる、それから意識を失う、しまいに心臓の鼓動が止まり、死ぬ」

「人が凍え死にするときと同じプロセスだろうか？」エーレンデュルが訊いた。

「そのとおり。まったく同じプロセスだ」

最後に三十年前に行方不明になった若い女性ギューードルン通称ドゥナと話をしたのは、アイスランド国立美術館で部長職に就いている女性だった。ギューードルンとは親戚関係で、彼女の両親は数カ月の長期アジア旅行をしたときも娘をよろしくと頼んだほど信頼を寄せていた。ギューードルンより三歳年上で、小柄で、豊かな金髪を後ろで一つに束ねていた。名前はエリサベッド。ニックネームはベッタ。

「この件をまたほじくり返すのはなぜ？　とても不愉快だわ」美術館のカフェテリアに腰を下ろすなりベッタは言った。「わたしはドゥナに関して責任があった、いえ、責任があると思っていました。でもあのことに関しては、防ぎようがなかった。だって彼女は忽然と消えたんですから。ほんと、信じられなかった。なぜ警察はまた調べ始めたんですか？」

「これを最後に捜査を打ち切ることにしたためです」と言ってエーレンデュルはこの説明で相手が納得してくれるといいと思った。彼自身、自分がなぜドゥナにせよ、若い男ダーヴィッドにせよ、行方不明者を探しているのか特別の理由は思いつかなかった。自分が失踪者に関心があること、現在捜査課の仕事が比較的暇であることを除いては。

「つまりそれはもう彼女は見つからないと警察はみなしているということね？」ベッタが言った。

「ずいぶん時が経っていますからね」エーレンデュルはボソリと言って、彼女の質問に直接答えるのを避けた。

「わたしはどうしても納得がいかないのよ」とベッタが言った。「ある日突然あの子は車に乗って、姿を消してしまった。車はもちろんのこと、髪の毛一筋さえ見つからなかった。彼女は車を走らせている間、コンビニにもどこにも寄らなかった。それはレイキャヴィク市内でも、北へ向かう沿道でも同じだったとか」

「自殺ではないかという憶測もありました」エーレンデュルが言った。

「ギュードルンはそういうタイプじゃなかったわ」

「そういうタイプとは？」

「別に。ただ、彼女はそういう子じゃなかったということ」

「私は〝そういう子〟というような人を知らないな」

「わたしの言いたいこと、わかるでしょう？　それに車はどうしたのかしら？　まさか車まで自殺したというわけじゃないでしょうに」

　エーレンデュルは顔をゆるめた。

「我々は国中の港という港を探した。すべての埠頭で潜水夫を潜《もぐ》らせて、事故で車が海に落ちた場合を想定して探したのですよ。しかし、彼女も車も見つからなかった」

「彼女はあのオースティンのミニをすごく気に入ってたんです。あの子があの車を走らせて埠頭から海に突っ込んだなんて、あり得ない。そんな想定は、ほんと、馬鹿馬鹿しいほど的外れよ」

「ギュードルンは電話でなにかこれからの計画のようなことを話していませんでしたか？」

「全然。彼女の最後の電話は、どこかいい美容院を紹介して、というものだった。もしあのとき、そのあとに起きることをわたしが知っていたら、まったく違った会話になったでしょうけど。わたしはロイガヴェーグルにある美容院を教えたわ。彼女、そこに行くと言った。だから、わたしは彼女が自殺したなんて信じられないのよ。自殺すると思わせるものは何にもなかったから」

「なにか特別なことがあったんですかね？　なにか祝い事とか？」

「美容院を訊いたこと？　別に。単に髪の毛を切る時期だったんじゃないかしら」

「それで？　他にはなにか話さなかったですか？」

「いいえ。とくになにも。あのあとは何の連絡もなかったから、北の方にでも行ったのかと思っていたわ。何度か電話したけど、彼女、家の電話には出なかった。電話に出なかったとわたしが勝手に思っただけで、実際には、彼女はもう失踪していたんでしょうね。失踪と言ったけど、実際になにが起きたのかは本当にわからない。どうしてあんなにいい子が、人生で一番楽しい、素晴らしいときにいなくなるの？　何の予告もなしに、何の理由もなく。どういうこと？　わたしにはわからない。いつかわかるときが来るとも思えないわ」

「誰か付き合っていた人はいなかったですかね？　一緒に暮らしていた男子とか？」

「いなかったわ。一人も、そういう人はいなかった」

「車で出かけるとしたら、彼女はどこへ行ったでしょうね？　どこか気に入った場所とか？　報告書にはそれについて書いてありましたが、何度訊いてもいいと思うので」

「北へ向かったでしょうね、もちろん。アクレイイリ出身ですから。彼女はアクレイイリが大好きだった。時間があれば、アクレイイリへ行ってました。それと、レイキャヴィクの周辺と。レイキャネスとか。東へ、フィヨルドの方へも。アイスクリームで有名なフヴェラゲルディにも。典型的なドライブの目的地ね。ギュードルンが湖が好きだったことはご存じよね？」

「ええ」

「シンクヴァトラ湖は彼女のお気に入りの目的地だった」

「シンクヴァトラ湖？」

「ギュードルンはその湖のことなら何でも知っていたわ。よくそこまで車を走らせて行っていたし、湖畔にお気に入りの場所があった。南アイスランドに住む私たちの共通の親戚がボルガルフィヨルデュルのルンダルレイキャルダルールにサマーハウスを持っていて、私たちはよくそこに遊びに行っていたの。ギュードルンはよくウクサフリッギルへイジの道を通って、レイキャヴィクへの途中、シンクヴェトリルへ行っていたわ。女友達同士で。ときには一人でということもあった。そう、町を離れて湖のあたりで一人で時を過ごしていた。彼女はそういうタイプだった。一人で過ごしていることが多かったわ」

「あのとき、ギュードルンがその親戚のサマーハウスで過ごしたという形跡はありませんでしたね？」エーレンデュルはギュードルンの捜査記録を思い出しながら言った。

「ええ、あのとき、彼女はそっちには行かなかった」

「なぜギュードルンは湖に興味をもったのでしょうね？」

「それは誰も知らないんじゃないかしら。彼女自身知らなかったと思うわ。ドゥナは小さい頃から湖に特別興味をもっていた。いつかこう聞いたことがある。湖は特別な力をもっている。特別な静けさをもっていて、自分を惹きつけるのだと。自然の力を一番強く感じるのは湖のそばにいるときだと。湖畔に生息する生き物たち、鳥たちの命を強く感じるのだと。彼女は大学で生物学を勉強していたのよ。それは偶然じゃないの」

「ボートで湖に出たのでしょうか？　ボートを持っていたとか？」

「いいえ、そこがまたドゥナのおかしいところだったの。子どもの頃、あの子は水が怖かったんです。だからスイミングスクールに通わせたんだけど、泳ぐのはまったく好きじゃなかった。水の中で泳ぐのもボートに乗って遊ぶのも好きじゃなかった。ただ湖の周辺にいるのが好きだったのね。彼女は要するに湖そのものを愛する、自然愛好者だったの」

「シンクヴァトラ湖ほど美しい湖は他にありませんからね」エーレンデュルが言った。

「そのとおり。本当にそのとおりよ」

24

二日後、エーレンデュルはヨハンネスという名の演劇科の教師を訪ねた。中年のその男は彼に野草茶をふるまった。エーレンデュルはその種の飲み物を飲む習慣がなかったのだが、男は最初エーレンデュルに対して不信感を抱いているようだったので、あえて断らなかった。男は最初警察と聞いて何の用事かとすぐにもドアを閉めて彼を追い出そうとしたのだが、エーレンデュルの目的が自分ではないと知ると、いや、それどころか彼の知っている人々についての聞き込みだと知ると態度がやわらぎ、ドアを開けて中に入れてくれた。ちょうどいま野草茶を飲むところだったと言い、一緒に飲まないかと誘ったのだった。

この男を紹介したのはオッリ・フィエルドステッドだった。演劇科の昔の生徒のことをよく憶えている人間は誰かと訊くと、オッリは即座に昔演劇科で教師をしていたヨハンネスの名前を挙げ、噂好きと言ったらこの男の右に出るものはないと言った。そして、確かにいろんなことを知っているかもしれないが、自分オッリ・フィエルドステッドのことに関するかぎり、ヨハンネスの言うことはデタラメだと付け加えるのも忘れなかった。

ヨハンネスはレイキャヴィクの町の東側の新興建売住宅地に住んでいた。背が高く、声は高いトーンで頭のてっぺんが薄かった。目は親しげで、耳が異常なほど大きかった。オッリの話ではヨハンネスは一人暮らし。妻はだいぶ前に出て行って、子どもはいない。若い頃は彼自身役者だったが、年を取るにつれて仕事が減り、それに反比例して演劇科で教えるクラスが増えた。今では有名劇場と小さな劇場の両方で仕事をしている。時折映画にも出たりして現役の役者としても活躍していて、ときにはテレビやラジオの番組で、昔の映画や演劇界のことをコメントしたりする大御所ともみなされていた。

「バルドヴィンか。ああ、あの男のことはよく憶えているよ」それぞれが野草茶のカップを手に仕事部屋に腰を下ろしたところでヨハンネスは話し始めた。エーレンデュルは一口飲んでまずいと思った。彼はまず訪問の目的を話し、昔彼が教えた学生について警察が聞きに来たということは口外しないでほしいと言った。オッリの話では、この男にそんなことを頼んでも無駄だということだったが、一応言うべきことは言うことにした。

「あの男は役者としての才能はゼロだったな。私の記憶が正しければ、彼は二学年目にやめたはずだ。確か、喜劇的な役なら何とかこなせたが、それ以外はまったくダメだった。彼は演劇科を中退した。確か公演のための練習の途中だったと思う。医学コースの方が自分には合っているとか言ってたな。あれから彼にはほとんど会っていないがね」

「彼の学年にはどんな学生がいましたか?」

「なかなか面白い子たちがいたな」と、ここでヨハンネスはまた野草茶を一口飲んだ。「なにしろオッリ・フィエルドステッドがいたしね。才能ある俳優よ。ま、ときどき退屈だがね。ああ、そういえばこの間の『オセロ』はひどいものだったなあ。オッリもまったくよくなかった。

それから、あのクラスにはスヴァーラもいた。シグリドゥールもあのクラスだったな。彼女は素晴らしい女優になった。イプセンやストリンドベリのような大作家の作品を演じるために生まれたような子だ。それと、ヘイミルもいた。ヘイミルは私が思うに、もっといい役がもらえていいはずなんだが、どうもうまくいかないようだ。近頃では落ち込んでるらしい。そう、アルコール問題も抱えてるようだ。私はヘイミルを『怒りを込めて振り返れ』のジミー役に起用したんだが、正直言って評判がよくなかった。私自身は彼を評価してるんだがね。今ではどこにいるかもわからない。そういえばついこの間、ラジオ劇場で端役をやっているのを聞いたな。みんないい年になったよ。他にもリリア、セービュルン、エイナールも確かあのクラスだった。そういえば、カロリーナも同じクラスだったな。彼女ははっきり言って、才能はなかったがね。かわいそうに」

「バルドヴィンが演劇科をやめたときのことは憶えてますか?」と訊いてから、この元教師の口の軽さから言って、特別にプレッシャーをかけなくてもしゃべってくれそうだと思った。

「バルドヴィン? ああ、あいつはピタッとやめてしまった。とくに説明もなかったな。もちろん、なにも言う必要もなかったわけだが。だが、当時は演劇科に入るのはかなりむずかしかったんだ。授業を受けることを希望する学生が多かったし。だから学期の途中でやめる学生はめったにいなかった。それにあれはちょうど公演している最中でもあったしね」

「え、まさか彼は本当に芝居の公演の最中にやめたわけじゃないですよね?」

「ああ、もちろん。それは言葉のあやというやつさ。彼があんなふうにピタッとやめたもので、そんな感じ、と言いたかっただけだ。演劇科に、シアターコースに入ることを切望する若者が大勢いる時代だったからね。当時の若者たちは俳優になって有名になることが夢だったね。そう、大きな夢だったと思う。自分の出た映画や芝居が大ヒットして、有名になるということが。映画や芝居はまさにそんな夢を実現させてくれるものだったからね。真剣に芝居に打ち込んでいる本物の俳優にとっては、もちろんそれ以上のものなのだが。私にとってはまさに文化そのものだよ、芝居は。文学と芝居は人生そのもの、そこへ導くものだから」

老いた俳優はここで一休みし、微笑んだ。

「面倒なことを言うと思っているかもしれないな、許してくれよ。我々俳優はどうも大袈裟に話す傾向があるようだ。舞台に上がっているときのようにね」

と言って、彼は気持ちよさそうに笑った。

「演劇科をやめてから、バルドヴィンはある女性に出会い、その後その女性と結婚したらしいです」とエーレンデュルはいい、微笑んだ。

「ああ、聞いてるよ。彼女は歴史を勉強していたって? 最近亡くなったらしいね。自殺したとか。もしかして、君はそのために来たのか?」

「いえ、違います」とエーレンデュル。「彼女のこと、知ってましたか?」

「いや、全然。なにか、怪しいところでもあったのか? 彼女の死に方がおかしかったとか?」

「いや、そんなことはありません」エーレンデュルが答えた。「バルドヴィンは演劇科をやめて満足したでしょうかね？」

「あの男は望むままに行動する、あのときも今も、と私は思っている。そういう印象を受けたね。彼は他の人間から命令されて動く人間じゃなかった。我が道を行くというタイプだったな。それにまあ、彼は芝居が下手だったしね。多分自分でもわかっていたんじゃないかな。自分の限界というものが」

「そのクラスの学生たちの間にロマンスというか、恋愛関係になった者たちはいなかった？」と訊きながら、エーレンデュルは野草茶を少し離れたところに置き直した。

「まったくなかったとは言えないな」ヨハンネスが言った。「そういう関係になった学生たちもいたが、それが安定した付き合いに繋がった者は多くなかったようだね。もちろん結婚したカップルもいたよ。同学年の者同士でね。毎年、そういうカップルは何組かいた」

「バルドヴィンはどうでした？」

「結婚相手に出会う前のことかい？　さあ、どうだったろう。あんまり思い出せないな。同学年のカロリーナに惚れてるという噂があったな。彼女は美人だったが、演劇の才能といったら、まったくゼロだった。それでほとんど映画や演劇で役をもらうことはなかった。いや、正直言って、なぜ彼女が演劇科に合格したのか、私は当時はもちろん、今でもわからない」

「しかし、演劇科を卒業して、彼女は一応女優になったんですね？」と訊きながら、エーレンデュルは自分が演劇関係の知識がまったくないことに心の中で舌打ちした。

「そう。ただ、長くは続かなかった。はっきり言って、素晴らしいキャリアとはお世辞にもいえなかったな。ずいぶん長い間、何の役ももらえなかったと思う。与えられた役は台詞《せりふ》もないような端役ばかりでね。彼女が演じた一番大きな役は酷評されて、とても立ち上がれないほどの打撃を受けたと思うよ」

「それは何の役でした？」

「近頃はあまり上演されなくなったが、以前はけっこう客の入ったスウェーデンの劇作家のものでね。まあ、特別に優れた作品ではなかったが、かと言ってとりわけ駄作でもなかった。『希望の炎』という題名でね。なぜあの作品が上演されたのかはわからない。ファミリードラマはもう流行っていなかったのだが」

「そうですね」とエーレンデュルは答えたが、彼自身はまったくどんな芝居かわからなかった。

「あの種のものは一時流行ったのだよ」

　エーレンデュルはわからないまま、したり顔をしてうなずいた。

「だが、あのカロリーナという子にはなにかあったな。彼女ほど有名になることを切望した子はいなかった。スターになること、プリマドンナになることを本気で願ってたね、あの子は。彼女が演劇科に入ったのはそのためだったと思うよ。他の子たちは劇場芸術を学ぶとか芝居をすることによって自分を高めるとか考えたかもしれないが。カロリーナはその点、ちょっと変わっていたな。とにかく彼女は芝居に必要なものを持っていなかった。つまり、才能をもっていなかったんだ。それは何というかな、我々がどんなに教えても初めっからないものはないんだよ。そう、あの子には無理だったんだ」

「しかし、彼女はとにかく『希望の炎』で役がもらえたんですね？」

「ああ。彼女が演じた役そのものはとてもいい役だった」と言って、ヨハンネスは最後の野草茶を飲み干した。「問題は彼女だった。まったくできなかったんだ。気の毒なほど、下手だった。あのあとだね、カロリーナが芝居の世界から身を引いたのは。ま、このことはさておいて、バルドヴィンは結婚する前にこのカロリーナと付き合っていたはずだ。バルドヴィンは結婚した人とは子どもは作らなかったのかな？」

「ええ」と言いながら、エーレンデュルはこの元教師はなんでも知っているのだとうなずいた。彼の大きな耳がキャッチしないことはなにもないらしい。

「もしかすると、それで悲観して彼女は自殺したのかもしれないな。子どもができなかったことを苦にして」

エーレンデュルは肩をすくめた。

「さあ、どうでしょう」

「確か、首を吊ったとか？」

エーレンデュルはうなずいた。

「それで、バルドヴィンは妻の自殺をどう受け止めてる？」

「どうしていいかわからない様子です」

「そうだろうな。人はそんなことをどう受け止めればいいんだろう？　どうしたらいいかわからないだろうね。そういえば、私は何年か前にバルドヴィンに会ったな。ヘルスケアセンターで、いつもの私の担当医が休暇中のときの代替医だった。じつにいい感じの医者になっていたよ、バルドヴィンは。昔の彼は常に金欠状態だったがね。いつも借金で首が回らないほどだった。私自身ときどき彼に金を貸していたよ。だが、返してもらったことは一度もない。しまいに私は返してもらうことを諦めたよ。彼は自分が稼げる以上の暮らしをしていたんだ。だが、今日《こんにち》、それは誰もがしていることだ。そうじゃないか？」

「そうですね」と言ってエーレンデュルは立ち上がった。

「借金の額が多いほど羽振りがいいと見られる風潮があるからね」と言いながら、ヨハンネスはエーレンデュルをドアまで送り出した。

エーレンデュルは握手した。

「彼女は実際じつに美人だったよ、マグダレーナ」と元教師兼俳優は言った。「きれいな子だったな」

エーレンデュルは戸口で足を止めた。

「マグダレーナ？」

「ああ、そうだ。マグダレーナはじつに美人だった。いや、カロリーナ。待てよ。私は役の名前と実際の女優の名前を取り違えているようだ」

「マグダレーナというのは？」エーレンデュルが訊いた。

「そのスウェーデンの戯曲の主人公の名前だよ、カロリーナが演じた。彼女はマグダレーナという名前の若い女性の役だったんだ」

「役の名前がマグダレーナだったんですか？」

「そうだ。私の話はなにか役に立つかね？」

「さあ、どうでしょうね」エーレンデュルが言った。

エーレンデュルは車に座っていた。さっきから考えていたことを再度初めから頭の中で反復した。一連のことは偶然だろうか？

すでに四本タバコを吸っている。少し胸に痛みを感じ始めていた。朝食以降ほとんどなにも食べていない。その空腹感をタバコを吸うことで抑えているのだ。運転席の窓が少し開いていて、煙はそこからほぼ全部外に吐き出されていた。もうすっかり日が暮れてあたりは暗くなっていた。車の中から秋の夕日が雲の向こうに消えていくのを眺めていた。車は西コーパヴォーグルにある古い一軒家から少し離れたところに停まっていた。エーレンデュルは沈む夕日とその家をさっきから目を細めて眺めていた。その女性が独り住まいであることは知っていた。またおそらく経済に余裕がないことも想像できた。もし余裕があったら家の修理をしたに違いない。その家はかなり荒れ果てた状態だった。外壁の色は剝がれ、窓枠の周囲は錆びて茶色く縁取られていた。その家の前にはかなり古い小型の日本車が停まっている。エーレンデュルはさっきからその家の周囲の家と人々の動きを見ていた。仕事や買い物、学校から帰ってくる人の動き。彼は少し恥ずかしく思いながら、人々の暮らしを近くの台所の窓から覗いているような気分になっていた。

ここに来たのは、まさに偶然のなせる業だった。自分でもなぜこんなにエネルギーを傾けるのかわからない、あるケースを追及していた。マリアの悲劇的な死。深淵を覗き込んだ一人の女性の死。死ぬ前の彼女の暮らし、母親の死、そして死後の世界を知りたいという彼女の強い願望。それに引き込まれて彼女の死の周りを探っていたとき、偶然にも聞いたことのある名前が浮上してきたのだ。偶然、だろうか？ シンクヴェトリルで亡くなった女性マリアと関係があるのだろうか？ 死ぬ前にマリアは一人の女性霊媒師に会っていた。その女性の名前はマグダレーナ。エーレンデュルは今までの経験から偶然というものはないと知っていた。偶然は人生そのものであり、現実であり、人に驚きと喜びを与えるものだと。それは雨と同じように、正しいものの上にも不正なものの上にも降り注ぎ、出現するのだ。偶然は善を行なうこともあり、破壊することもある。偶然はあるときは小さく、あるときは大きく、人間の宿命を形作る。それはどこからともなく現れるもの。人を驚かせる絶大な力をもつもの、そして説明不能なものだ。

エーレンデュルは偶然を無視したくなかった。仕事を通じて、彼はものごとの後ろには支配的な手というものが存在することを学んでいた。それは相手が気づかないうちにさりげなくその人物の生活に入り込むのだ。それはもはや偶然などではない。それでは何と呼ぶか。人によって、場合によって、呼び方はいろいろあるだろう。エーレンデュルの仕事では、それには一つの呼び方しかない。すなわちそれは、犯罪だった。

暗がりの車の中でこれらのことを考えていたとき、その家の玄関先の明かりがつき、まもなくドアが開いて一人の女性が出てきた。ドアを閉めると家の前に停めてあった車に乗り込んだ。車はすぐにはエンジンがかからなかった。二度エンジンをかける音がしてようやく車はガタガタと走りだし、咳き込むようなエンジンの音を響かせながら見えなくなった。エーレンデュルは排気システムに問題がありそうだと思いながらそのあとを追うことにした。

古いフォードのキーを捻って発進させ、少し離れたところから小型車を追いかけた。追跡しているこの女性のことはほとんど知らなかった。演劇科の元教師のヨハンネスの話を聞いたあと、カロリーナ・フランクリンのことを少し調べてみた。家族名はフランクリンスドッティルというのだが、彼女は父親の名前フランクリンを名字にしていた。それで彼女の性格がよくわかるとヨハンネスは言っていた。この娘はすべて表面を取り繕っているのだと。ここが空っぽ、と言って、元教師は頭を指さした。今はレイキャヴィクにある大きな金融関係の会社役員の個人秘書をしていることがわかった。離婚し、子どもはいない。長い間女優の仕事はしていない。『希望の炎』のマグダレーナ役が最後の仕事だった。その芝居の中で彼女はスウェーデンの労働者の女性の役を演じていた。

エーレンデュルはカロリーナのあとからコンビニに入り、彼女がビデオの棚から一つビデオを抜き取って借り、ジャンクフードを買って家に戻るまでの姿を追った。

カロリーナの家の前で一時間ほど車を停めた。タバコを二本吸うと、エーレンデュルはまたゆっくりと車を出して家路についた。

25

銀行の支店長は人を待たせない。エーレンデュルの前に現れると、しっかり握手をしてエーレンデュルを部屋に通した。年齢は五十歳ほど。細かいチェックの仕立てのいいスーツを着込み、似合いのネクタイ、ピカピカに磨きあげられた靴という姿だった。背丈はエーレンデュルと同じくらいの長身で、いかにも愛想のいいうれしそうな顔をして、仕事上の付き合いでサッカーを観戦して、つい先ごろロンドンから帰ってきたばかりだと言った。エーレンデュルは幸いそのサッカーチームの名前は知っていたものの、それ以上のことはほとんど知らなかった。支店長は手際よく速やかにサービスを受けるのに慣れている金持ちにサービスすることを仕事にしていた。エーレンデュルはこの男がそんなエネルギーと忍耐力、それとサービス精神で出世街道を駆け登ってきたのを見てきた。そしてそういう才能は生まれつきのものだろうと思った。この銀行に採用され、働き始めた頃からエーレンデュルはこの男を知っていた。そして好印象を持ち、その印象を今でも持ち続けている。この男がウライヴァスヴェイトの小さな農家の生まれで、貧しさから逃れるために都会に引っ越してきたと知ってからはとくに。

支店長は広い支店長室でレザー張りの大きなソファに腰を下ろし、エーレンデュルにコーヒーを勧めた。二人はアイスランド東部の馬の種付けの話をしたり、レイキャヴィクの犯罪増加率はドラッグの流通の拡大と密接な関係があることなどを話した。話の材料が次第に尽きてくると、支店長が何百万クローネも入ってくるようなことにこの時間を使うべきなのだと思い出すのではないかと、エーレンデュルは少し心配になった。しかし支店長はそんなことはおくびにも出さず、愛想がよいままだった。ようやくエーレンデュルは咳払いし、肝心の用件を切り出した。

「あなたが我々警察への協力をやめてからもうずいぶん時間が経ちました」とエーレンデュルは言い、部屋の中を見回した。

「ああ、それは他の係の担当になったので」と言って、支店長はネクタイを撫で下ろした。

「係の者を呼びましょうか?」

「いや、けっこうです。じつはあなたに相談したいことがあるのです」

「何の相談でしょう? ローンが必要なのですか?」

「いや、違います」

「クレジットカードを作りたいとか?」

エーレンデュルは首を振った。彼は今までほとんど経済的な問題を抱えたことがなかった。生活は給料で足りていた。今住んでいるアパートを買ったときに住宅ローンを組んだが、それもとっくに返し終わっていた。

「いや、私の用件はそういうものではないのです。ただ、非常にプライベートな性質のもので、ここだけの話にしていただきたい。もし話が漏れたら私は警察をクビになる恐れがあるのです」

支店長は笑いを浮かべた。

「警察があなたをクビにするとは、ちょっと大袈裟なのでは?」

「いや、相手がどんな手を使ってくるかわからないから言っているのです。幽霊を信じますか? あなたの出身地のウライフィ地方では昔から人々は幽霊を信じるのではありませんか?」

「ああ、それはもう。私の父親はそんな話をいくらでも語れますよ。幽霊たちはそこここにいるから、彼らに地方税を課すべきだというのが父の口癖です」

エーレンデュルはうなずき、笑顔を見せた。

「それで? あなたは今幽霊を追っているのですか?」支店長が訊いた。

「そうかもしれないのです」

「銀行と取引のある幽霊、ですか?」

「ここに一人の人物がいる」エーレンデュルは慎重に話し始めた。「その人物の市民番号はわかっています。こちらがその男性の取引銀行であることもわかっています。またこちらが彼の妻の取引銀行であることもわかっている。ただ妻の方はすでに死去しているのですが」

「彼女が幽霊なのですか?」

エーレンデュルはうなずいた。

「それで、あなたはその夫の方をチェックしたい、のですね?」

エーレンデュルはまたうなずいた。

「なぜ通常の手続きをして調べないのですか？　裁判所の決定を仰ぐべきでは？」

エーレンデュルは首を横に振った。

「彼は犯罪者なのですか？」

「そうではない、と思います」

「と思います？　あなたはこの人物を調べているのですか？」

エーレンデュルはうなずいた。

「なにが問題なのですか？　あなたはなにを調べているのです？」

「それは言えません」

「その人物の名前は？」

エーレンデュルはまた首を横に振った。

「名前は言えないのですか？」支店長が言った。

「そうです。これは非常に稀《まれ》なケースなのです。あなたのような立派な市民にはとても理解できないことだと思いますが、それでも私はこの人物の預金状態を知りたい。それは法律に則った方法では知ることができないと知っています。残念なことに。もしそれができるのなら、もちろんそうします。ただ、今はまだそれができないのです」

支店長はエーレンデュルを凝視した。

「あなたは今犯罪行為を犯そうとしている、のですか？」

「犯罪行為、といえるかどうか」エーレンデュルが言った。

「私の解釈が正しければ、これは正式の捜査ではないということ？」

そのとおりと言うようにエーレンデュルはうなずいた。

「エーレンデュル、気は確かか？」支店長の語気が強くなった。

「説明することはできませんが、このケースは今悪夢の様相を呈している。私にはまだ事件の全貌が見えないが、もしあなたが今協力してくれれば、全体がもっとよく見えるようになると思うのです」

「なぜ通常の捜査の道をとらないのか？」

「これは私が仕事の合間に調べていることだからです。自分自身の関心から」とエーレンデュルは言った。「署では私がなにを調べているか、どんな結論に達するのかを知っている者はいない。これは私だけが行なっていることです。ここでのことは完全にあなたと私の間だけに留まります。正式の捜査を開始するにはまだ十分な証拠がないのです。私が調べている人物たちは私が調べていることを知りません。いや、知らないと願いたい。私は全体的にどんな情報が必要なのかわからない。ただ、その一部をこちらの銀行で手に入れられるといいと思っているのです。私を信じてください」

「いや、しかし、なぜあなたはこんなことをするんです？　職を失うかもしれないのに？」

「今は具体的な証拠はないが疑わしいことがたくさんあるという状態なのです。私が今手にしているのはいくつかの小さな情報の破片です。今欠けているのはそれらをつなぐ具体的な関連事項、ことが起きる前に発生した事柄です。関係している人物たちの背景、とくに彼らの経済的な状況です。私はこのようなことをあなたにお願いするのは……、いや、こう言い直しましょう。もし私が犯罪が行なわれたという疑いをもっていなければ、こんなことはお願いしません。誰も気づいていない、恐ろしい犯罪、この人物たちがうまくやりおおせたように見える恐ろしい犯罪と関係していると思うからお願いしたいのです」

支店長はしばらくエーレンデュルを静かに、探るように見据えていた。

「ここにあるPCで銀行の顧客の情報を見ることができますか?」支店長の机の上にある三台のパソコンを指さしながら訊いた。

「もちろん」

「それで、どうでしょう、協力してくれますか?」

「エーレンデュル。それはできない。わかってほしいのだが……」

二人はそのまましばらく目を合わせた。

「それじゃ、これはどうでしょう? その人物は大きな負債を背負っているかどうか。簡単にイエスかノーかで答えられませんか?」

支店長は考えた。

「エーレンデュル、私は協力できない。お願いだから、こんなことは訊かないでほしい」

「それじゃ、彼の妻のことならどうです。彼女はもう死んでいますから迷惑をかけないでしょう」

「エーレンデュル……」

「わかりました。仕方がない」エーレンデュルが呟いた。

突然支店長は立ち上がると、PCの前に立ち、指でキーを叩いた。

「彼女の個人番号は知っていますか？」

「ええ」

支店長は番号を叩いた。続いていくつかキーを叩き、マウスでクリックした。支店長の目が大きく開かれた。

「これは……、大富豪だ！」

老人は病院のベッドに横たわり、眠っているように見えた。夜の食事のあとで、廊下は静まり返っていた。同じ部屋にはあと二人老人がいて、二人ともベッドに横たわり、エーレンデュルの方を見向きもしなかった。一人は本を読んでいて、もう一人はうとうとしているようだった。

エーレンデュルは老人のベッドサイドに座り、腕時計を見た。家に帰る途中、急に老人のことを思い出し、訪ねることにしたのだ。そのとき、老人が目を覚まし、エーレンデュルを見た。

「息子さんのエルマールに会いましたよ」エーレンデュルが言った。どのくらい時間の余裕があるのかわからなかったので、すぐに用件を言った。

「そうか？」老人はうなずいた。

本を読んでいた方の老人が、サイドテーブルの上に本を伏せて、壁の方に寝返りを打った。おそらくこっちが話す言葉は一つ残らず聞き取れるに違いないとエーレンデュルは思った。もう一人の眠りかけていた男の方は今はぐっすり眠っているようだ。静かな寝息が聞こえる。エーレンデュルはこの環境は警察の仕事にとって理想的なものとはとても言えないと思ったが、実際のところ、警察の仕事としてここで老人と話をしているわけではないとも思った。

「ダーヴィッドとエルマールは仲がよかったですか？」と訊いた。エーレンデュルはその訊き方が怪しんでいるように聞こえないように気をつけた。そう訊きながらもこの問いは前にもしたことがあるかもしれないと思った。

「息子たちの性格はまったく違っていた。あんたはそれを知りたいのかね？」

「二人はそれほど親密ではなかったとか？」エーレンデュルはまた問いを出した。

老人はうなずいた。

「そのとおり。息子たちは兄弟でもとくに仲がいいわけではなかったな。エルマールは、一度もここに来たことがない。そう、わしに会いに来ないんだ。病院とか老人の療養所とか老人ホームとかそういうもの全部に近寄りたくないんだそうだ。あの子はタクシーの運転手をしている。知っていたかね？」

「ええ」とエーレンデュル。

「ご多分に漏れず、離婚している。あの子は子どもの頃から少し変わっていたが」

「そういう子はいますよ」とエーレンデュルは適当に応えた。

「あんたは前に、女の子のことを訊きに来た。見つかったかね？」

「いえ。エルマールはダーヴィッドにはガールフレンドはいなかったと言ってます」

「ああ、わしもそう思う」

真ん中のベッドの男がいびきをかき始めた。

「あんたはもう捜査をやめてもいいのかもしれんな」老人が言った。

「これは捜査と呼べるようなものではないですよ。それに今は比較的暇なので、どうぞ心配しないでください」

「あんたは本当にあの子が見つかると思っているのかね？」

「それはわからない。人がいなくなることはよくあるものです。ちゃんと理由があるときもあるし、まったく何の理由もなく消えてしまうことも」

「長い時間が経ってしまった。あの子が消えてしまってからの時間はもう永遠と言ってもいいほどだ。見つからないことで、わしらはそれを望みに生きてきた。だがそのためにちゃんと悲しむということもしないできてしまった」

「そうですね」

「そしてもうじきわし自身がいなくなる」老人が言った。

「心配ですか？」

「いや、心配ではない」

「死後どうなるか、心配ではないのですか？」エーレンデュルが訊き直した。

「いや、まったく心配していない。ダーヴィッドに会えるだろう。そして妻のグンソルンにも。楽しみにしているよ」

「そうなると思っているんですか?」

「ああ。わしはいつもそう思って生きてきた」

「死後の世界があると?」

「ああ、そうだ」

二人とも黙った。

「わしは息子の身になにが起きたのか、それが知りたかった。こんなことになるとは、何ともおかしな話だ。あの子は母親にこれから本屋へ行く、そのあと友達に会うと言って出かけた。そこまでだ。そこであの子の短い人生は終わってしまった」

「我々は本屋という本屋を回りましたがダーヴィッドを見かけた者はいなかった。ここレイキャヴィクはもちろんのこと、周辺の町の本屋も聞いて回った。そのあと友達に会うということについても、彼の友達は誰もダーヴィッドに会っていなかった」

「もしかして、母親がダーヴィッドの言葉を聞き間違えたのかもしれない。なにもかもおかしな話だった。なにもかも」

本を読んでいた男もいつの間にか眠ったようだ。

「ダーヴィッドは本屋でなにをするつもりだったのでしょうね? 憶えていますか?」

「妻のグンソルンによれば、湖に関する本を買うつもりだったらしい」

「ああ、そうだ。海ではなく、湖」

「湖？」

「どんな本だろう？　ダーヴィッドはなにを言いたかったんですかね？」

「最近出版された本だと、ダーヴィッドはグンソルンに言ったらしい。レイキャヴィクの周りにある湖の写真集だとか」

「ダーヴィッドはその種の本が好きだったのですか？　アイスランドの自然に関するものが」

「いやあ、わしは知らなかった。わしの記憶が正しければ、グンソルンはダーヴィッドがその本を誰かにプレゼントするつもりのようだと思ったらしい。だが、彼女はそう思っただけで、それは確かなことではないと言った。なぜなら、あの子からそのようなことを一度も聞いたことがなかったから、自分が誤解しただけだったかもしれないと」

「その本をもらう相手が誰か、あなたたちは知っていたのですか？」

「いや、知らなかった」

「ダーヴィッドの友達も知らなかった？」

「ああ、誰も知らなかった」

「もしかするとそれは、ギルバートが言っていた女の子のことかもしれませんね。ダーヴィッドが付き合い始めたばかりという女の子かも」

「あの子は誰とも付き合っていなかった」と老人はキッパリと言った。「もしそんな娘がいたら、ダーヴィッドはわしらに話していたはずだ。それに、もし本当にそんな娘がいたのなら、ダーヴィッドがいなくなったときに連絡してくるはずじゃないか。だが、そんな連絡はなかった。だからダーヴィッドにガールフレンドがいたなどということは考えられん」

老人はそんな考えを退けるように手を振った。

「考えられんのだよ」と繰り返した。

26

　翌日の夕方、エーレンデュルはバルドヴィンの家の前の空地に車を停めた。そこは道の行き止まりで、方向転換ができるほどの広いスペースだった。電話で約束した時間には少し早かった。その日の昼食後、エーレンデュルはバルドヴィンに電話をかけて会わなければならない用件があると伝えた。バルドヴィンは用件とはなにかと訊き、エーレンデュルは第三者から得たある情報について是非とも話を聞きたいと言った。バルドヴィンは驚いた様子で、第三者とは誰かと訊き、自分は警察の捜査の対象になっているのかと言った。エーレンデュルは彼を落ち着かせ、前回と同じように質問に簡単に答えてほしいだけだ、時間はとらせないと付け加えた。重大な問題ではないと言うつもりだったが、それでは嘘になると思い、言葉を呑んだ。

　エンジンを切ってから、しばらく彼は車に座っていた。バルドヴィンに会うことは、うれしいとは言えなかった。今回は一人で来ている。シグルデュル＝オーリにもエリンボルクにも伝えていない。上司らも知らない。今自分が一人でやっているこの捜査が人の知るところとなるまでに、あとどれほど時間がかかるだろう。それは今晩のバルドヴィンの態度次第だと思った。

　バルドヴィンは玄関で彼を迎え、リビングルームに通した。家には彼しかいなかった。エーレンデュルはもちろん彼以外の人間がいることを予期していたわけではなかった。ソファに腰を下ろした彼らの間には、前回よりもかなり緊張した空気が流れた。バルドヴィンは礼儀正しく、前よりもずっとよそよそしい態度だった。電話で話したとき、バルドヴィンは弁護士を同席させるべきかとは訊かなかった。それに関して、エーレンデュルは内心ホッとしていた。もし同席させると言われたら、どう答えるべきかわからなかった。この段階ではバルドヴィンと二人だけで話す方がいいのだ。

「電話でも言いましたが……」とエーレンデュルは話し始めた。車の中で考えた話の導入部を言うつもりだった。だが、バルドヴィンは手を上げてそれをさえぎった。

「直接核心を言ってほしい。今日は短い話ということだった。さあ、なにを訊きたいのですか？」

「三つの点について訊くつもりでしたが……」

「なにを知りたいんです？」

「マグヌス、あなたの義父は……」

「会ったことがありません、彼とは」

「それはわかっています。彼はなにをしていましたかね？」

「はあ？」

「彼はなにで収入を得ていましたか？」

「それはすでにご存じでしょう」

「一番簡単なのは、質問に対してまっすぐ答えることですよ」

「不動産業者でした」

「仕事はうまくいってましたか？」

「いや、じつはまったくうまくいっていなかった。死ぬ直前、彼はまさに破産寸前だったとマリアは言ってました。レオノーラからもそう聞いたことがある」

「だが、実際には破産はしなかった」

「ええ」

「彼の遺産はレオノーラとマリアが受け継いだ？」

「ええ」

「彼女たちが受け継いだものは何でしたか？」

「当時は何の価値もないものとみなされていたこの家を受け継ぎました。レオノーラが賢明だったからです」

「他には？」

「コーパヴォーグルにわずかな土地が一カ所。マグヌスはその土地をなにかの支払いの一部として受け取ったらしい。それでその土地の所有者になった。死亡する二年前のことです」

「そしてレオノーラはその土地をずっとそのまま所有していたのですね？　家計がかなり厳しかったときも、ですね？」

「この話、あなたはどこに導こうとしているのか？」

「その後、コーパヴォーグルはアイスランドでもっとも人気のある自治体になった。他のどの自治体と比べてもこれほど新しい住人を集めた土地はない。レイキャヴィクを入れても、ですよ。マグヌスがその土地を譲渡された頃はずいぶん辺鄙《へんぴ》なところで、わざわざ出かける者はいないほどだった。だが今やコーパヴォーグルはレイキャヴィクを抜く大人気の土地と言ってもいい。昔を知る人々にとっては信じられないことですよ」

「ええ。まったくそのとおり」

「レオノーラがその土地を売ったときの売値を調べてみました。確か、三、四年前のことでしたね？　とんでもない金額でしたね。コーパヴォーグルの土地台帳には三億アイスランドクローネで売られたとある。レオノーラは金融のエキスパートだったと言ってもいいでしょう。だが彼女はその金を自由に使ったりはしなかった。多分投資したり、金融市場に手を出したりするのが好きではなかったのでしょう。その莫大な金額は銀行にそのまま残っていて、母親の死後マリアが遺産としてそれを受け継いだ。そしてマリアの死後、あなたがそれを受け取った。他に遺産の受取人はいなかった。あなただけでした」

「それは自然な流れだった」バルドヴィンが抗議するように言った。「このことが問題になるのだったら、私は全部話しましたよ、包み隠さず」

「マリアはどうだったでしょう。彼女はこの莫大な遺産に対して、どんな態度でしたか？」

「どんな態度？　私は……、いや、とくにどうということもなかったですよ。彼女は金に関して無頓着でしたから」

「例えばもっと人生を楽しむためにどんどん金を使うとかしなかったのですか？　贅沢《ぜいたく》なもの

を買ったり、必要のないものに湯水のように金を使うことはなかったですか？　それともマリアもまた母親同様、金にはあまり執着がなかった？」

「彼女は金があるということは知っていました」

「だが、使いはしなかった？」

「そう。マリアもレオノーラもまったく浪費しなかった。そのとおりです。その理由を私は知っている。ま、関係ない話ですが。誰から金の話を聞いたんです？」

「誰から聞いたかなど、今は問題ではない。あなたはどうです？　あなたは人生を楽しみたいでしょう？　金がたくさんあるのに、誰も使わない。そんな状況を、あなたはどう思いました？」

バルドヴィンは大きく息を吸い込んだ。

「この話は続けたくない」

「あなたとマリアの間ではどうでした？　二人は婚姻の際に財産目録など作っていましたか？」

「ああ、それは作っていましたよ」

「どういうものでした？」

「マリアは土地の所有者で、その土地を売った場合の全金額の受取人であると」

「そうですか。それは彼女だけのものだったわけですね」

「そう。もし離婚ということになった場合、その土地、あるいは土地を売った場合の金額は彼女のものということだった」

「なるほど。では次の質問ですが、トリグヴィという男を知っていますか？」

「トリグヴィ？　いや、知らない」

「確かにもうずいぶん昔のことではありますが、あなたはそのときの状況を憶えているはずですよ。トリグヴィにはいとこがいた。ＵＳＡに住んでいるシグヴァルディという男です。彼のガールフレンドの名前はダグマル。彼女は今休暇中でフロリダへ行っている。あと一週間で帰国するはずです。帰国したら、彼女に会うつもりです。この二人の名前に覚えがあるでしょう」

「そういえば、どこかで……」

「この二人と医学コースで一緒だったんじゃありませんか？」

「ああ、今の話で思い出した」

「あなたは昔シグヴァルディたちと一緒にこのトリグヴィという男に数分の臨死実験をしたんじゃありませんか？」

「これはいったい……？」

「あなたとあなたの友人のシグヴァルディ、そして彼のガールフレンドのダグマルの三人で」

バルドヴィンはなにも言わず、しばらくエーレンデュルを睨みつけていたが、苛立ったように突然立ち上がって話しだした。

「あのときはなにも起きなかった。どうやってあんなに遠い過去のことを掘り出したのかね？

なにが狙いなんだ？　あのとき私はただ同席しただけだった。ただ見ていただけだ。すべてシグヴァルディが一人でやったことだ。私は……、いや、あのときはなにも起きなかった。私はその場にいただけだ。その男が誰なのかも知らなかった。トリグヴィという名前だったのか……」

「つまり、あなたはこの話に覚えがあるのですね？」

「ばかげた実験だった。何の証明もできなかった」

「しかし、トリグヴィは短い間だけでも死んだとか？」

「私はそれさえも知らない。というのも、私は途中でその部屋から出たからだ。そもそもあの始まりはこうだった。シグヴァルディが病院の一室を使えるよう手筈を整えた。それで我々はその部屋に行った。トリグヴィはちょっと変わった男だった。シグヴァルディはいつもトリグヴィをからかっていた。この実験のずっと前から。私が医学部に入りたての頃だった。シグヴァルディは頭は良かったが、粗暴な男だった。すべては彼の思いつきで、彼が用意したことだった。全部一人で。もしかすると、ダグマルも一緒だったかもしれない。彼らがなにをしようとしているのか私はまったく知らなかった」

「この二人にはまだ会っていないが、これから話を聞くつもりです。シグヴァルディはどうやってトリグヴィの心臓を止めたんですか？」

「シグヴァルディはトリグヴィの体を冷やし、なにか薬を与えた。何という薬だったかは憶えていない。その薬は心臓の鼓動をゆっくりさせ、ついには止めた。シグヴァルディは時間を計りながら心臓の状態を見ていた。そして一分が過ぎた頃、彼はＡＥＤを使った。ＡＥＤはすぐに作動し、心臓がふたたび動き始めた」

「そして？」

「そしてとは？」

「トリグヴィは何と言いました？」

「なにも。彼はなにも言わなかった。なにも感じなかったようで、特別になにも気づかなかったようだった。なんの障害も起きなかった。彼はまるで深い眠りに落ちたようだったと言った。あんたはなぜこんなことを掘り返すのか？　なにをするつもりなんだ？　なぜ私の人生をそんなに嗅ぎ回るんだ？　あんたは私がなにをしたと思っているんだ？　自殺者が出ると、警察はこんなに細部にわたって調べるのか？　私はあんたから個人攻撃を受けていると訴えることもできるのだぞ」

「最後にもう一つ、三つ目の質問が残っている」と言って、エーレンデュルは彼の言葉を無視した。「それで終わりです」

「これは正式な捜査なのか？」

「いや、違います」

「違う？　それじゃ私は質問に答えなくてもいいわけだ」

「正確に言えば、そのとおりです。私はただマリアが自殺したときの細部を知りたいだけです。どう行なわれたのか。状況的になにか不自然なことがなかったか」

「不自然なこと？ 自殺という行為そのものが不自然なことではないか？ あんたはいったい私からなにを聞き出したいんだ？」

「マリアは死ぬ前にある霊媒師を訪ねている。女性霊媒師です。マグダレーナと名乗っている。この名前に覚えがありますか？」

「いや」とバルドヴィンは素早く答えた。「知らない。この話、前にもしたではないか。私はマリアが霊媒師に会いに行っていたとは知らなかった。マグダレーナという霊媒師？ 知らないね」

「マリアはその霊媒師を訪ねている。その理由は、母親のレオノーラが亡くなってずいぶん経ってから、この家で母親の姿を見たと思ったからだった」

「知らなかったな」バルドヴィンが言った。「マリアは他の人より繊細《せんさい》だったかもしれない。夢うつつの状態でよくなにかを見たと言っていた。そのこと自体はそんなに珍しいことでも、不自然なことでもないだろうが」

「ああ、それはそうでしょう」

バルドヴィンはためらっていた。

「もしかするとあんたの上司と話をする方がいいのかもしれない」

「どうぞ、そうしてください。その方が納得できるというのなら」

「幽霊の話が出たからというわけではないが……、まだ話していないことが一つある」と言って、バルドヴィンは両手で顔を覆った。「この話を聞けば、マリアのことがもっと理解できるかもしれない。彼女がしたこと、彼女の行為の真相を知ることになる。そうすれば、あんたも少し落ち着くだろう。私がなにかしたのではないということがわかるかもしれない。彼女が自分の意思で自殺したのだということが」

エーレンデュルは無言のまま話を促《うなが》した。

「これはシンクヴェトリルでの事故と関係することだ」

「事故？　彼女の父マグヌスが死んだときのことですか？」

「ああ、そうだ。この話をするつもりはなかったのだが、そちらがなにかおかしなことが起きたのではないかと思っているようなので、話すことにしよう。この話は誰にも話さないとマリアと約束したのだが、そちらがあまりにもしつこいので、またこれ以上ありもしないことを言われたくないので、今話すことにする。勝手な想像で、また確証もないのにああだこうだと言われたくない。これ以上我々を……、私をこのことで煩わせないでほしい」

「話とは、何ですか？」

「レオノーラが亡くなってからマリアが話してくれたことだ。シンクヴァトラ湖で亡くなった父親のこと」

「父親のこと？」

バルドヴィンは深く息を吸い込んで話し始めた。

「マリアの父マグヌスが死んだときのことを供述したレオノーラとマリアの話はあらゆる点で正しかった。ただ一つのことを除いては。彼女たちの供述をチェックしただろう？　なにもおかしなことは見つからなかったはずだ」

「詳細にわたっては知らないが」エーレンデュルが言った。

「私は他の人々と同じように公式の説明しか知らなかった。そう、船のプロペラが外れたという話だ。マグヌスは直そうとして、ボートから湖の冷たい水に落ちて溺れ死んだという説明だ」

「そう」

「マリアは私に言った。マグヌスはボートに一人でいたのではなかったと。これを話すことは禁じられているのだが、これを話さないことにはあんたが引き揚げてくれそうもないから仕方がない」

「ボートには他に誰がいたんです？」

「レオノーラ」

「レオノーラ？」

「そう、レオノーラと……」

「レオノーラと誰？」

「マリア」

「マリアもボートに乗っていた？」

「マグヌスはレオノーラを裏切っていた。そう、他に女がいたのだ。彼はその話をシンクヴァトラ湖のほとりのサマーハウスでレオノーラに話したらしい。レオノーラは逆上した。彼女は夫の不貞をそれまでまったく知らなかった。マグヌスとレオノーラ、そしてマリアはそのあとボートで湖に出たらしい。マリアはすべてを克明に話したわけではない。ただ、その後、マグヌスがボートから冷たい湖に落ちて死んだということになっている。一瞬のことだったらしい。秋のシンクヴァトラ湖に落ちたら、生き延びる者はいない」

「マリアは？」

「彼女はそれを見ていた」バルドヴィンは話し続けた。「警察が来たとき、彼女はなにも話さなかった。ただ、マグヌスはボートに一人で乗っていたかと訊かれてうなずいた」

「マリア自身ボートに乗っていたことをそれまであなたに話さなかったのですか？」

「話さなかった。話したくなかったのだと思う」

「そしてあなたは彼女の話を信じた」

「もちろん」

「このことで彼女は悩んでいましたか？」

「ああ、それはもう。彼女がこのことを話したのはレオノーラが長い闘病生活の末、亡くなってからのことだ。私は決して誰にもこの話をしないと約束した。あなたもそうしてほしい」

「母と娘が土地を売却した金に手をつけなかったのは、そのためでしょうかね？　良心の呵責《かしやく》を覚えたとか？」

「あの土地は、レイキャヴィク周辺の地価が高騰《こうとう》するまでは何の価値もなかった。彼女たちはある日有名な建設会社の人間が訪ねてきてあの土地を売ってくれとオファーを出すまで、土地のことなどすっかり忘れていたのだから。億単位の金ですよ！　二人はただただ驚いたらしい」

　バルドヴィンはすぐ近くのテーブルに飾ってあるマリアの写真に視線を移した。

「彼女は……すっかり神経が参っていた。実際に起きたことを誰にも話せなかった。レオノーラは見方によってはマリアを共犯者にしてしまったとも言える。マリアに口をつぐませたのはレオノーラだったわけだから。マリアはこれ以上真実を隠して生きることはできなかった……。だからこんな解決方法を選んだのだと私は思う」

「そうですか。あなたはマリアの自殺は父親のことと関係があると見ているのですね」

「それは明らかだ。このことを話すつもりはなかった。だが……」

　エーレンデュルは立ち上がった。

「これ以上お邪魔しません。今日はここまでということで、失礼します」

「今話したことについて、なにかするつもりかね？　シンクヴァトラ湖でのことだが」

「これを明るみに出しても何の利益もないと思う。ずいぶん前に起きたことだし、今やレオノーラもマリアも故人となっているわけですから」

　バルドヴィンは玄関まで出てきて見送った。外に出るとエーレンデュルは振り返って言った。

「一つだけ訊いていいですか？　サマーハウスにシャワーはありますか？」

「シャワー？」バルドヴィンは首を傾げた。

「ええ。シャワーか浴槽」

「両方ともある。シャワーも浴槽も。浴槽というか、大きな盥《たらい》のことだろうね、君の言うのは。外のバルコニーにある。湖で泳いだあと体を洗うために。なぜそんなことを訊くんだね？」

「いや、別に何でもありません。なるほど、大きな盥か。サマーハウスにはたいていそういうものがついているわけだ」

「それじゃ」

「ああ、それじゃ、これで」

マリアは父親が庭に現れて、気をつけろと叫んだときまで、長い間視力に問題を感じたことはなかった。このとき他に彼の姿を見た者はいなかったし彼の声を聞いた者もいなかった。父親は姿を現したときと同じように突然姿を消した。マリアの耳に唯一残ったのは風のピューピューと鳴る音と、木戸がパタンパタンと支柱を叩く音だけだった。彼女は急いで家の中に入り、バルコニーのドアを閉めて鍵をかけ、寝室に戻って枕に頭を埋めた。

その声は以前聞いたことがあった。霊媒師アンデルセンのところで聞いた警告の言葉とまったく同じだった。だが、それがなにを意味するのか、なぜその言葉が発せられたのか、どれほど重要と思うべきなのかわからなかった。なにより、なにに気をつけたらいいのかがわからなかった。

その晩遅くバルドヴィンが帰ってきたとき、彼女はまだ起きていた。そして二人はマリアが訪ねた霊媒師マグダレーナの話を始めた。マリアは降霊会のことを詳しく話した。その経験が自分にどんな効果をもたらしたか、そこで明らかになったことを信じる気持ちになっていること、そう、信じたいと思うと彼女はバルドヴィンに言った。つまり、死後の世界はあると、現世がすべてではないと信じたいと。

バルドヴィンはベッドに横たわり、黙って彼女の話を聞いていた。

「今まで話したことがあったかな、僕が医学を勉強していた時代の知人のこと。トリグヴィという名前の男のこと」バルドヴィンが訊いた。

「ううん」マリアが首を振った。

「トリグヴィは現世のあとに来世があるのかどうか知りたがった。それで彼のいとこを説得して手伝ってくれと頼んだ。そのいとこは医学生で、フランスの臨死実験の記事を読んだことがあった。我々は三人とも医学コースの学生だった。三人目は女性だった。我々は四人で一つの実験をしたんだ」

マリアはバルドヴィンの話に熱心に耳を傾けた。それは彼ら三人の医学生がどのようにしてトリグヴィに心臓死の実験をし、しかもすぐに蘇生《そせい》させたかという話だった。すべてがうまくいき、トリグヴィは蘇生したあと、格別に語ることがなかったという。

「それで、その後、その男の人、どうなったの？」マリアが訊いた。

「さあ、知らない。あれ以降会ったことがないんだ」

マリアはしばらく黙り込んだ。そのベッドルームは母親のレオノーラが臨終まで横たわっていた部屋だった。

「ねえ……」マリアが話しかけた。

「なに？」とバルドヴィン。

「もしかしてあなた、同じようなことができるかしら？」

「うん、できると思うよ」

「わたしにやってもらえないかしら？　わたしのために」

「きみのために？」

「ええ……。わたし、臨死体験の話はずいぶん読んでいるの」

「ああ、それは知ってる」

「その実験、危険かしら？」

「ああ、それはそうだと思うよ。僕は……」

「それ、うちでできない？　ここで」

「マリア……」

「危険だと言うの？　リスクが大きすぎる？」

「マリア、僕にはとても……」

「リスクが大きいかと訊いているのよ」

「それはいろんな要素による。きみは本気でやりたいと言ってるの？」

「ええ、本気よ。失うものはなにもないもの」

「本当に？　本当にそう思うの？」バルドヴィンが訊いた。

「木戸を閉めた？」マリアが訊いた。

「ああ、帰ったときにしっかり閉めた」

「ひどい格好だったわ。本当にひどい格好をしていた」

「誰のこと？」

「パパよ。パパは今でも苦しんでいるということ、わたしにはわかるの。穏やかにいられるはずがないということ、わたし、わかってる。あのような終わり方はよくなかった。あんなふうに死んじゃいけなかった。あんなことが起きてはいけなかった」

「きみ、なにを言っているの？」

「さっきの話もっとしてくれない？　トリグヴィのこと。あなたたちは彼になにをしたの？　どうやったの？　それをするにはなにが必要なの？」

27

日曜の朝早く、エーレンデュルは娘のエヴァに電話をかけ、遠出《ドライブ》しないかと誘った。その日彼はレイキャヴィク周辺の湖を見て回りたい気分だった。電話で起こされたエヴァ＝リンドはすぐには答えられなかった。その日の計画がなにかあったわけではない。日曜日だからといって教会に行くわけでもなし。しまいに同意した。エーレンデュルは息子のシンドリにも電話をかけたが、自動応答の声が響くだけ。ヴァルゲルデュルはその日は一日中仕事だと言う。

エーレンデュルはいつもならドライブは一人で出かけるし、むしろその方が好きだった。だがその日はどうしてもエヴァと一緒に出かけたかった。一人でいることに飽きていた。エヴァは鋭くそれを見抜いて、父親にそう伝えた。言われてエーレンデュルは苦笑いした。エヴァ＝リンドはいつもより機嫌が良さそうだった。父親と母親を引き合わせる試みが失敗したあとだったにもかかわらず。

車に乗ってレイキャヴィクを出たときも、二人はその話はしなかった。素晴らしい秋の日曜日。空はきれいに晴れ上がっていた。太陽はブラゥフィヨットルの上に斜めに差し込み、風はなかったが空気は冷たかった。車をガソリンスタンドに停めてタバコとサンドイッチを買った。コーヒーはポットに入れて家から持ってきた。荷台には毛布が積んである。ガソリンスタンドから走りだしたとき、エーレンデュルは今まで一度も日曜日にエヴァとドライブに出かけたことがなかったことに気がついた。

まずレイキャヴィクの近郊をゆっくり走るところから始めた。レイキャヴィク周辺の詳細な地図をあらかじめ用意していた。そしてこの比較的小さな地域に驚くほどの数の湖が点在することに今更ながら目を見張った。大小の湖が無数にあるのだ。彼らはまずエットリダ湖の湖畔へ行った。新しい住宅が次々に建っている。そこからすっかり道が整備されているロイダ湖の周りを通り、グラヴァルホルトの新しく開発された地域の中にひっそりとあるレイニス湖に向かった。

そこからランガ湖に沿って車を走らせ、ミーダルスへイジにある小さな湖をいくつか眺めてから、モスフェトルスへイジの方向に車を走らせた。シンクヴェトリルへ向かう道の近くでレイルヴォグス湖を一望してから、スティフリスダル湖とミョーア湖に行った。シンクヴェトリルに着いたときはかなり遅くなっていたが、そこから北に向かい、ウクサフリッギルへ向かう途中にあるホフマンナフルートの北にある道のすぐそばのサンドクルフタ湖を通り過ぎ、ルンダレイキャルダルールの谷間を通り抜けた。ビスクプスブレッカのそばにあるリトラブルナ湖まで来ると、湖のほとりで休憩した。

敷物を広げ、その上に足を伸ばすと、父と娘はガソリンスタンドで買ったサンドイッチを頬張った。その後チョコレートクッキーをつまみながらエーレンデュルはコーヒーをポットから注いで飲んだ。アゥルマンスフェトルの下方に位置するシンクヴァトラ湖とホフマンナフルートを眺めた。アゥルマンスフェトルは昔、バイキングが馬を戦わせたとして有名な場所だった。

エーレンデュルはこのところ、ダーヴィッドが買おうとしていたと思われるアイスランドの湖をテーマにした本を探して、いくつか古本屋を回っていた。これかもしれない、と思えたのは、ちょうどダーヴィッドが失踪した頃に出版された本で、書名もずばり『レイキャヴィク周辺の湖』というものだった。それは湖とその周辺を写した美しい写真集で、四季にわたって紹介されていた。その本を手に取り、ページをめくりながらエヴァ＝リンドは言った。

「彼女がこんな湖を見て回ったかもしれないと思うの？　大変でしょ、これから全部見て回るのは。見つかるといいわね」と言って、コーヒーを一口飲んだ。

エーレンデュルはエヴァにおよそ三十年ほど前に姿を消したギュードルンのことを話していた。また彼女の失踪は同じ頃にいなくなったダーヴィッドという若者と関係があるかもしれないとも言った。その若者は失踪する少し前に、女の子と付き合い始めていたかもしれないと言うと、エヴァは興味を示した。エーレンデュルはその写真集がダーヴィッドからギュードルンへのプレゼントだったような気がしてならなかった。二人はまだ付き合い始めたばかりで、それも本当に日が浅くて、誰も知らなかったのではないか。唯一ダーヴィッドの友達のギルバートが、ひょっとするとガールフレンドができたのかもしれないと思った程度のもので、ギルバートのそんな推測も、その後彼自身デンマークへ移住したため誰も知らず、エーレンデュルはようやくつい先日ギルバートから聞いたばかりだった。

しかしエヴァはその話を聞くと、想像しすぎじゃないかと父親に言った。エーレンデュルはそうかもしれないとうなずいた。しかしまた彼は、この二つの失踪ケースを結びつける重要なディテールがあると言い、それは彼ら両方に関して情報が極端に少ないことだと言った。ダーヴィッドについてはまさにほとんど情報がなかった。ギュードルンについて唯一警察が知っているのは、彼女は乗っていた車ごと消えてしまったということだった。

「この二人が知り合いだった、一緒だったとしたらどうだろう？」とエーレンデュルはリトラブルナ湖を眺めながら言った。「ダーヴィッドが湖の写真集をギュードルンへのプレゼントとして買っていたらどうだ？　この二人が一緒にそれも最後となるドライブをしていたとしたらどうだろう？　ダーヴィッドが姿を消した日がいつかはわかっている。ギュードルンの失踪届はおよその二週間後に提出されている。だから我々はこの二件が関係あるとは思わなかったのだ。だが、彼女がダーヴィッドと一緒に消えた可能性は十分に考えられる」

「見つかるといいわね」とまたエヴァが言った。「二人が一緒に湖を見に出かけたとしたら、考えられる湖はそれこそ何百何千とあるわ。ここは湖の多さにかけてはフィンランド並みだから。でもさ、あたしは二人が一緒だったとすれば、どこかの海で、埠頭で、車ごと海に落っこちたと考える方が現実的だと思うけどな」

「それはもう調べたさ。主な港の埠頭には潜水夫を潜《もぐ》らせて探したよ」

「その二人、一緒じゃなくて、別々に自殺したという可能性はない？」

「ああ、それはある。我々も今までそう思っていたんだ。この二人を結びつけるのは、まったく今までにない、新しい線なんだ。気がつかなかったんだよ。ずいぶん長い間、この二件に関してはなにも見つからないし捜索も行なわれなかった。だが、最近彼女は湖に関心があったこと、彼の方は湖に関する本を買おうとしていたことがわかったんだ。それと、彼はそれまで湖に関してまったく関心などなかったらしいことも」

エーレンデュルはコーヒーをまた一口飲んだ。

「ダーヴィッドの父親はもう長くない。息子の生死を確かめたい父親への答えはまだ見つかっていない。それは母親の問いに関しても同じだ。彼女はすでに亡くなっているが。もちろん俺も考えている。答えはどこだ、と。みんな答えを求めている。答えは必ずあるはずなんだ。人が朝家を出て、そのまいなくなるなんてことは、あり得ないんだから。だが我々は何の形跡も見つけていない。追跡するべき道もない。それはこの二件に共通する点だ」

「おばあちゃんも何の答えも得られなかった」と言ってエヴァは仰向けに横たわり、空を見上げた。

「そうだ。お前の祖母も答えが得られなかった」

「でも、あんたはそれでも諦めない」エヴァが言った。「あんたは弟を探し続けている。アイスランド東部にまで出かけていく」

「ああ、そうだ。俺は東部まで出かける。ハルドスカフィを歩き回り、エスキフィヤルダルヘイジまでも。ときにはそこでキャンプすることもある」

「でも、なにも見つけられないんだよね？」

「ああ、そうだ。見つけるのは思い出だけだな」

「思い出だけでいいんじゃない？　だめ？」

「どうだろう。わからない」

「ハルドスカフィって？」

「お前のおばあさんは、ベルギュルはフィヨルドで死んだと思っていた。なぜかはわからないが、固くそう信じていた。だが、フィヨルドで死んだとすると、ベルギュルはずいぶん遠くまで歩いたことになる。確かに風はそっちの方向に吹いていた。それで母さんも俺もそっちに向かって探して歩いた。母さんはよく一人でそっちへ歩いて行ったよ。引っ越すまで本当によく」

「あんたもフィヨルドまで行ったの？」

「ああ、そこまで登るのはそんなに大変じゃない。フィヨルドと聞くと大変だと思うかもしれないが」

「でも、今はもうやめたの？　そこまで行くのは」

「うん、もう、多分行かないだろうな。見上げるぐらいはするかもしれないが」

エヴァ＝リンドはそれを聞いて考え込んだ。

「それはあんたがもう年寄りになったから？」

エーレンデュルは微笑んだ。

「諦めるの？　諦めようとしてるの？」エヴァ＝リンドが訊いた。

「お前のおばあさんの最後の言葉は、ベルギュルは見つかったのか、だった。死にかけていたとき、彼女の頭にはその言葉しかなかった。ときどき思うんだ。もしかするとお前のおばあさんは末息子に会えたかもしれない……、向こう側でベルギュルを見つけたかもしれないと。俺自身は来世とか、死後の世界など信じていない。俺は神を信じないし、地獄も信じない。だが、お前のおばあさんはそういうものを信じていた。彼女はそういう時代に育った。この世における苦労は始まりでも終わりでもないと確信していた。だから彼女はこの世を何の文句も言わずに去り、ベルギュルは良きものに守られていると言っていた。ベルギュルはちゃんとみんなと一緒だと」

「年寄りくさい考えね」エヴァ＝リンドが言った。

「お前のおばあさんは年寄りじゃなかった。人生のピーク時に死んだんだ」

「『神が愛する者は早死にする』という箴言《しんげん》なかったっけ？」

エーレンデュルは娘を見た。

「あたしは一度も神に愛されてると思ったことないわ。ううん、そんなこと、考えたこともないと言った方が正しいわね。それにさ、なぜ神が人を愛す必要があるの？　それがわからない」

「俺は、人は誰であろうと神の手に自分の運命を委ねるべきだとは思わない」とエーレンデュル。「人は自分で自分の運命を作るんだ」

「あんたがそれ言う？　それじゃ誰があんたの運命を作ったのさ？　あんたの父さんが悪天候の日にあんたをフィヨルドに連れて行ったんじゃなかったっけ？　じいさん、なぜそんな日に山に子ども二人連れてったの？　あんたはそういう疑問、もったことないの？　あんた、それを考えて、腹が立たないの？」

「親父は知らなかったんだ。俺たちが凍え死ぬなんて思いもしなかったんだ」

「でも、違う行動をとることだって、あり得たんじゃない？　子どもたちのことを本当に大事に思っていたら」

「親父はいつだって俺たち兄弟を大事にしてくれたよ」

二人とも黙った。エーレンデュルの目にウクサフリッキギルの東側から車が一台走ってきて、シンクヴェトリル方面へ走り去るのが映った。

「あたしはいつも自分が嫌でたまらなかった」少し経って、エヴァ＝リンドが話し始めた。

「腹が立って仕方がなかった。無性に腹が立って、腹が立ちすぎて、自分が爆発して粉々になってしまうんじゃないかと思うほどだった。ママに、あんたに、学校に、あたしに意地悪をする悪ガキどもに腹が立って仕方がなかった。あたしは自分なんかどうでもいいと思った。あたしはあたしでいたくなかった。自分が嫌でたまらなかった。あたしは自分を馬鹿にした。そして他の奴らにもあたしを馬鹿にさせたんだ」

「エヴァ……」

エヴァ＝リンドは晴れ上がった空を見上げた。

「そういうこと。腹立ちと自己嫌悪。この二つが一緒になるとろくなことないのよね。そのことをあたしずいぶん考えたわ。それは、すべてはあたしが生まれる前に始まっていて、あたしがこうなったのは自然だったんだということに気がついてからのことよ。あたしにはどうしようもないことだったのよね。だからあたし、ママとあんたに腹を立てたわ。何であんたたち、あたしなんか作ったの？　なに考えてたの？　あたしはこの世になにを背負って生まれてきたの？　あたしにはどんなハンディキャップがあるの？　最低よ。あたしは単に二人の犯した間違いの結果だったというわけ。しかもその二人は互いのことをまったく知らなかったし、知りたくもないという間柄なんだから、まったく」

　エーレンデュルは顔を歪めた。

「人生にハンディキャップなんてないよ、エヴァ」

「もしかすると、そうかもね」とエヴァ＝リンド。

　二人はしばらくなにも言わなかった。

「今日は、素晴らしい日曜日のドライブになったんじゃない？」と言ってエヴァ＝リンドは父親の顔を見た。

　車が一台ゆっくりとビスクプスブレッカへ渡る道を走ってきて、そのままルンダレイキャルダルールの方へ向かって走り去った。車の中には男女二人と子どもが二人。後部座席から栗毛の髪の女の子がエーレンデュルたちに向かって手を振ってきた。エーレンデュルもエヴァ＝リンドもそれに応えなかった。女の子の失望した顔が見えたが、車はそのまま走り去った。

「お前はいつか俺を許してくれるだろうか？」と言ってエーレンデュルは娘を見た。

　エヴァ＝リンドはそれには答えず、両手を頭の下に組み、両足を交差させたまましばらく空を見上げていた。

「自分の人生は自分で作るものだということは知ってる」とようやく彼女は言った。「あたしより強く、あたしより頭のいい子なら別の人生を歩んだと思う。あんたたち二人なんかクソ食らえと思ってね。そう思えたら、それはそれで一つの抜け道だと思うよ。あたしのように自己嫌悪に陥ってる子に比べたら」

「お前が自己嫌悪に陥るなんてことは、俺はまったく望んでいなかった。そんなことになっているとは知らなかった」

「あんたの父さんも子どもを失うなんて、思いもしなかったと思う」

「そう。そんなことはまったく頭になかっただろう」

二人がウクサフリッギルを出発し、ルンダレイキャルダルール経由でボルガルフィヨルデュルに着いた頃にはあたりが薄暗くなっていた。それからは車の中からいくつか湖を眺めるだけにして、フヴァルフィヤルダルトンネルを通りキャラルネスを越えて家に向かった。

エーレンデュルは娘を家まで送り、薄暗い夕暮れの中で別れた。

別れる前、湖を見て回ったのは楽しかったとエーレンデュルは思い、それを娘に伝えた。エヴァはうなずき、これからもっとこうやって出かけようよと言った。

「もしその二人がレイキャヴィク周辺の湖に車ごと転落したのなら、はっきり言って見つけるのはむずかしいわね。宝くじに当たるのと同じくらいの確率じゃない？」

「うん、そうかもしれない」とエーレンデュル。

二人はしばらくなにも言わなかった。エーレンデュルは黒いフォードのハンドルを撫でながら言った。

「エヴァ、お前と俺はまるで一つの枝になっている果実《ベリー》のようによく似ている」と言って、車の低いモーター音に耳を澄ませた。「お前と俺。俺たちは同じ石から切り出された石ころだ」

「そう思う?」とエヴァ＝リンドは言いながら、車を降りた。

「うん。どうもそのようだ」

そう言うと、彼はアクセルを踏み、車を出した。家に着くと、エヴァとの間にまだ話していないことがどれだけあるのだろうかという思いが胸に浮かんだ。眠りに落ちるとき、エヴァが彼の問い、いつか許してくれるか、という問いに対して答えなかったことを思い出した。また、湖から湖へと車を走らせて消えた足跡を探している間、この問いは話題に上らなかったことも。

28

翌日の夕方、エーレンデュルはコーパヴォーグルにある一軒家まで車を走らせ、少し離れたところに車を停めた。家の窓には明かりがなく、付近にもカロリーナの車は停まっていなかった。まだ仕事から戻っていないらしい。タバコに火をつけてゆっくり待つことにした。まだどんな質問をするか、はっきり決めてはいなかった。先日の自分の訪問のあと、バルドヴィンはカロリーナに警察官が訪ねてきたと話しているに違いない。まだ確証はないが、エーレンデュルはバルドヴィンとカロリーナは何らかの関係があると睨んでいた。もしかすると、二人は演劇科で学んでいた頃の関係を復活させているのではないか。カロリーナがスターになることを夢見ていた時代の関係を。

まもなく小さな日本製の車がカロリーナの家の前に停まり、カロリーナ本人が車から降り、あたりを見回しもせず、大きなショッピングバッグいっぱいに詰めた食料品を重たそうに持って家の中に入った。エーレンデュルはそのまま三十分ほど待ってから、入り口に近づき、ドアをノックした。

カロリーナは仕事着を着替えてリラックスした格好になっていた。フリースのセーター、グレーのジョギングパンツにサンダルという姿だった。

「カロリーナ？」

「ええ、そうだけど？」トゲトゲした声でカロリーナは答えた。まるでセールスマンに邪魔されたというような、苛立った態度だった。

エーレンデュルは警察官であると名乗り、最近シンクヴェトリルの湖畔で亡くなったある人物について訊きたいことがあると言った。

「亡くなった？」

「そう。シンクヴェトリルで自ら命を絶った女性です。ちょっと中に入れてもらえませんか？」

「ちょっと待って。その女性とあたし、どんな関係があるというのかしら？」

カロリーナはほぼエーレンデュルと同じくらい背が高かった。暗褐色の髪の毛、そして形のいい高い額。目は深い青、マスカラが濃く塗られていた。表情は硬い。顔の形は細く、長い首。フリースのセーターに幅の広いパンツ姿、すらりとしていた。反抗的で、人を寄せ付けない厳しい顔つきだ。バルドヴィンがこの女性に惹かれるのがわかるような気がしたが、今はそれについて考察する暇はなかった。カロリーナの問いが宙に浮いたままになっていた。

「その女性の夫を知っていますよね？」エーレンデュルが問いを続けた。「女性の名前はマリア。彼女の夫の名前はバルドヴィン。確か昔演劇科で一緒だったんじゃないですか？」

「そう？　それで？」

「ちょっと話を聞きたいだけです」

カロリーナは首を伸ばしてまわりの家々を見た。エーレンデュルに目を戻すと家の中で話す方がいいかもしれないと言った。そして、エーレンデュルを中に入れると、ドアを閉めた。家は平屋で、リビングルーム、キッチンとダイニングルームが一緒で、バスルーム、そして玄関の左側に部屋が二つあった。美しいインテリアで、壁には絵が飾られている。家の中の匂いはアイスランド料理と甘い香水や化粧品の匂いが混じり合ったもの。甘い香りは主にバスルームと二つの寝室の方から匂ってくる。二つの寝室の一つは物置部屋になっているようだ。その隣がカロリーナの寝室だろう。開いているドアから片方の壁に沿って大きなベッドが見える。全身鏡と化粧台、クローゼットとタンスが目に入った。

カロリーナはキッチンへ走り、フライパンを火から下ろした。料理中だったと見える。いい匂いが家中に漂っていた。ラムステーキか、とエーレンデュルは推測した。

「ちょうどコーヒーをセットしたところだったのよ」キッチンから戻ったカロリーナが言った。「コーヒー、いかが？」

エーレンデュルはうなずいた。コーヒーを勧められたらたいていの場合、彼は断らない。エリンボルクはすぐにそれを見習ったが、シグルデュル＝オーリは先輩の態度から学ぶつもりはないらしかった。

「そう。バルドヴィンとわたしはヨハンネス先生のもとで演劇を勉強したのよ、昔。ああ、ものすごくうるさい爺さんだった。ええ、ヨハンネスのことよ。役者としても全然ダメ。とにかく、バルドヴィンが医学コースに変更したとき、わたしは彼と別れたの。ねえ、なぜバルドヴィンを調べてるのか訊いてもいい？」

「別に彼を調べているわけじゃない。いや、じつは噂を聞いたんですよ、あなたたちが昔付き合っていたと。ああ、人がどんなに噂が好きか、知ってますよね。最近またあなたたちが昔の付き合いを復活させたとも聞いたので」

「どこで？　どこで聞いたの？」

「どこだったかな。いや、調べればわかりますが」

カロリーナはニンマリと笑った。

「あたしが誰と付き合っているかなど、あなたに関係あるのかしら？」

「うーん。それはまだわかりませんね」とエーレンデュル。

「彼、あなたがあたしのところに来るかもしれないと教えてくれたわ」

「バルドヴィンが？」

「あたしたち、あなたの推測どおり、昔の付き合いをまた始めたの。別に隠すつもりはないわ。あたし、彼にそう言ったのよ。彼もそのとおりだと言ってるわ。そうね、五年ほど前かな、また付き合い始めたのは。演劇科の何十周年記念パーティーとかいうところで再会したのよ。バルドヴィンは演劇科を最後まで履修したわけじゃないけど、パーティーにやってきたの。あのクソババアには本当にうんざりすると言ってたわ。そう、マリアの母親のレオノーラのことよ。彼女、娘夫婦の家に住んでいたのよ。信じられる？」

「そうか。それじゃなぜバルドヴィンはマリアと別れてあなたと一緒に暮らさなかったんですかね？　義母と合わないのが離婚の理由なんて、よくあることなのに」

「そうね。実際彼はそうしようとしていたのよ。あたし、そんな状態にすっかりうんざりして、彼女と別れるの、別れないのと迫ったの。でもそのとき、あの魔女が病気になった。バルドヴィンはそういうときにマリアと別れることはできないと言ったわ。大変な時期だからできるだけマリアをサポートしたいと。実際彼はそうしたのよ。あの婆さんが死んだとき、彼がマリアの元から離れなくなってしまうんじゃないかと、あたし、ずいぶん心配したわ。だって、彼、ここにまったく来なくなったから。マリアのことばかり心配してた。でも、それもそのうち終わったけどね」

「さっき魔女と言ったけど、バルドヴィンはレオノーラのこと、そう呼んでいたのかな？」

「彼、レオノーラにはまったく我慢できなくなっていたの。時が経つにつれて、レオノーラとの仲は険悪になった。皮肉なことだけど、あたしはレオノーラに感謝すべきなのかもしれないわね。バルドヴィンは彼女を追い出したかったの、あの家から。でもマリアが反対したのよ」

「バルドヴィンとマリアには子どもはいなかった？」

「バルドヴィンは子どもができない人だった。マリアはマリアで子どもがほしくなかったのよ」とカロリーナはサラリと言ってのけた。

「それで、あなた方二人は、いつ関係を公にするつもりだったのかな？」エーレンデュルが訊いた。

「ふん、まるで牧師のような口のきき方ね」

「いや、失礼、そんなつもりは……」

「バルドヴィンは思慮深い人なの。一年待とうと言われたわ。あたしは、それは長すぎると言ったんだけど、彼、頑として譲らないの。少なくともマリアが死んでから一年経ってからだと」

「でも、あなたはそれは嫌だと？」

「でも、あたし、彼の気持ちもわかるの。あんな悲劇的なことが起きたんですものね。急ぐ必要はないとも思う」

「マリアはどうだったんだろう？　あなた方の関係を知っていた？」

「ちょっと待って。いったいあなたはなにを調べてるの？　なにを探しているの？　バルドヴィンが彼女に危害を与えたとでも思ってるの？」

「あなたはそう思うんですか？」

「いいえ。あの人にはそんなことはできない。医者なんですからね、彼は。あなたは自殺だとは思わないの？　なぜ？」

「いや、別になにか思ってるわけでは……」エーレンデュルが言った。

「スウェーデンの調査って？　本当？」

「聞いたことがあるんですか？　そのことを」

「バルドヴィンが言ってたわ、なにかそのようなことを。あたしたちとどうして関係あるのかわからないんだけど」

「いや、私はただ、この件を終わらせるために情報を集めているだけですよ。もしかしてあなたはバルドヴィンがマリアの死後数億アイスランドクローネを遺産として受け取ったこと、知らないのかな?」

「ええ、あたし、そのことはつい最近まで知らなかった。彼はこの間そのことを話してくれたの。マリアのお父さんが土地の売買をしていたんじゃなかったかしら?」

「そう。ここコーパヴォーグルに小さな土地を持っていた。それが急騰《きゅうとう》したらしい。バルドヴィンはそれを相続できる唯一の人だ」

「そう。そのようなことを聞いたわ。でも彼はつい最近までそのことを知らなかったみたい。とにかくあたしはそう聞きました」

「その金はもうほとんどないとか、聞いたけど」エーレンデュルが言った。

「え? そうなの?」

「ええ。借金の返済にまわされたとか」

「バルドヴィンは株の売り買いで少々失敗したって聞いてるけど。投資に失敗したということも。投資した建設会社が破産したとか。あと、彼の診療所も赤字続きだったと言ってる。でもあたしたち、こういう話はあまりしないのよ。とにかく、今まではね」

「ええ、まあ」

「あなたはもう女優業はやめたんですね?」エーレンデュルが訊いた。

「なぜです、訊いてもいいかな?」

「あたし、大きな役じゃなく、端役ならずいぶん出てるのよ……」

「申し訳ないが、私は芝居はほとんど観に行かないもので」

「あたしにふさわしい、いい役をもらえなかったからよ。ま、大きな劇場では、という意味だけどね。競争が激しいのよ、この世界は。容赦ない世界と言ってもいいわ。もちろんそれは演劇科に行っていた頃から知っていたことだったけどね。あと、年齢のこともある。あたしのような女優は、中年になったら求められなくなるのよ。だから今は金融関係の会社で働いてるの、いい仕事を見つけたから。そしてたまにあたしを使いたいという監督がいたら、映画や芝居にも出るってわけ」

「あなたが演じた一番大きな役はスウェーデンの劇作家の、ああ、何という作品だったかな、とにかくマグダレーナという役だったと聞いている」と言って、エーレンデュルは作品の名前が思い出せないふりをした。

「誰から聞いたの？　あたしのことを憶えている人がいるのね？」

「ああ、もちろん。ヴァルゲルデュルという女性から聞いた。よく芝居を観に行く人で」

「その人があたしを憶えていたのね？」

エーレンデュルはうなずいた。そして、そもそもなぜ彼がカロリーナのことを他の人と話したのかという問いに答える必要がなくなったことにホッとした。カロリーナは自分のことを憶えている人がいるのを称賛として受け取ったようだ。今自分のいる状況など、まったく忘れたかのように。演劇科の元教師がカロリーナの才能について言った言葉を思い出した。彼女が喉から手が出るほどほしい称賛の言葉。あの元教師は何と言ったか？　プリマドンナ？

「『希望の炎』という作品よ。とてもいい作品で、あたしがもっとも売れていた頃で、主役を務めたものよ。ま、あたしが演じたうちでも一番いい役だったと言ってもいいわね」

カロリーナはここで満足そうに微笑んだ。

「批評家たちの評判はよくなかったけどね。時代遅れのファミリードラマだとか言って。あいつら、ほんと、なにもわかってないんだから」

「友人のヴァルゲルデュルは、もしかすると別の役とごちゃ混ぜになってしまったかもしれないと言ってたな。それもまたマグダレーナという役だったそうで」

「そう？」

「その役は霊媒師だったとか。霊能者かな？」

エーレンデュルはカロリーナの反応をうかがった。だが、彼女はなにも気づかない様子だった。自分が見当違いをしているのか、それとも彼女は人が言うよりも上手な女優なのか、とエーレンデュルは思った。

「さあ、それは知らないわ」とカロリーナ。

「その芝居の作品名は思い出せないですが」と言って、エーレンデュルはもう一歩踏み出した。

「もしかすると『偽の霊媒師』とか、そんな芝居だったかも」

カロリーナの顔に疑いが現れた。

「そんな作品、聞いたこともないわ。それ、国立劇場にかけられたもの？」

「さあ、それはわからない。とにかくそのマグダレーナは霊の世界を信じているという女性らしい、今あなたと私がこうやって向き合って話しているのと同じくらいリアルなものだと信じている役柄らしかったですよ」

「そう？」

「マリアはそういう世界を信じていたらしい。バルドヴィンから聞いているかもしれませんが？」

「さあ。彼がそんなことを話したかどうか、記憶にないけど。とにかくあたしは幽霊を信じないわ」

「いや、それは私も同じですよ」エーレンデュルが言った。「そうですか。バルドヴィンはマリアが霊能者とか霊媒師を訪ねていたことをあなたには話していなかったんですね？」

「ええ。聞いたこともないわ。正直に言いますけど、あたし、マリアのことはあまり知らないの。バルドヴィンと会うときはマリアの話なんかしないから。他に話したいことがいっぱいあるから」

「それはそうでしょうな」

「他には？」

「いえ、今日のところはこれで十分です。ではこれで」

29

マグヌスが関係をもっていたという女性を見つけるのはむずかしくなかった。マグヌスの姉のクリスティンが口にしたその女性の名前を、エーレンデュルはすぐに電話帳で見つけることができた。その電話番号に電話をかけて、話し始めたが、用件を言うなり相手はぴたりと話すのをやめてしまった。エーレンデュルは無理に話を続けはしなかった。しばらくしてから彼はもう一度その女性に電話をかけ、マグヌスがシンクヴァトラ湖で亡くなったときのことに関して新しい情報が出てきたということを強調した。

「あなたはこれまで誰と話をしたんです？」とその女性は訊いた。

「あなたの名前はクリスティンから聞きました。マグヌスのお姉さんの」

「それで、彼女は私のことを何と言ってました？」

「私の用事はあなたとマグヌスに関することです」

長い沈黙が続いた。

「こっちに来てもらうしかありませんね」としまいに女性は言った。女性の名前はソルヴェイ。既婚者で成人した子どもが二人いる。「今週は家にいますから」

その家に着くなり、エーレンデュルはソルヴェイが極度に緊張しているとわかった。できるかぎり早く話を済ませたいという態度だった。焦っているようにも見えた。玄関には入れたが、彼を家の中に入れようとはしなかった。

「わたしになにを言わせたいのかしら。あなたがなぜわたしに会いにきたのかわかりません。新しい情報とは何ですか？」

「あなたとマグヌスに関することです」

「ええ。あなたは電話でそう言いました」

「それと、あなた方の関係のこと」

「クリスティンからなにを聞いたのですか？」

エーレンデュルはそれには答えず、うなずいて言った。

「マグヌスの娘さんが先日自殺したのです」

「ええ、聞きました」

ソルヴェイは口をつぐんだ。優しそうな、美しい顔立ち、趣味のいい服を着ている。フォスヴォーグルにある小さなテラスハウスに住んでいた。職業は看護師で、その週は夜勤だった。

「ちょっとだけならどうぞ」ようやくそう言うと、ソルヴェイは先に立ってリビングルームに案内した。エーレンデュルはコートを着たままソファに腰を下ろした。

「何と言ったらいいのかしら」と言って、ソルヴェイは溜め息をついた。「この何十年もの間、誰からもあの出来事について訊かれたことはありません。一度もです。でも、今になって、マリアがあんなことをしたんです。かわいそうな子。そしてあなたは今まで誰も訊かなかったことを訊こうとしている。これは本来話すべきことではないんです」

「もしかすると、それこそが問題だったのではありませんか？　マリアにとっての問題、という意味です。そのように考えたことはありませんか？」

「ええ、あります。メモをとっていいですよ。レオノーラはマリアを護っていました。誰も彼女に近づけないようにしていました」

「彼らは三人ともボートに乗っていたのです。マグヌス、レオノーラ、マリアの三人です」

「それがわかったのですか？」

「ええ」とエーレンデュル。

「三人ともボートに乗っていた……」ソルヴェイが呟いた。

「なにが起きたのでしょう？」エーレンデュルが訊いた。

「わたしはそのことを、それこそ本当に何度も考えました。マグヌスとわたしの関係のことです。わたしたち、サマーハウスでレオノーラにすべて話すつもりだったのです。できるかぎり優しく。マグヌスは一緒に来てくれと言いました。レオノーラとわたしは親しい友達でしたから。わたしにはできなかった。でもあのときわたしが一緒に行っていたら、すべてが違っていたかもしれないと思うのです」

ソルヴェイはエーレンデュルをまっすぐに見た。

「わたしのこと、ひどい女だと思っているのでしょう？」

「いや、なにも」

「レオノーラは支配欲の強い人でした。一生涯そうでした。独裁者と言ってもいい。マグヌスを完全に支配下に置いていました。もし彼女の気に食わないことをマグヌスがしようものなら、人前でもかまわずにガミガミと叱りつけていました。マグヌスはわたしのもとに逃げてきたのです。彼は優しい人でした。わたしたちは隠れて会うようになりました。よくわかりませんけど、そのうちに愛し合うようになったのです。そうですね、もしかするとわたしが彼をかわいそうに思ったのが始まりだったのかもしれない。わたしたち、一緒に暮らしたかったのです。それにはどうしてもレオノーラに話してわかってもらうより他ありませんでした。わたしは秘密裡に、彼女の目を盗んで、彼女を騙して暮らすのは嫌でした。すべてのカードをテーブルの上に出したかった。隠しごとをしたくなかったのです。それで、はっきり彼女に話そうとマグヌスに言ったのです。それであの週末、彼らのサマーハウスで、彼が彼女に真実を話すということになったのです」

「レオノーラはそれまで疑っていなかった？」

「ええ、まったく。まったく予想もしていなかったと思います。恐ろしいことでした。マグヌスの葬式が終わってからのことは、本当に恐怖の体験でした。葬式のときまでわたしは彼が死ぬ前に私たちのことをレオノーラに話したかどうか知りませんでした。ですからわたしは葬式の間中、何気ない様子を装いました。でもレオノーラはこちらを一瞥《いちべつ》だにしませんでした。挨拶すらしなかった。まるでわたしなど存在しないような振る舞いでした。その様子から、マグヌスは死ぬ前にわたしたちのことを彼女に話したのだとわかったのです」

「それで、彼女の方から会いたいと言ってきたのですか、それとも……？」

「彼女の方からです。電話がかかってきました。グラファルヴォーグルの彼女の家に来てくれと言われました。それでわたしは出かけたのですが、彼女の態度は一貫してひどく冷淡でした」

ソルヴェイはここでいったん口をつぐんだ。エーレンデュルは先を急がせなかった。何十年も前の出来事を掘り返すのは恐ろしく不愉快なことだろうとエーレンデュルは察知した。

「マリアは学校へ行っているとレオノーラは言い、これから湖で本当はなにが起きたのかを話してあげると言いました。そんなこと、知る必要がないとわたしが言いますと、彼女はせせら笑い、そう簡単に逃げることはできないわと言ったのです。わたしにはなにが何だかわからなかった」

＊

「マグヌスがあんたとのこと話したわよ」レオノーラが言った。「一緒に暮らしたい、わたしと別れたいと」

「レオノーラ、わたしは……」

「黙って！」レオノーラは静かに言った。「なにが起きたか、話してあげよう。あんたが知らなければならないことが二つある。一つは、わたしは娘を守らなければならなかったということ。もう一つは、今回起きたことはぜんぶあんたのせいだということ。あんたとマグヌス。あんたたちがこんなことを引き起こしたのだということ」

ソルヴェイはなにも言わなかった。

「あんたはいったいなにを考えていたのよ？」レオノーラが訊いた。

「あなたを傷つけるつもりはなかったわ」ソルヴェイが言った。

「傷つけるつもりはなかった？　自分がやったことがわかっていないようね」

「マグヌスは具合が悪かったのよ」とソルヴェイ。「だから彼はわたしのもとに来たの。本当に弱っていたわ」

「よくも平気でそんな嘘が言えるね！　具合が悪かったって？　冗談じゃない。あんたはわたしから彼を奪ったんじゃないの。誘《おび》き寄せたんじゃないの」

ソルヴェイはなにも言わなかった。

「レオノーラ、あなたと喧嘩するつもりはないの」しばらくして、ソルヴェイは静かに言った。「とにかく、起きてしまったことは起きてしまったこと。誰にもどうすることもできない。でも、この結果をわたし一人が負うつもりはないわ。あんたにも責任がある。そしてマグヌスにも。あんたたち二人に」レオノーラが言った。

「あのような事故は誰の責任でもないわ。マグヌスは船から転落したんでしょう？　事故なのだから」ソルヴェイが応えた。

レオノーラの顔に冷やかな笑いが浮かんだ。精神状態がおかしいのではないかとソルヴェイは思った。家の中は暗く、寒く、静かだった。

ソルヴェイはもしかしてレオノーラは酔っ払っているのか、それとも強い精神安定剤でも服用しているのではないかと思った。

「あのねえ、あの人、ボートから落ちたわけじゃないのよ」レオノーラが言った。

「え、どういうこと？」

「落ちたんじゃないってこと」

「でも……、新聞にはそう書いてあったわ……」

「そう、報道はそうなっていた。でも、それは嘘」

「嘘？」

「ええ。マリアのための、ね」

「わからないわ」

「なぜあんたはわたしから彼を奪ったの？　どうしてわたしたちをそっとしておいてくれなかったの？」

「彼が、彼の方からやってきたのよ、レオノーラ。今あなたが言った、マリアのためにって、どういうこと？」

「わからない？　わたしたちは三人でボートに乗っていたの。つまり、マリアも一緒だった」

「え？　マリアも一緒だったの？　でも、でもそれは……」

ソルヴェイは大きく目を見張ってレオノーラを見た。

「マグヌスは一人でボートに乗っていたと、新聞に書いてあったわ。ラジオでもそう言っていた」

「嘘なのよ」レオノーラが言った。「わたしが嘘をついたの。あのときわたしはマグヌスとボートに乗っていた。マリアも一緒だった」

「なぜ……、なぜ嘘をつく必要があったの？　なぜ……？」

「だから、それを今説明してるんじゃないの。マグヌスはボートから転落したんじゃないってことよ」

「それじゃ、どうして……？」

「わたしが彼を突いたのよ、この手で。両手で思いっきり押したら、彼、バランスを崩して落っこちたのよ、氷の湖に」

＊

ソルヴェイはしばらく話すことができなかった。エーレンデュルは静かに彼女の話を反芻し、彼女がどれほどのショックを受けたかを想像した。ソルヴェイは話を続けた。

「レオノーラがマグヌスを押したために、彼は湖に落ちたんです。レオノーラとマリアはなにもできなかった。マグヌスはわたしとのことをレオノーラに話し、それでその朝二人は激しい口論をした。一方、なにも知らないマリアは、ボートで湖を一周しようと言った。マグヌスは本気でレオノーラに腹を立てていて、ボートに乗ってからも二人は激しく言い争った。そして、突然ボートのモーターが止まった。二人の言い争いが激しくなったときのこと。マグヌスがモーターを見るために立ち上がったとき、レオノーラが彼を押した。すべてがあっという間のことだった。レオノーラは彼を押し……、彼はボートから落っこちた。そういうことだったんです」

＊

レオノーラは黙ったままソルヴェイを睨みつけた。

「彼を助けることはできなかったの？」ソルヴェイが沈黙を破った。

「なにもできなかった。ボートはコントロールを失ってぐるぐる回り始めたから、わたしとマリアは振り落とされないように摑まるので精一杯だった。ボートは彼が沈んだ位置からどんどん離れ、マリアとわたしが何とかバランスがとれた頃には彼の姿はなかった」

「ああ、何ということ！」

「これ、あんたがやったことだとわかってる？」レオノーラが言った。

「わたしが？」

「娘は絶望して、慰めようがなかった。あのとき起きたことをあの子は自分のせいだと思っている。言い争いのこと、いえ、すべてのことを。そして自己嫌悪に陥っている。父親の死は自分の責任だと思っている。あの子の気持ち、あんたにわかる？　彼女の絶望がわかる？　わたしの絶望があんたにわかるかと訊いているのよ！」

「マリアを医者に診せなければ。精神科医に。彼女には助けが必要よ」

「大丈夫、あの子はわたしが面倒をみるから。そして、もしあんたがこの話を公にしたら、わたしはすべて否定するからそのつもりで」

「それじゃ、なぜあなたはわたしにこの話をしたの？」

「あんたに責任があるから。それをはっきりさせるために話したのよ。あんたの責任はわたしと同じほど大きいってこと！」

＊

話のあと、エーレンデュルはしばらくの間ソルヴェイを黙って見ていた。

「なぜ警察に行かなかったんです？」ようやくエーレンデュルが訊いた。「なにがあなたをとどまらせたんですか？」

「わたしは……、わたしは自分にも一部責任があると思ったんです。まさにレオノーラが言ったとおり、起きたことに対する責任はわたしにもあると。彼女はそれをいち早く指摘したんです。あんたの責任よ、と彼女は叫んだ。すべて、なにもかもあんたの責任、あんたの負うべき罪よ、と。彼女の怒りはすべてわたしに向けられた。わたしは恐れと悲しみで我を失ってしまった。そしてなによりわたしはレオノーラが怖かった。すべてがもうどうしようもないように感じられた。そう、すべてがもう完全に手の施しようもないと。ショックに打ちのめされてしまったのです。あの状況の前に、わたしはまったく無力だった。ああ、それにマリアのことがありました。わたしにはとても彼女に母親のしたことを言う勇気がなかった。とても言えなかった。マリアは……」

「マリアは？」

「すべてがとんでもなく異常で、わたし自身信じられなかったくらいでした。そう、こんなことが本当に起きたなんてとても信じられなかった」

「あなたはマリアを傷つけたくなかったのですね？」

「わたしの立場を理解していただきたいの。わたしは誰のことも罰したくなかった。あれは事故だった。誰がどう言おうともあれは事故だったのです。わたしはレオノーラの言葉を疑うつもりはありませんでした。あのとき彼女はマリアから片時も目を離さなかったと言ってました。学校にいる時間を除けば」

「そのように監視されながら暮らすのは大変だったでしょうね、マリアにとって」

「そう。実際それは大変だったようで。想像がつくでしょう、マリアがどんなに苦しんだか。マリアが自殺したと聞いたとき、本当のところわたしは驚かなかった。わたしはそれが予知できたのに防がなかったことで自己嫌悪に陥りました。なぜならわたしはレオノーラの行ないを公にしなかったから。責めなかったから。だから彼女は自分のやったこと、その罪を負うことを免れたのです。でもそれは間違いでした」

「ボートで彼らはなにを言い争ったのでしょう？」

「こういうことだったと思います。マグヌスはなにが何でも絶対にレオノーラと別れると言ったのでしょう。同じことをわたしにも言いましたから。彼女の意地の悪さにはもう我慢できない、もう十分だと。唯一決めなければならないのはマリアの養育権だけだと。レオノーラはマグヌスに、別れるのなら一生マリアには会わせない、彼女と会うことはもう絶対にあり得ないと言った。船の上で二人は激しい言い争いをしたのよ。それをマリアは見ていた。目の前で両親が自分のために言い争いをするのを。すべては自分のせいだと彼女が思ってもおかしくないでしょう」

「その後あなたはレオノーラかマリアに会ったのですか？」

「いいえ、一度も。どちらにも」

「ボートでの話、証人はいないのですか？」

「ええ。そのとき湖には三人しかいなかったのです」

「サマーハウスに来ていた他の人間とか？」

「まったくいなかったらしいです」

「観光客は？」

「ええ、やはりいなかったというのです。その前の週ならいたのですが。と言うのも、マグヌスとわたしはその前の週、サマーハウスに二人で行っていたからです。わたしたちはサマーハウスに、わたしの記憶が正しければ二度秘密裡に行っているのですが、二度目に行ったのはマグヌスが亡くなる前の週で、そのとき彼は湖の近くで一人の若い女性を見かけたのです。マグヌスはそのことをあとで何度も話してました。その女性はレイキャヴィクの周辺の湖を見て歩いているとかで、とても湖が好きだったようです。彼はサマーハウスのすぐ近くでその女性とばったり会った。女性はそのときサンドクルフタ湖に行くために地図を見ていたそうです。わたしはその話をはっきり憶えているんです。と言うのも、そのサンドクルフタという湖の名前をそれまで聞いたことがなかったから」

「車は？　その女性は車で来たのでしょう？」

「ええ、そうだと思います」

「どんな車でした？

「黄色でした」

「黄色？　確かですか？」

「ええ、確かです。当時犬小屋《フンドコヤ》という愛称で呼ばれている車でした。わたし、その車が走り去るのをサマーハウスから木々の向こうに見ましたから」

「その車を運転していたのは、マグヌスが湖の近くで会ったという女性ですか？」いつの間にか、エーレンデュルは椅子から体を乗り出していた。

「ええ、そうだと思います。サマーハウスから見えたのです」

「フンドコヤ！　そういう愛称のオースティンのミニ！　その車はそれだったんですね？」

「ええ。確かそう呼ばれてましたよね、当時」

「黄色いフンドコヤ？」

「ええ。でもどうしてそんなこと訊くんです？」

「その女性の他に誰かいませんでしたか？」

「それは知りません。誰なんです、その人、その人たち？　知っているんですか、その人たちが誰か？」

「いや。しかし、もしかすると。いや、それはないでしょう。サンドクルフタ湖と言いましたか？」

「ええ、確かサンドクルフタ湖と聞きました」

レオノーラは常に、あの事故はわたしたち親子の秘密で、実際になにが起きたのかは誰も知ってはならないと言っていた。もし他の者に知られたら、自分たちは離ればなれにされるだろう。あの恐ろしい出来事は誰にも言わないのが一番いいのだ、悲劇が起きるのは誰のせいでもない、これもその一つなのだと。起きたことは起きたこと。ボートでなにが起きたかを正確に話したところで何の役にも立たない。そう語る母親の言葉をマリアはうなずいて聞き、従順にその言葉に従った。その嘘の結果が表に出てきたのはずいぶん時が経ってからのことだった。マリアの生活は、母親の望みとは裏腹に、決して二度と以前と同じものにはならなかった。いや、なれなかった。

時が経つにつれて、マリアは父親の死後悩まされていた落ち込みや精神の不安定さから解放されていった。不安や後悔までやわらいだようだった。だが、良心の咎《とが》めはいつもあって、彼女がシンクヴァトラ湖で起きたことを考えない日は生涯一日もなかった。良心の咎めはときをかまわず彼女を苦しめた。初めの頃は抑えつけることができたのだが、次第にそれは心の中に根を張り、しまいにはあの出来事を話せないことに苦しみ、自殺を考えるほどになった。苦しみも惨めさもすべて終わらせたかった。心を重くする沈黙ほど面倒なものはない。それは毎日彼女に叫びかけるのだ。毎日どころではない。一日に何回も彼女を揺さぶるのだった。

マリアは一度も父親の死を自然に、普通に、悲しむことができなかった。一度も別れの挨拶をすることができなかった。いなくて寂しいということを表すこともできなかった。マリアはそれが一番悲しかった。彼女は小さいときから父親っ子で、父親もいつもマリアに優しかった。彼女は事故以前の父親の姿を思い出すことができなかった。自分の中でそれを禁じていたためだったのだろうか。

「許して」とレオノーラが囁《ささや》いた。

マリアはいつものように母親のベッドサイドに座っていた。二人とももうあまり時間がないとわかっていた。

「なに？　何のこと？」とマリアは訊いた。

「あれは……間違いだった。全部。初めからすべて。わたしは……ごめんなさい……」

「いいのよ」マリアが言った。

「いいえ、よくない……。わたしはただ……あなたのことを考えたの。あなたのために良かれと思って。それは……わかってほしい。わたしはあなたになにか起きるのが怖かったのよ……」

「わかってる」

「でも……わたしは……あの事故のこと、黙っているべきじゃなかった」

「わたしのことを一番に考えたからでしょう」マリアが言った。

「そう……でもわたしはエゴイスティックだった……」

「そんなことないわ」

「許してくれる？」

「そんなこと今心配しなくていいのよ」

「許してくれる？」

マリアはなにも言わなかった。

「わたしがいなくなったら、真実を話すつもり？」

マリアは答えなかった。

「ありのままを話すのよ……」レオノーラの息が荒くなった。「そうしてちょうだい……あなた自身のために。話すのよ……全部話すのよ」

30

サンドクルフタ湖について自分はなにを知っているだろう？　エヴァ＝リンドと一緒にドライブしたときにその湖のそばを通り過ぎたが、とくに目を留めはしなかった。レイキャヴィクから車でおよそ一時間のところにあって、ブラースコゥガヘイジへ向かって走るときにアゥルマンスフェトルとラゥガフェトルの間にあるシンクヴェトリルのすぐ北にある湖だ。穏やかなスキャルドブレイズというフィヨルドが湖の北側にある。

その潜水夫の名前はソルベルグルといい、アイスランド南部の湖についてよく知っていて、そのほとんどの湖に潜《もぐ》った経験があった。以前は消防団で働いていて、よく警察に協力して密輸者の追跡や、失踪者の捜索で国中の湖や海に潜っていた。失踪者の捜索のときはボランティアで参加し、海岸や桟橋、港、湖畔の沿岸を隈《くま》なく捜索した。だがあるとき彼は潜水夫の仕事をやめた。代わりに自動車修理工になり、自分の自動車修理工場を持って、今ではそれが彼の本業となっている。エーレンデュルはソルベルグルのところでフォードのメンテナンスをしてもらっていた。

ソルベルグルは二メートルほどの大男で、エーレンデュルはいつも彼を見ると赤毛赤髭のトロルを想像する。水泳選手のように長い両腕、そして口の周りの髭の中にときどき見える真っ白い歯。明るい性格で、笑うとその白い歯が目立つ。

「警察には専用の潜水夫がいるじゃないか」とソルベルグル。「なぜ彼らに頼まないんだ？　俺は潜水の仕事はやめたんだ。知ってるだろう」

「ああ、知ってる。ただ俺はあんたに頼みたいんだ……。まだ潜水の道具は持ってるんだろう？」

「ああ」

「それと、ゴムボートも？」

「ああ、小さい方のを」

「警察の仕事はしないかもしれないが、今でも潜ってはいるんだろう？」

「ああ、だが、たまにだけだ」

「これは、うーん、何と言ったらいいかな……、警察の正式な依頼じゃないんだ。俺が自分のためにやっているようなことなんだ。もしこれを引き受けてくれるなら、俺がポケットマネーから払うからな」

「エーレンデュル、俺はあんたから金をもらうわけにはいかないよ」

ソルベルグルは溜め息をついた。エーレンデュルはなぜソルベルグルが警察に協力するのをやめたのか、知っていた。ある日レイキャヴィク港で女性の遺体を発見したとき、もうこの仕事は続けられないと思ったのだ。その女性は失踪してから三週間経っていて、遺体は彼が海底で発見したときひどい腐乱状態になっていた。そのようなものは二度と見たくないと彼は思った。その遺体のひどさが、彼に二度とそのようなものを見るような破目に陥りたくない、夢にも見たくない、警察の仕事はもう引き受けないと決心させたのだった。

「これはだいぶ前の失踪事件で」エーレンデュルが話し始めた。「若者たち、多分二人は一緒だと思うのだが、三十年もの間行方不明だったのだが、じつは昨日新事実が浮かび上がったんだ。確証はないんだがね、とにかくあんたと話してみようと思ったんだ。そうしないと自分の気持ちがおさまらない気がしてね」

「それでその仕事を俺に押し付けるのか？」

ソルベルグルが言った。

「他にいない。この仕事にあんた以外の人間は思いつかない」

「俺が潜る仕事をやめたのは、知っているだろう？　今じゃ俺の仕事は車のモーターを覗き込むことだけだよ」

「ああ、お前の言わんとするところはわかる」エーレンデュルが言った。「俺だって、他にやりたいことがあれば、こんな仕事はしていないよ」

「なぜ俺を潜らせたいんだ？」

「ん？　この事件のことか？」

「ああ」

「もともと二つの事件だったんだ、ついこの間まで。二つのまったく別の失踪事件として扱われてきた。だが、行方がわからなくなった高校最終学年生の少年と彼より少し年上で大学で生物学を学んでいた若い娘が失踪した二つの事件は、一つの事件なのかもしれないという可能性が、ごく最近になって出てきたんだ。じつはこの二人に何らかの関係があるという見方はそれまでまったくなかった。いや、そもそも失踪した当時この二人のそれぞれの行動の詳細はまったく摑めなかった。またこの二つのケースはつい最近までまったく動きがなかった。いや、今だけでなく、三十年もの間、まったく動きがなかったと言ってもいい。ギユードルンという若い女性、ニックネームはドゥナと言うんだが、彼女がシンクヴェトリルに来たらしいこと、そしてそこからサンドクルフタ湖へ向かったらしいということを俺は昨日初めて知った。今朝、俺はそれがいつだったのかをチェックした。ぴったり合ってはいない。ドゥナは晩秋にシンクヴェトリルのあたりで人に見掛けられている。そのとき彼女は一人だったと思われる。二人がいなくなったのはその数カ月後のことだ。高校四年生の少年の失踪は一九七六年の二月に届出されている。一方女性の方は三月の中旬に失踪届が出されている。それ以降、この二つの件に関しては今までまったく動きがなかった。それ自体珍しいことだと言える。この二つの事件発生の時期は少しずれているが両方ともまったく手がかりがないという共通点がある。たいていの場合、捜査すればどこかに手がかりが見つかるものだ。だが、この二つの失踪事件に関してはまったくなにも見つからなかった」

「その若さなら、二十歳前後か？　その年齢だと恋愛関係になるには少し時間がかかるものだろう？　とくに女性の方が年上ならそう言えるんじゃないか？」

エーレンデュルはうなずいた。かつての潜水夫は少し関心をもち始めたらしい。

「うん、そうだな。とにかくこの二人を結びつけるものは今までなにも見つけられなかったんだ」

二人はソルベルググルの修理工場のオフィスで話をしていた。オフィスに続く作業場では三人の男たちが床に座り込んで懸命に働いていたが、ときどきオフィスの方に視線を投げかけていた。オフィスといっても、そこは単にガラスのドアで仕切られているだけで、作業場からは丸見えだった。電話も次々にかかってきて、エーレンデュルとソルベルググルの話を中断させた。が、エーレンデュルは怯まなかった。

「その冬の天候も調べた。めったにないほど寒い冬だったらしい。湖はほぼすべて凍結して、氷が張っている状態だった」

「あんたはすでになにか仮説を立てているんだな？」

「ああ。だが、確かな根拠はほとんどないんだ」

「これは人に知られちゃまずい調査なのか？」

「ああ。むやみに注目されちゃまずい。もしなにか見つかったら、連絡してくれないか？　なにも見つからなかったとしても、そもそもが未解決のままだったのだから何の違いもない」

「俺は今までサンドクルフタ湖には潜ったことがない」ソルベルググルが言った。「あそこは夏は浅いし、冬も氷が溶ける頃を除けばやはり水深があまりない湖だ。あの近くには他にも湖があるな。リトラブルナ湖、レイダル湖、ウクサ湖だ」

「ああ」

「その若者たちの名前は？」

「ダーヴィッド。そしてギュードルン。ニックネームはドゥナだ」

ソルベルグルは作業場の方を見た。新たにまた客が入ってきて、オフィスの方を見ている。顧客らしい。ソルベルグルはうなずいて挨拶を送った。

「この仕事、引き受けてくれないか？」と言いながらエーレンデュルは立ち上がった。「あまり時間がないんだ。少年の父親はもうあまり長くない。その子が行方不明になってからずっと答えを待っているんだ。命が絶える前に少年のことがなにかわかれば教えてやりたい。俺の推測にはほとんど根拠がないということもわかっている。だが今はこれしかない。俺はどうしても確かめたいんだ」

ソルベルグルはしばらくエーレンデュルを見ていた。

「まさか。今からすぐそこへ行ってくれと言ってるのか、あんた？」

「ああ。昼前にとは言わないが」

「今日やれと？」

「ああ。もしできれば」

「やらないという選択肢があるか？」

「礼を言うよ。あとで電話くれ」

エーレンデュルはそのサマーハウスを見つけるのに手こずった。家への入り口の道を二度間違え、ようやくすっかり茂みに覆われた案内板を見つけた。案内板には〈ソルヴァングル〉と書かれていた。マリアのサマーハウスの名称に違いない。エーレンデュルはその道に入り、湖の近くまで車で近づき、家のそばに車を停めた。

なにを探すかはわかっていた。ここには一人で来た。他の者には話していない。自分一人の密《ひそ》かな行動で、同僚にはすべてが明らかになったときに話すつもりだった。それも、明らかになった場合の話だが。まだはっきりしていないことが多すぎる。確証がなにもない。まだ自分がやっていることが正しいか間違いか、彼自身わかっていなかった。

エーレンデュルはマリアを解剖した法医学者と話をした。そしてマリアが死ぬ前に睡眠薬を飲んだ形跡があるかどうかを尋ねた。医者は微量だが睡眠薬が見つかったと答えた。だがその量は死因になるほどのものではないと言った。エーレンデュルはマリアが睡眠薬を摂取したのは死んだときから遡《さかのぼ》って何時間ほど前かと問うたが、医者の答えはあまり頼りになるものではなく、おそらく同じ日だろう、と言うだけだった。

「犯罪行為があったと思っているのかね？」法医学者が訊いた。

「いやあ、本来あってはならないことだが」とエーレンデュル。

「本来？」

「胸部にやけどのようなものは……なかったかな？」エーレンデュルはためらいながら訊いた。

医者は解剖報告書を広げた。エーレンデュルは医者の職務室にいた。医者は報告書から目を上げた。

「やけど？」

「あるいは何らかの傷跡」とエーレンデュルは急いで言葉を補った。

「なにを探しているのかね？」

「それは私自身わからない」

「もしやけどや何らかの傷があったら、報告書に書かれていたはずだが」と医者は不機嫌な顔で言った。

サマーハウスの前に立ったエーレンデュルは、鍵を持っていなかった。だがそれは問題なかった。彼の関心はバルコニーと浴槽、そして湖の水辺までの距離だった。岸辺には薄い氷が張っていて、岸辺の石に湖水が打ち寄せると軋《きし》むような音を立てた。すぐそばに砂でできた小さな堤があって、堤はそのまま湖まで延びていた。途中で壊れた部分も、今は凍りついていた。エーレンデュルはヴァルゲルデュルから借りてきたシリンダーを取り出して湖の水を汲み入れた。それから湖の水際からバルコニーまでを歩いて測った。五歩。次にバルコニーの端から浴槽までの距離をまた歩いて測った。六歩。浴槽にはアルミニウムのネットとプレキシグラス製の蓋がついている。その蓋には小さな錠前がついていて鍵がかかっていた。車に戻り、工具を取ってきて錠前を叩き壊し、蓋を持ち上げた。蓋は鉛でできているのかと思うほど重かった。バルコニーの壁面にフックがあって、それに蓋を吊るすことができた。エーレンデュルは浴槽のことはなにも知らなかった。外で風呂に入るなどしたこともなかったし、これからもしたいとは思わなかった。この浴槽はマリアが自殺してから一度も使われたことがないに違いないと思った。

ここに来る途中、彼は町のホームセンターに寄って、浴槽のことに詳しい店員と話をした。エーレンデュルの関心は浴槽の給水と排水のシステムにあった。彼は店員に浴槽に水や温水を張るシステム、またそれを排水するシステムを知りたいと言った。店員は最初熱心に説明したが、エーレンデュルに買うつもりがないとわかると口調が変わった。エーレンデュルにとってはその方がわかりやすかった。店員は人気製品の自動給排水システムを見せて、これが今一番売れている製品だと言った。エーレンデュルはふんふんとうなずきながら話を聞いた。

「これが一番いいシステムなのだね？」

店員は顔をしかめた。

「いやあ……。一番いいかどうかは人によって違うから。自動で全部やるのは嫌だと、わざわざマニュアルのものを求める客もいますよ」

「マニュアルのもの？」と訊き返して、エーレンデュルは店員に目を戻した。堅信式に着たスーツがまだ着られるような洟垂れ小僧、頰にようやく髭がはえ始めたばかりの若者だ。

「そう。マニュアル。つまり自分の手で水道の栓を捻って湯を入れ、浴槽がいっぱいになったら栓を閉めるんですよ。普通に家の中で風呂に湯を張るのと同じ要領でね。そういう人は水道の蛇口も冷水温水混合のものを使って温度も自分で調節するんですよ」

「マニュアルでない場合は？」

「コントロールパネルで自動制御するんです。コントロールパネルはたいていバスルームの中にしつらえてあるんですが、パネルのボタンを押すと一定温度の水が浴槽を満たす。使用後、別のボタンを押せば排水できるというわけ」

「そのシステムだと、給水と排水の管は別かね？」

「いいえ、同じ管ですよ。水は風呂の底にある排水口から排水される。湯水を張りたいときはその口から湯が浴槽の中に出てくるというわけ」

「まさか排水した水がまた出てくるわけじゃないよね？」

「もちろん！　排水口から出てくる水あるいは湯は新しいものですよ。でも、このシステムが問題だと言う人たちもいるんです。僕自身、このシステムは使わないと思う」

「問題って？」

「排水と給水が同じ口を通るということ」

「なぜそれが問題なんだ？」

「管は自動洗浄することになってるけど、ときどき湯を張ったときに汚れ物やゴミが混じっていることがある。管の中に残っているんでしょう。だから自動システムは嫌だと、マニュアルでやるのが一番だという人がいるんですよ。ま、そんな細かいことはかまわない、自動でなにもかもできるのがいいという人が多いですけどね」

店員と話をしたあと、エーレンデュルは捜査本部に電話をかけ、マリアのサマーハウスを受け持った鑑識官と話をした。鑑識官はバスルームには外の浴槽に給排水をする小さなコントロールパネルが確かにあったと記憶していた。

「つまりあそこの浴槽はコンピュータ制御されるタイプだったんだ？」エーレンデュルが訊いた。

「ええ、そのように見えました。念のため、チェックしましょうか？」

「コンピュータ制御の風呂システムの長所は？」

「そりゃ、風呂の水をマニュアルで給排水せずに済むことですよ」と鑑識官は言い、そのあと英語を混ぜて使うのを嫌うエーレンデュルが深い溜め息をつきながら電話を乱暴に切ったのに少々驚いた。

サマーハウスで、エーレンデュルは浴槽を長いこと睨んでいた。蛇口のようなものを探したが、どこにもなかった。店員は、蛇口は浴槽の周りにあるはずだと言っていた。ベランダの床下にあることもあると。蛇口が隠れているような蓋も見当たらない。ということは鑑識官が言ったとおり、これはコンピュータ制御の浴槽に違いない。浴槽の中に入った。底の排水・給水口の金具を外すことができた。あたりは暗くなり始めていたが、懐中電灯を出して給排水口の中を照らして覗いた。氷のかけらが少しあった。エーレンデュルはまたシリンダーを取り出し、排水口に凍りついている氷を一かけら取ってガラス管の中に入れた。

浴槽の上に重いプレキシグラスの蓋を載せて、さっき壊した錠前を元の位置に戻した。

サマーハウスの周りを一回りして、家の裏にボートハウスと思われる小屋を見つけた。小さな窓のガラスに鼻を押し付けて中を覗くと、確かにそこにボートがあった。これが例の、マグヌスとレオノーラが三十年前に乗っていた運命のボートだろうか。小屋の壁に沿って薪が少し積み重ねられていた。

ボートハウスのドアには簡単な錠前がついていたが、これもまたなんなく壊せた。中に入って、懐中電灯であたりを照らした。ボートはかなり古いもので、ところどころ板が腐っていた。長い間使われていないと見える。長方形のボートハウスの長い方の壁沿いに作業台があって、壁には床から天井まで棚が作り付けてある。棚の一番下にボート用のモーターがあった。だいぶ古いものだ。ヒュースクヴァルナ社製だった。

エーレンデュルは棚に置かれているもの、さらに床の上にあるものに灯りを当ててゆっくり見ていった。ボートハウスにはサマーハウスに必要なもの、あるのが自然なものがいろいろあった。例えば一輪車やシャベルなどの庭作業の道具、ガスボンベとグリル、塗装用のペンキ缶、防水オイル缶、様々な大工道具。エーレンデュルはなにを探しているのか、自分でもわからなかった。ボートハウスに入り、十五分ほど小屋の隅々まで灯りを当ててよく見ているうちに、自分が無意識のうちに探しているものがわかった。

それはまったく自然な形でそこにあった。隠そうとする意図はないように見えた。特別に目を引くように置かれてもいなかった。いろんなものが雑然と置かれた中に、ただ自然にそこにあった。それを見た瞬間にエーレンデュルは自分がなにを探していたのかがはっきりわかった。

懐中電灯の光を当てた。大きな書類カバンのような四角い箱だ。とくに大切なもののようには見えない。が、エーレンデュルはなぜか覚えのある不快感、昔アイスランド東部で凍え死にそうになったときに感じたあの不快感を思い出した。

31

続く二日間、エーレンデュルはマリアが死体で見つかった晩にサマーハウスで起きたことを証拠づける細かい証拠を集めるのに集中した。まだ自分の仮説を人に話すのは早すぎる。この段階ではバルドヴィンとカロリーナと別々に、あるいは一緒に、直接会って話をするのがいいのではないかと思った。まだ誰にも自分が調べていることを話していなかった。シグルデュル＝オーリとエリンボルクは彼がなにかに取り掛かっていて忙しいということは知っていたが、それが何なのかはまったく知らなかった。そしてヴァルゲルデュルとはここのところほとんど会っていなかった。エーレンデュルはマリアの死にしか関心がないと言ってよかった。いや、他にも一つ彼はサンドクルフタ湖の件で電話を待っていたが、そっちの方は急がなかった。

そしてまた、ここ数日はアイスランド東部へ行きたいという気持ちが強くなっていた。あの誰もいない家に行きたい、野原を歩き回りたいという気持ちはそれまでもときどき彼の中で強く湧き上がることがあった。

ドアをノックする音が聞こえたとき、彼はキッチンでオートミール粥とレバーのソーセージを食べるところだった。ドアを開けると、ヴァルゲルデュルが彼の頰にキスをしてスルリと中に入ってきた。オーバーコートを脱いで椅子に掛けると、キッチンに来て彼の隣に腰を下ろした。

「最近あなたから連絡がないと思って」と言いながら、ヴァルゲルデュルは彼のオートミール粥を一口すくって食べた。エーレンデュルはレバーのソーセージを一切れ切って彼女に渡した。このソーセージは酸っぱさが足りないと思った。これでも、店で買ったときに一口試食させてもらったものなのだ。店の若い男の店員は不愉快そうな顔をした。明らかに乳清《ホエイ》の中に手を突っ込むのは嫌だという顔つきだった。同じ市場でエーレンデュルは脂肪入りのソーセージと胸肉を買った。それと、茹でた羊の頭を潰して作った脂身《あぶらみ》のソーセージも。それは今乳清に漬けてベランダに置いてある。

「仕事が忙しかったんだ」とエーレンデュル。

「ふーん。何の仕事?」ヴァルゲルデュルが訊いた。

「いつもどおりさ」

「おばけと亡霊?」

「ああ、そんなもんだ。コーヒー飲むかい?」

ヴァルゲルデュルはうなずき、エーレンデュルはコーヒーをセットしに立ち上がった。疲れて見えるわよとヴァルゲルデュルは言い、休暇は残っていないのと訊いた。

エーレンデュルは休暇日なら数えきれないほどたまっているが、なにに使っていいかわからないと言った。

「そういえばこの間、ハットルドーラに会うと言っていたけど、どうなったの?」

「全然うまくいかなかった」エーレンデュルが答えた。「そもそも彼女に会うというアイディアそのものが良くなかったと思う。もう手遅れになってしまったことだからね」

「例えば？」ヴァルゲルデュルがそっと訊いた。

「いやあ、何だろう。あれもこれもだよ」

「あまり話したくないのね？」

「話してもどうしようもないんだ。彼女は俺が彼女に対して正直じゃなかったと思っている」

「そうなの？」

エーレンデュルは顔をしかめた。ヴァルゲルデュルはコーヒーメーカーのそばに立っている彼をまっすぐに見た。

「それはどう見るかによると思う」

「そうなの？」とヴァルゲルデュル。

エーレンデュルは深い溜め息をついた。

「ハットルドーラは全身全霊で俺との関係に向かった。全部を賭けたんだ。だが、俺はそうじゃなかった。それが俺と彼女の違い。彼女から見れば大きな裏切りだった。二人の関係で俺が正直でなかったこと」

「その話、これ以上聞きたくないわ、エーレンデュル」ヴァルゲルデュルが言った。「わたしとは関係ない話だから。私たち二人が会う前の、ずっと昔のことだし」

「そう、それはそのとおりだ。ただ、俺は今、彼女を少し理解できると思う。彼女は俺との関係をずっと今まで考えてきた。そう、この間ずっとだ。このことこそ彼女の怒りの温床なんだ」

「応えられなかった愛のこと？」

「うん。ある意味、彼女は正しい。ハットルドーラには結婚に関してはっきりした意図があった。だが、俺にはなかった」

二つのカップにコーヒーを注いで、エーレンデュルは椅子に腰を下ろした。

「『報われない愛に固執することほど不幸なことはない』と言うじゃない？」ヴァルゲルデュルが言った。

「ああ、そのとおりだ」と言って、エーレンデュルは話題を変えた。「俺は今、別のある関係に頭を突っ込んでいる。正直な話、これをどうしたらいいものか、迷っている。ずっと前に起きたことなんだ。女性の名前はソルヴェイ。彼女は親友の夫と関係をもった。その関係は最悪の結末をむかえた」

「最悪の結末って？　訊いてもいい？」

「俺は真実がすべて明るみに出るとは思っていない」

「ごめんなさい。そう簡単に話せることじゃないのね」

「いや、大丈夫、話せる。男は死んだ。シンクヴァトラ湖で溺死した。問題は彼の妻がどれだけ関与していたかだ。また彼らの娘はどこまで罪を負うべきか」

「え？」

「娘は両親の喧嘩に立ち合わされた形になった。彼女は責任を負わされた、いや、責任を感じたんだ」

「それに関して、あなたはなにかしようとしているの？」

「いや、それはもう遅い。お手上げだ」

エーレンデュルは口をつぐんだ。

「たまっているあなたの休暇日。どうしようと思っているの？」ヴァルゲルデュルが訊いた。

「使うべきなんだろうな」

「なにか考えてるの？」

「数日間、どこか行こうと思ってる」

「どこかって？」ヴァルゲルデュルが訊いた。「カナリア諸島とか、そういうところでバケーションをとれば？」

「ふん、そういうところのことは、俺はよく知らない」

「どうなのかな？　あなたはアイスランドの外に出たことあるの？　外国へ旅行したことは？」

「ない」

「したいと思う？」

「いや、別に」

「エッフェル塔、ビッグベン、エンパイアステートビルディング、ヴァチカン、ピラミッド……」

「ケルンの大聖堂には行ってみたいと思ったことがある」

「行ってみればいいじゃない？」

「いや、それほどの興味はない」

「数日間、どこか行こうと思ってるって、どういうこと？」

「アイスランド東部に行きたいんだ。数日間一人で歩き回りたい。今までも何回かやったことがある。ハルドスカフィとか……」

「え？」

「そこが俺のエッフェル塔なんだ」


カロリーナは再びエーレンデュルがコーパヴォーグルの自分の家に現れたのを見ても驚く様子はなかった。何の躊躇《ちゅうちょ》もなく中に入ってと声をかけた。エーレンデュルはこの数日間彼女を遠くから見ていて、あまり変化のない暮らしをしているということがわかった。朝は九時に仕事を始め、夕方六時台に帰宅する。近所のスーパー付近に車を停めて夕食の買い物をする。夜はたいていテレビを観たり、読書したりして家で過ごす。女友達らしき女性が訪ねてきたことも一度あった。そのときはカーテンを引いたので中の様子がわからなかった。エーレンデュルは車から出られず、十二時過ぎに女友達が帰るのを見届けた。赤いロングコートを着た女性が歩いて角を曲がるまで見送った。

「まだバルドヴィンの奥さんのこと調べてるの？」カロリーナはエーレンデュルを中に入れながら、嫌味ではない口調で訊いた。その問いかけは答えを期待しているわけではない単なる挨拶のように聞こえた。短期間に警察官が二度も自分を訪ねてきたことなどまったく気にしていないという口ぶりだった。エーレンデュルはその態度が本心なのか、芝居なのか決めかねた。

「バルドヴィンとは話した？」

「もちろんよ。あたしたち二人とも、ちょっと変じゃないかと思うの。あなたはあたしたちがマリアになにかしたとでも思ってるの？」

またもやその訊き方は、彼の答えなどどうでもいい、気にしていない、自分たちがなにかしたのではないかと疑っているのなら、それはあまりにも馬鹿げたことなので自分たちはまったく気にしていないと知らせるような態度だった。

「二人が組んでマリアになにかしたのじゃないかということ？　それはとんでもなく馬鹿げた想定だろうか？」

「ええ、それは見当違いというものよ」

「しかし、これには金も絡んでいる」と言いながら、エーレンデュルはリビングルームに目を移した。

「あなたは本当にこれを殺人事件として捜査しているの？」

「死後の世界というものを考えたことがあるかな？」と言って、エーレンデュルはソファに腰を下ろした。

「ないわ。なぜそんなこと訊くの？」

「マリアはあった。それもしょっちゅう。いや、死ぬ数週間前から、彼女はそのことしか考えていなかったと言ってもいい。彼女は霊媒師を通じてその答えを得ようとした。この話、きみは知っている？」

「霊媒師とはなにかぐらいは知ってるけど」カロリーナが答えた。

「マリアが通っていた霊媒師の一人を知っている。アンデルセンという名の男だ。その霊媒師は降霊の一部始終を録音していて、マリアはそれを持ち帰った。彼女がもう一人、霊媒師を訪ねていることも我々は知っている。それは女性で、まだ我々は連絡がとれていない。マグダレーナという名前らしい。聞いたことある？」

「いいえ」

「その女性に会いたいんだ」とエーレンデュル。

「あたしは生まれてから一度も霊媒師になど会ったこともないわ」

エーレンデュルはしばらく彼女をじっと見ながら、いっそのこと自分が思っていることをまっすぐ彼女に突きつけてやろうかと胸の中で思っていた。今のやり方はまるで猫が熱い食べ物の周りをぐるぐる回っているようなもどかしさがある。はっきり確信があったが、証拠が貧弱だった。どのように彼女を攻めようかと攻め方を考えているのだが、どうしてもこれで行こうという決定打が見つからなかった。今こそ攻めるべきときだということはわかっていても、あまりにも根拠が弱かった。弱い根拠の上に築いた疑惑。それは簡単に吹き飛ばされるということは経験からわかっていた。時間をかければ確固たる証拠を手に入れることができるだろう。だが、彼はこの事件にはすっかりうんざりしていて、早く終わらせたかった。終わらせて他のことをしたかった。

「霊媒師の役を演じたことはある？」

「舞台で？　ないわ、一度も」カロリーナが答えた。

「マグダレーナという名前の霊媒師も知らない？」

「ええ、知らない」

「きみが舞台で演じた役と同名の霊媒師だが」

「ええ。でもあたしはマグダレーナという女性、現実には知らないわ」

「調べたんだ」エーレンデュルが言った。「レイキャヴィク地域にマグダレーナと名乗る霊媒師はいないとわかった」

「ねえ、はっきり言いたいことを言えば？」

エーレンデュルの顔に笑いが浮かんだ。

「そうするべきかもしれない」

「どうぞ」

「これから私の想像していることを話そう。きみとバルドヴィンはマリアを自殺するように仕向けた」

「そう？」

「母親のレオノーラが死んでから、マリアはすっかり意気消沈していた。レオノーラが死ぬ前の二年間、マリアは自宅で看病していたし、最期も看取った。母親が死んでからは、死後の世界で楽しく暮らしているという証拠が見たくて、いや、自分が生きている悩みの多いこの世よりも安らかな暮らしをしているという知らせを母親が送ってくれると信じて、マリアはいろいろと夢想し始めた。そして彼女を夢想に向かわせるのはそれほどむずかしいことではなかった。極度の暗所恐怖症で、さらに母親の死後はひどく神経質になり、母親の向こうの世界での暮らしを確かめたくてたまらなくなった。高学歴の歴史研究者だったが、彼女のそんな気持ちは理屈ではなく、深い信仰と希望と愛情から出てくるものだった。そんな彼女の前にレオノーラの亡霊がグラファルヴォーグルの家に現れた。マリアはそのあとすぐに霊媒師を訪ねている。もしかすると、きみはそこで少し活躍したんじゃないのか？　彼女を駆り立てるのに手を貸したんじゃないか？」

「何の話かわからない。どんな根拠があってそんな話をしてるの？」

「根拠などなにもない。きみはバルドヴィンとすべてを念入りに計画したのだろう」

「あたしたちがなぜそんな面倒なことをしなきゃならないのよ？」

「それは金が絡んでいたからだ。バルドヴィンには莫大な借金があった。彼は医者の仕事から得る少なからぬ収入があったにもかかわらず、借金を返すことができなかった。マリアを亡き者にしてしまえば、一生楽に暮らせるだろう。いや、私はもっと少ない額のために人殺しをする人間たちを知っているよ」

「今、人殺しって言った?」

「よくよく考えても、他の言葉が見当たらない。きみはマグダレーナか?」

カロリーナは深刻な顔つきでしばらくエーレンデュルを睨んでいた。

「あんた、もう帰ってよ」

「きみはマリアになにを言ったんだ? 命を賭けるようなことに彼女を駆り立てた、なにか決定的なことを言ったのか?」

「もうなにも言うことないわ。帰ってちょうだい」

「きみはマリアの死に手を貸したのか?」

カロリーナは立ち上がった。玄関へ行って、ドアを開けて立った。

「帰って」

エーレンデュルも立ち上がり、彼女の後ろからドアに向かった。

「きみはマリアの死に少しでも関与していたのか?」エーレンデュルが訊いた。

「いいえ。彼女は具合が悪かったのよ。だから自殺したんじゃないの? さあ、帰ってちょうだい」

「バルドヴィンから聞いていないか? 彼が医学生だったときにした実験のことを? 同年齢の若い男を一瞬死なせて、また生き返らせる実験に参加した話を? この話、知っていたか?」

「何の話よ?」

「この実験が今回のことの発端だと私は思っている」エーレンデュルが言った。

「え、何のこと？」

「バルドヴィンに訊けばいい。トリグヴィという男を知っているかと訊いたらいい。彼のことを今でも憶えているかと訊くんだ」

「もう帰ってちょうだい」カロリーナが言った。

エーレンデュルは玄関に立ったまま動かなかった。カロリーナの顔が怒りで真っ赤になった。

「あのサマーハウスで本当はなにが起きたのか、私はわかっている」エーレンデュルが言った。

「じつにひどい話だ」

「なにを言ってるのか、わからないわ」

カロリーナは彼を玄関から追い出しにかかった。が、エーレンデュルは引き下がらなかった。

「いいか、バルドヴィンに言うんだ、私がＡＥＤのことを知っていると」

ドアが乱暴に閉められるのと、彼の言葉が響くのが同時だった。

32

エーレンデュルはどうしていいかわからぬまま暗闇の中に座っていた。

その日の朝、彼は寝坊した。前の晩、エヴァ＝リンドがやってきて、二人はヴァルゲルデュルの話をした。エーレンデュルはエヴァがヴァルゲルデュルのことをよく思っていないのを知っていた。彼の住んでいる建物の前にヴァルゲルデュルの車が停まっているのを見たら、その車がいなくなるまでエヴァは決して部屋のドアをノックしたりしないということも知っていた。

「ヴァルゲルデュルにもう少し優しくしてもいいんじゃないか？」エーレンデュルは娘に言った。「お前の話をするとき、彼女はいつもお前をかばう。少し彼女に心を開けば、彼女とお前はいい関係になれると思うのだが」

「あたし、関心ないから。あんたの付き合ってる女には全然興味ないし」

「付き合ってる女？　何だ、その言い方は。そんな女はいない。いるのはヴァルゲルデュルだ。付き合ってる女などという言い方はやめてくれ」

「興奮しないでよ。コーヒーある？」

「今日は何の用事だ？」

「何となく。退屈だから」

エーレンデュルは一人がけのソファに腰を下ろした。エヴァ＝リンドは向かい側のソファに体を横たえた。

「今日はここに泊まるつもりか？」と言ってエーレンデュルは時計を見た。「もう十二時もだいぶ過ぎている」

「わからない。あのさ、あんたの弟の話、また読んでくれない？」

エーレンデュルはしばらく娘を見ていたが、ゆっくり立ち上がると本棚の方へ行った。手を伸ばして一冊の本を取り出して読み上げ始めた。父親が無反応になったことや、上の子エーレンデュル自身について、弟のことが諦められず、ずっと探し続けた内気な少年と書かれているその本を。読み上げ終わると、彼は娘の方を見た。娘はとっくに眠ってしまったのだろうと思った。ソファの横の小さなテーブルの上に本を置き、両膝の上に手を置いて、母親がこの話をこのように書いた人間に対して激しく怒っていたことを思った。長い時間が経ったあと、ようやくエヴァが口を開いた。

「あんたはそれからずっと弟のこと、生かしてきたのよね」

「え、なに……？」

「もう死なせてあげてもいいんじゃない？」

エヴァ＝リンドは目を開けると、顔をエーレンデュルの方に向けてしばらくじっと父親を見ていた。

「もうそろそろ彼を死なせてあげてもいいんじゃない？」

エーレンデュルはなにも言わなかった。

「お前の知ったことじゃない」しまいに彼はそう言った。

「そんなことない。あんたはそのことがあるからいつも気分が悪いんだ。あたしよりも気分が悪いことだってあるんじゃない？」

「お前と関係あるか？」エーレンデュルが言った。「これは俺のことだ。俺には俺のやり方があるんだ」

「東部なりどこなり、あんたが生まれたところへ行ってくれれば。そこへ行って、やんなきゃなんないことをやってきてよ。あんたの弟をそこで切り離すの。あんた自身を自由にするのよ。もうそうしてもいいんじゃない？　もう十分に苦しんだんだから。それは向こうにとってもそうだと思うよ。もう死なせてやってよ。彼はそれに値すると思うよ。あんただってそう。もう弟を行かせてやってよ。あんたはその幽霊を手放さなきゃダメよ」

「なぜお前が口出しをする？」

「よく言うよ。あんたこそ、あたしのことに口を出しっぱなしじゃない」

それから二人は長いこと黙り込んだ。ようやくエヴァが今晩泊まってもいいかと訊いた。もう家に帰る元気がないと。

「もちろん。ここで眠ればいい」

彼は立ち上がり、寝室へ行こうとした。

「それをしなきゃならなかったんなら、あたしはずっと前にそうしてるよ」と言って、エヴァは寝返りを打って、彼の方に体を向けた。

「それとは？」

「あんたを許すこと」とエヴァ＝リンドは言った。


外に車が停まる音を聞いてエーレンデュルは我に返った。車のドアが開いて、人がボートハウスに向かってくる足音が響いた。日の光が横壁の小さな窓からボートハウスの中まで差し込んでいる。ガラスを通して入ってくる日の光がボートハウスの空中に舞う細かな塵を照らし出していた。窓ガラスの向こうにシンクヴァトラ湖の水面に太陽が当たってキラキラ輝くのが見える。風のない秋の日に水面を輝かせて横たわっている湖。


突然ドアが開き、バルドヴィンがボートハウスの中に入ってきた。と、まもなく小屋の天井の裸電球にぼんやり灯りがついた。彼は最初エーレンデュルの存在に気づかず、目でなにかを探している様子だったが、すぐにしゃがみ込んだ。立ち上がったとき、その胸にＡＥＤを抱えていた。

「あんたはもう来ないかもしれないと思ったよ」と言ってエーレンデュルはそれまでしゃがんでいた暗い片隅から立ち上がり、一歩前に出た。

バルドヴィンは飛び上がり、危うくＡＥＤを落としそうになった。

「ああ、驚いたじゃないか！」薄暗さに目が慣れてエーレンデュルの姿がはっきり見えると、バルドヴィンは驚きと怒りを込めて唸り声を発した。

「いや、それよりあんたはここになにしに来たかということだ」エーレンデュルの声が静かに響いた。

「私がここに……？　ここは私のサマーハウスだ。私がここでなにをしようとあんたには関係ない。あんたこそ、なぜ私をまるでゲームのように追い回すんだ？」

「いやあ、あんたはもう今日は来ないかもしれないと思い始めたところだった。だが、もうじっとしていられなくなったんだろうな。そのAEDをもっと安全なところに移さなければと思ったんだろう。良心の痛みというやつが始まったのか？　今までは何とかうまくいったが、この先は少し心配になったというところか？」

「何の話かまったくわからない。なぜつきまとうんだ。ほっといてくれ」

「マリアがそうさせると言っておこう。まるで幽霊のように現れて私を追いかけ回すのだ。彼女についてはあんたと話さなければならないことがたくさんある。彼女が生きていれば、自分であんたに訊きたいと思うようなことだろうが」

「なにをくだらないことをゴタゴタ言ってるんだ。この小屋の鍵を壊したのはあんたか？」

「ああそうだ。つい先日ね。答えを探し歩いていたときに」

「いい加減デタラメを言うのはやめてくれ」

「さあ、デタラメかどうかは、あんたの説明次第だ」

「私はボートハウスを掃除しに来ただけだ」

「そうか、なるほどね。それじゃ訊くが、あんたはなぜ浴槽にシンクヴァトラ湖の水を入れたんだ？」

「はあ？」

「浴槽の排水口に残っていた水を採取して調べてみた。そもそもこの家への給水は、屋内のバスルームも含めて、ここの土地の上方にある井戸から送られるシステムだ。水は屋内で温められ、その後給水装置の方にポンプで送られる。そこで訊くが、外の浴槽の排水口にシンクヴァトラ湖の水に含まれる物質が残っていたのはなぜだ？」

「何の話かまったくわからない」バルドヴィンが言った。「我々は夏になるとときどき湖で泳いで、そのあと風呂に入る、いや、風呂に実際入ったから、そのとき湖の水が風呂の水と混じったのだろう」

「いや、私が話しているのはもっと大量の水のことだ。思うにそのとき浴槽は湖の水だけでいっぱいになったのではないか」エーレンデュルが言った。

ＡＥＤを両手で抱えて立っていたバルドヴィンは少しずつ車の方にあとずさりした。車のトランクに入れるつもりなのだ。エーレンデュルはツカツカと彼に近づき、ＡＥＤを取り上げた。バルドヴィンはまったく抵抗しなかった。

「医者から聞いた話をしよう。いかにして他人に気づかれないように短時間でも心臓を止めることができるかと私は訊いた。すると医者は、それには絶対に失敗しないという強い意志と大量の冷たい水が必要だ、と答えた。あんたも医者だ。この答えをどう思う？　正しいか？」

バルドヴィンは車のそばに立ったまま、なにも答えなかった。

「昔、あんたたちがトリグヴィという男に試したのはこの方法じゃなかったか？　あんたはマリアになにか薬を飲ませることはできなかった。というのも、例えば何らかの理由でマリアが解剖されることになったら、薬の残滓があっては困るからだ。違うか？　最小限の睡眠薬。これしかあんたは使えなかったはずだ」

バルドヴィンは車のトランクを音を立てて閉めた。

「あんたがなにを言ってるのか、まったくわからない」と繰り返した。「はっきり言って、あんた自身、わかっていないんだろう。あんたがなにを考えているのか知らないが、マリアは首を吊って死んだんだ。浴槽で眠ったわけじゃない。なにも知らないくせに、恥を知れ！」

「確かに彼女は首を吊った。なぜだ？　その理由を知りたい。なぜ彼女は首を吊ったんだ？　そして、あんたとカロリーナがどうやって彼女を首を吊るところまで追い詰めたのか、私はそれを知りたいのだ」

バルドヴィンはこんな話に付き合っていられないと言わんばかりに車の前方にまわり、運転席のドアを開けて乗り込もうとしながらエーレンデュルの方を振り返った。

「あんたには心底うんざりしている」と言って、開けていた車のドアを閉めた。「このしつこい言いがかりには無性に腹が立つ。あんたはいったいなにが狙いなんだ？」

バルドヴィンはエーレンデュルの前まで戻ってきた。

「トリグヴィに実験したこと。あれがヒントになったのだろう？」エーレンデュルが落ち着いた声で言った。「あんたたちがどうやってマリアをこの話に乗せたのか、それを知りたいのだ」

バルドヴィンは激しい憎悪の目でエーレンデュルを睨みつけた。エーレンデュルはその視線を真正面から受けて睨み返した。

「あんたたち？　誰のことだ？」バルドヴィンが訊いた。

「あんたとカロリーナだ」

「頭がおかしくなったのか？」

「聞かせてもらおうか。なぜこのAEDを取りに来たのかを」エーレンデュルが言った。「この機器はマリアが死んだあとずっとここにあった。それをなぜ今取りに来たんだ？」

バルドヴィンは答えなかった。

「私がそれをカロリーナに話したからではないか？　怖くなったか？　これを始末する方がいいと思ったのではないか？」

バルドヴィンは一言も言わずにエーレンデュルを睨んでいる。

「家の中に入って話をする方がいいのではないか。私が同僚たちに連絡する前に」

「証拠は何なんだ？　証拠はあるのか？」バルドヴィンが言った。

「いや、唯一あるのは強い疑いだけだ。そして私はそれを確認したくて仕方がない」

「そのあとは？」

「そのあと？　わからない。バルドヴィン、あんたはどうだ？」

バルドヴィンは無言だった。

「人が自殺するのを手伝った、つまり自殺幇助として告発するべきなのか、自殺するように誘導したとして告発するべきなのか、それがわからない」エーレンデュルが言った。「あんたとカロリーナがやったのはまさにそういうことだ。計画的に、ためらいもせずに。これには金が絡んでいるはずだ。それも莫大な金額が。あんたは経済的に破産状態だ。それにあんたにはカロリーナがいる。マリアさえおとなしく死んでくれれば、あんたはほしいものすべてが手に入るということだ」

「とんでもない言いがかりだ」

「いや、我々はそんな時代に、そんな世界に生きているということだ」

「今あんたが言ったことはすべてナンセンスだ。何の証拠もないじゃないか」バルドヴィンが言った。

「なにが起きたか、話すことだ。どう始まったんだ?」エーレンデュルが訊いた。

バルドヴィンはためらい始めた。

「だいたいこんなふうに始まったんじゃないか? これから私が話すことが見当違いなら言ってくれ。とにかく話すことだ。あんたにはもう他の道が残されていない。残念ながら」

バルドヴィンは身動《みじろ》ぎもせず黙って立っている。

「どこでどう始まったんだ?」そう言いながらエーレンデュルは携帯電話を取り出した。「今ここでこのまま話すか。さもなければ、まもなくここに大勢の警察官がやってくることになる」

「マリアが向こう側に行きたいと言ったのだ」バルドヴィンが小さな声で言った。

「向こう側?」

「レオノーラが死んだあと」バルドヴィンが話し始めた。「マリアは大きな川の向こう側へ行きたがった。向こう側で母親のレオノーラに会えると彼女は信じていた。彼女は私に手伝ってほしいと言った。それだけのことだ」

「大きな川?」

「わからないか? どこまではっきり言わなければならないんだ?」

「それで?」

「家の中に入ってくれ。マリアのことを話してやる。ただし、そのあとは私にかまわないでくれ」

「マリアが死んだとき、あんたは家の中にいたのか?」

「急がないでくれ。ことの次第をゆっくり話すから。あんたに話すときがようやく来たようだ。私は借金のことを隠すつもりはない。我々はマリアに正直ではなかった。だが、私は彼女を殺してはいない。殺すなんてことは、私には絶対にできない。絶対に。どうか信じてくれ」

33

二人はサマーハウスの中に入り、キッチンに行った。家の中は冷えきっていた。バルドヴィンは長くいるつもりはないらしく、ヒーターの温度を上げようともしなかった。そして一つ一つ順を追って話していった。話はよく組み立てられていて、大学でマリアと初めて会ったときのことから結婚してグラファルヴォーグルに引っ越し、レオノーラも一緒に三人で暮らすようになったこと、そして母親が亡くなってからの二年間のマリアの暮らしを順を追って話していった。エーレンデュルはこの話はあらかじめ繰り返し練習されているような気がしたが、話そのものは信用していいように思えたし、矛盾していることもないように聞こえた。

バルドヴィンとカロリーナの関係は再燃してから数年になっていた。演劇科の時代、二人は短期間付き合っていたが、それ以上発展はしなかった。バルドヴィンはマリアと結婚し、カロリーナは何人かの男性と付き合ったが、ずっと独身だった。男性との付き合いは長くても四年ほどしか続かなかったが、そんなときバルドヴィンと再会し、昔の関係が復活したのだった。これはマリアがまったく知らないことだった。二人は頻繁《ひんぱん》には会えなかったが、それでも一カ月に最低一度は会っていた。そのような付き合いを続けていたある日、カロリーナはバルドヴィンにマリアと別れてこっちに引っ越してきたらいいと言った。それはレオノーラががんに罹《かか》っていることがわかる前のことだった。バルドヴィンは少しその気になった。というのもマリアの母親と一緒に暮らすのはもう限界で、このままマリアとの結婚を続けるのはむずかしいと思っていたからだった。バルドヴィンはマリアに自分はきみと母親込みで結婚したわけではないし、一緒に暮らすつもりはなかったとしばしば文句を言っていた。

レオノーラの病気が判明したとき、マリアの生活は根本から変わった。まるで彼女自身がレオノーラと同じ病気に罹ったかのように母親から一瞬たりとも離れようとしなかった。バルドヴィンはゲストルームに移り、マリアは夫婦の寝室に母親のためのベッドを用意して一緒の部屋に寝た。それまで携わっていた仕事はすべて断り、知人友人との付き合いもやめて母親のそばにつきっきりになった。そうしたある日、建設会社の人間が訪ねてきた。レオノーラとマリアがコーパヴォーグルにある土地の一画を所有していると知って、そこを買い取りたいと申し入れたのだった。その地域一帯は近年人気が出ていて、値段が高騰《こうとう》していた。母娘は自分たちがその土地を所有していることは知っていたが、それを売れば莫大な収入になることまでは建設会社の人間が来るまで知らなかった。提示された金額はめまいがするほど大きなものだった。バルドヴィンはそんな数字を現実の世界で見たことがなかった。しかしマリアはとくに反応を見せなかった。それまでも彼女は金に関してはほとんど無関心だったが、今はもうそんなことはどうでもよく、気になるのは母親のことだけだったのだ。それで彼女は土地の売買に関するすべてをバルドヴィンに任せた。バルドヴィンは法律家に依頼して土地の値段の交渉、売却金を受けとる方法、必要な書類の役所への提出、必要な証明書の手配、土地譲渡の登録など売却に関する一切の交渉を任せた。マリア母娘とバルドヴィンは突然、それまで夢想だにしなかったほどの金持ちになった。

母親の病状が悪くなるにつれ、マリアはますます家にこもりきりになった。そしていよいよ最期が近いとわかると、彼女は一瞬たりとも部屋を離れなくなった。レオノーラは家で逝きたいと言い、医者が毎日やってきてモルヒネの量をチェックした。他の者が部屋に入ることは禁じられた。レオノーラが逝ったとき、バルドヴィンは一人キッチンにいたが、マリアの嘆き悲しむ声で、すべてが終わったのだと知った。

それからの数週間、マリアはほとんど気が抜けたような状態になった。バルドヴィンには母親が最後に自分に言ったことを伝え、向こう岸に着いたら必ず印《サイン》を送ると約束してくれたと言った。

「そのときマリアはあんたにプルーストのことを話したのか？」エーレンデュルがバルドヴィンの話に割り込んで訊いた。

バルドヴィンは深く息を吸い込んだ。

「マリアは疲れきっていて、その上強い精神安定剤を飲んでいたので、自分で言ったこともすぐに忘れる状態だった。私は自分のしたことを自慢するつもりはない。思い出したくもないような嫌なことをやった。それは認める。だがやってしまったことはいくら後悔しても仕方がない。やり直しはきかないとわかっている」

「プルーストの仕掛けが始まりだった？」

「『失われた時を求めて』。この書名はまさにぴったりだった。レオノーラとマリアは本当にいつも失われた時を求めていたから。私には理解できなかったが」

「話してくれ」

「この夏、私はその本を本棚に見つけた。そしてそれを床の上に置いた」

「それがカロリーナとあんたが仕組んだ芝居の始まりだったわけだ」

「そう。そこからすべてが始まった」バルドヴィンが答えた。

カーテンが引かれていなかったので、小屋の中は寒く、薄暗かった。エーレンデュルはリビングの方に目を移した。マリアが息絶えた場所だ。

「カロリーナのアイディアだったのか？」エーレンデュルの声が響いた。

「カロリーナはそのアイディアを思いついて、あれこれ考えていた。彼女の方が積極的だった。私は……、私はマリアに手を貸してもいいと思っていた。彼女が死後の世界を知りたいのならば。向こう側にも命や生活があるかどうか、彼女はそのことをそれこそ何度も話していたから。もちろんレオノーラが生きていたときはレオノーラと、その後は私と。死後の世界があるということに彼女は慰めを感じていた。この世の暮らしがすべてではないということに慰められていたのだ。レオノーラもマリアもこの世は次に続く世界の始まりだという考えに惹かれていた。マリアは本を読み、インターネットでこのことを追求していた。あらゆるものを読み、知りたがった」

「しかし、あんたは……、実行したくなかったのか？」

「そう、したくなかった。そして、実際、私は実行しなかった」バルドヴィンが答えた。

「いや、しかし、あんたたちはマリアの弱さを利用したのではないか？」

「ああ。あれは悪意のある遊びだった。それは認める。私はあの頃ずっと嫌な気分だった」

「しかし、あんたはやめたいとは思わなかったのだろう？」

「いや、なにを思ったのか、わからない。カロリーナは意固地になっていた。いろんなことを言って私を脅かした。しまいに私はやってみようと言った。私自身、好奇心があったから。死んだあと戻ってきたら、マリアは向こう側のなにを憶えているだろう？　死後の世界に関して言われてきたことすべてが、本当だったら？」

「そして、もしここで彼女を眠りから呼び戻さなかったらどうなる、と考えたのではないか？それが本来の目的ではなかったか？　そう、金のことだ」

「ああ、それもあった」バルドヴィンは認めた。「自分の手のうちに他の人間の命があるという実感は、じつに不思議なものだ。あんたが医者だったら、やっぱりそう感じただろう。とんでもない力をもっているような、じつに不思議な感じだった」


ある晩、バルドヴィンはリビングルームの本棚からプルーストの『スワン家の方へ』を取り出して床の上に置いた。マリアは夫婦の寝室で眠っていた。その日はいつもより少し多く睡眠薬を与えた。じつは彼は妻が知らないうちに、もう一つ、別の薬も処方していた。幻影を見たり、精神錯乱を引き起こす可能性のある薬だった。マリアは薬に関するかぎり、彼を疑わなかった。彼は夫だったし、なにより医者だった。

寝室に戻り、妻のそばに体を横たえた。カロリーナは霊媒師の役を引き受けると言った。バルドヴィンの役割はマリアに、評判のいい霊媒師がいる、マグダレーナという名前だと教えて、連絡してみたらどうかと提案することだった。マリアはバルドヴィンに完全に頼りきりだったし、疑うことを知らなかった。彼女はすべて彼の言いなりだった。あまりにも従順な餌食《えじき》だった。

その晩彼はよく眠れず、翌朝も妻よりも早く目が覚めた。起き上がってベッドのそばに立ち、妻を見下ろした。マリアはこの数週間、これほど深く眠ったことがなかった。目を覚ましてリビングルームへ行ったら、またもや大きなショックを受けることになると彼は知っていた。彼女が本棚のそばの椅子に座り、棚の中にある本を眺めるのをだいぶ前にやめていることは知っていたが、それでも日中彼女がしばしば本棚に目を走らせることに彼は気づいていた。レオノーラからの知らせを待っているのだ。今こそそれを知らせてやろうではないか。彼女の精神状態では彼を疑うことなど思いもしないに違いない。そもそもあの本のことを彼に話したことさえ憶えているかどうか。あの本こそ、死後の世界があることを知らせてくれる印《サイン》となるはずのものなのだ。

バルドヴィンはマリアをそっと起こしてからキッチンへ行った。彼女が起きた様子がキッチンまで聞こえた。その日は土曜日だった。まもなくマリアがキッチンの入り口に現れた。

「来て！　わたしが見つけたものを見て！」

「なに？」とバルドヴィン。

「ママよ！」マリアが囁《ささや》いた。「ママはこの本で合図すると言ったの。それが今床に落ちているのよ。わかる？　その本が床に落ちているのよ！　いま、いまママが印《サイン》を送ってくれたのよ！」

「マリア……」

「間違いないわ」

「マリア、そんなことを信じちゃ……」

「なに？」

「本が床の上にあったって？」

「そうなのよ」

「それは……」

「来て！　ほら、ここに！　本が開いて置いてあるわ」と言ってマリアはバルドヴィンの手を取り、リビングの床に開いて置いてある本のそばへ行った。

マリアは開いているページの最初の一行を読み上げた。彼はそのページが開いているのはまったく偶然に過ぎないことを知っていた。彼自身が本を床の上に置いたときに偶然に開いたのだから。

森はすでに黒く佇《たたず》んでいるが、天空はまだ青い。

「そのとおりよね？　森はすでに黒く佇んでいるが、天空はまだ青い。これが知らせなのよ」

「マリア……」

「ママは知らせをくれたのよ。約束を守ってくれたんだわ。わたしに知らせをくれたのよ」

「いや、これは……。信じられないな。君とレオノーラはそういう約束をしていたのか。そして今……」

「そうなの。ママが言ったとおりになったのよ。まさにこのとおり、知らせてくれたのよ」

マリアの両眼から涙が流れ、バルドヴィンはその肩をそっと抱いて、椅子に座らせた。悲しみと喜びの激しい感情の揺れでマリアは泣くばかりだった。それでもそれから数日後にはそれまでにはないほど落ち着いて、安らかな気持ちになったようだった。

それからおよそ一週間ほど経ったとき、バルドヴィンがさりげなく言った。

「もしかして、霊媒師に会ってみるのもいいかもしれないね」

一週間後、マリアはカロリーナのもとを訪ねた。その家はカナリア諸島に休暇で行っている友人の家を臨時に借りたものだった。マリアはバルドヴィンとカロリーナが昔演劇科で一緒だったことなど知らなかったし、もちろん今二人が付き合っていることも知らなかった。カロリーナとの接触はそれまでまったくなかった。マリアは演劇科時代のバルドヴィンの付き合いに関してはほとんど知らなかったのだ。

カロリーナはあらかじめ練習していた。香を焚き、リラックスする音楽をかけ、古いショールを見つけて肩にかけ、霊媒師らしい格好も大いに気に入っていた。化粧もアイシャドーを濃く塗って目鼻立ちをはっきりさせ、真っ赤な口紅を塗った。バルドヴィンは霊媒師として彼女がマリアと会うときに役に立つかもしれないと情報を与えた。マリアの子ども時代のこと、バルドヴィンとの暮らしの中の情報、また母親との密接な関係、そしてマルセル・プルーストのこと。

「気分が良くないのですね」と、カロリーナはマリアがやってくるなり言った。「あなたは……、ずいぶん苦しみましたね。たくさん失っている……」

「母が少し前に亡くなったんです」マリアが話した。「母とはとても近い関係だったので」

「寂しいのですね」

「ええ、とても」

マリアがやってくる前にカロリーナは十分に準備をした。実際彼女自身霊媒師の元を訪ねたりもした。霊媒師の話は聞き流したが、その口調、その仕草、顔の傾け方、目の使い方、呼吸までしっかりと観察した。マリアと対面したとき、自分はどうするか。トランス状態になったふりをするか、それとも彼女自身が霊媒師を訪ねたときのように相手の話を聞き、問いを出すだけにするか。マリアには一度も会ったことがなかったが、バルドヴィンから話を聞いていた。渡された写真もよく見てしっかり頭に刻みつけた。

マリアを前にして、カロリーナはトランス状態のふりをするのはやめることにした。

「とても強い霊の力をすぐ近くに感じるわ」と彼女は言った。

霊媒師のところに行った晩、マリアはベッドでバルドヴィンに事細かに報告した。話を聞いたあとしばらく、バルドヴィンはなにも言わずに横たわっていた。

「大学で医学を勉強していたとき、トリグヴィというクラスメートがいたのを話したことがあったかな?」と言って、彼はマリアの顔を見た。

34

バルドヴィンはキッチンテーブルを挟んで向かい側に座っているエーレンデュルの視線を避けて、リビングルームの方を見たり、キッチンテーブルの下へ視線を移したり、ようやくエーレンデュルの方を見たと思えば、顔ではなくエーレンデュルの肩のあたりに視線を留めたりして、まっすぐにエーレンデュルの視線を受けることはなかった。

「しまいに彼女は、お願いだから向こう側に行く手伝いをして、とあんたに頼むより他なかったと言うのか」とエーレンデュルが言った。その声には計りようもないほどの軽蔑が込められていた。

「彼女は……、私のアイディアにすぐに乗ってきた」と言って、バルドヴィンはテーブルに目を落とした。

「なるほど。そのようにしてあんたは誰にも気づかれずに、いとも簡単に彼女の命を奪ったというわけだ」

「いや、考えはそうだった、それは認める。だが、実際には違った。私は計画どおりにはできなかった。実際にやらなければならない場面になると、私には勇気がなかった」

「あんたに勇気がなかっただって？」エーレンデュルは鼻の先で笑った。

「いや、本当だ。私はどうしても最後の一歩が踏み出せなかった」

「それで？」

「私は……」

「ああ、あんたは？」

「できるだけ気をつけて、気をつけてやってねと彼女は言った。彼女は死にたくなかったのだ」

「誰だってそうに決まっている」エーレンデュルはピシャリと言った。


二人は夜遅くまでベッドで臨死体験について話し合った。向こうの世界に渡るに十分なほどの時間、しかし実際の死には至らないほど短い時間の死について。バルドヴィンはここで初めて医学生時代に友人たちがトリグヴィという医学生に行なった実験に立ち会ったことを詳しく話した。トリグヴィはいったん死んだが、友人たちは彼をすぐに生き返らせたという話である。トリグヴィは、なにも感じなかった、死んでいた間の記憶はなにもない、光は見なかった、人間の姿も現れなかった、と言ったと。そして、自分はどうやったら大きなリスクを冒さずに臨死体験をさせることができるか、その方法を知っているとマリアに言った。もちろんリスクがまったくないというわけではない、それはマリアも知っていなければならないが、健康状態に問題がないから心配しなくてもいい、とも言った。

「それで、わたしをどうやって生き返らせるの？」マリアが訊いた。

「一つには薬がある。他に、通常の救急処置がある。つまり心臓マッサージとか人工呼吸とか。また救急用の器具、そう、心肺蘇生《そせい》の道具AEDを使うこともできる。それを用意しておけばいい。本当にこれをやるのなら、誰にも気づかれないように慎重にしなければならない。これをすることは合法ではないからね。医師免許を取り上げられるかもしれないことだから」

「家でできる？」

「いや、サマーハウスの方がいいんじゃないかな。いや、だけどこれはあくまで想像上の話だよ。これを実際にやるなんてことはできない」

マリアはなにも言わなかった。バルドヴィンは彼女の息遣いに耳を澄ませた。部屋の中は真っ暗で、二人は暗闇の中で囁《ささや》くように話をしていた。

「わたし、やってみたい」マリアが言った。

「いや、だめだ。あまりにもリスクが大きすぎる」

「でもたった今あなたは、問題なく臨死体験をさせることができる、と言ったじゃない？」

「ああ、それは話としてはできるということだよ。実際にそれを実行するというのは別のことだ」

ここで彼はあまり否定的に聞こえないように気をつけた。

「わたしはやってみたい」マリアは強い口調で言った。「サマーハウスで、と言ったわね？どうして？」

「いや、マリア。この話はもうやめよう。僕は……、これは僕にはむずかしすぎる。とても僕にはできない」

「やっぱりね。わかったわ。つまりこれは、わたしが死ぬリスクがあるということね。そうなったら、あなたが困るということね」

「いや、この実験は危険すぎるからなんだ。死ぬかもしれないリスクを冒すなんて無謀なことはできない」

「でも、あなたはさっき私のためにそれをやってみてもいいと言ってくれたのよね?」

「僕は、いや、僕は……。この話はもうやめにしないか」

「わたし、やってみたい。あなたがわたしのためにこれを実行してくれるのなら。あなたならできるとわたしは信じているわ。あなたを信頼している。わたし、あなたを他の誰よりも信頼しているの。お願い、わたしのためにやってくれない?」

「マリア……」

「力を合わせれば、わたしたち絶対に失敗しないでできるわ。うまくいくに決まってる。バルドヴィン、わたしはあなたを信じてるの。一緒にやりましょう。お願い」

「だが、もし失敗したら?」

「そのリスクを負う覚悟はあるわ」

それから四週間後、マリアとバルドヴィンはシンクヴァトラ湖のほとりにあるサマーハウスへ向かった。バルドヴィンは絶対に人に邪魔されないことを条件に同行した。彼はベランダにある浴槽が目的に適う、ちょうどいい道具となることに気づいた。心臓が止まるまでゆっくりと体を冷やしていく方法をとるのなら、ベランダの浴槽が役に立つと。バルドヴィンは他の方法もマリアに話したが、体をゆっくり冷やす方法が一番簡単で、リスクが少ないとみなした。また彼は、フィヨルドでの遭難事故の際、救助部隊の隊員たちが厳しい状況下で雪に埋もれた遭難者を救うときのやり方が最良で、かつリスクの少ない方法だと言った。隊員たちはときに雪に埋もれた、あるいは湖水に沈んだ遭難者を見つける。そんなときはすぐに救急措置をとるのだ。手遅れでなければ。厚い毛布で体温を上げたり、もし鼓動が止まっていればあらゆる手段を使って蘇生を試みる。

サマーハウスに着くと、二人は湖の水と氷を汲んできてベランダの浴槽を満たした。バケツを使って水と氷を汲み上げると、浴槽まではわずか数メートルだったので、たいして時間はかからなかった。外の温度は低かったが、バルドヴィンは浴槽に入る前に冷たさに慣れるために薄着するようにとあらかじめマリアに伝えていた。氷と水で浴槽を八分目まで満たしたあと、バルドヴィンは湖岸の石を覆っていた氷を叩いて剝がし、浴槽を満たした。マリアは弱い催眠薬を二錠飲んだ。氷水の冷たさをあまり感じないようにするためだとバルドヴィンは説明した。

マリアはハットルグリムル・ペテルソンの詩を暗唱し、短く祈りを呟いてから、ゆっくり浴槽に体を沈めた。冷たさが体に食い込んでくるようだったが、マリアは歯を食いしばって耐えた。膝まで、そして腿、腰と腹と、ゆっくり氷水の中に体を沈めていった。膝を折って浴槽の中に座ると、氷水は胸、そして肩、喉まで上がってきた。しまいに頭だけが氷水の上に出ている状態になった。

「大丈夫か？」バルドヴィンが声をかけた。

「とても……、すごく……冷たい」震えながらマリアが言った。

全身がブルブル震えていた。バルドヴィンは体が冷たさに慣れたら震えは止まると言った。そこまできたら、意識がなくなるのも遠くない、眠くなるだろう、抗《あらが》ってはいけない、と言った。

「普通なら、眠気に襲われたら、それに抗うのだが、今回の場合、君は眠りに落ちたいのだから、抵抗してはいけない」

マリアは笑おうとした。まもなく震えは止まった。冷え切って全身が青くなった。

「わたし……、知らなければ。教えて……バルドヴィン」

「何だい？」

「わたし、あなたを信じてる」

バルドヴィンは聴診器をマリアの胸に当てた。脈拍が遅くなっていた。マリアは目を閉じた。

バルドヴィンは鼓動が弱くなっていくのを聴いた。そしてついに鼓動が止まった。心臓の動きが止まったのだ。

バルドヴィンは秒針のついている腕時計を見た。一分三十秒がリミットだと彼は見ていた。リスクの限界はそこまでだ。マリアの頭へ手を差し伸べて氷の中に沈まないようにした。秒針が進んでいった。三十秒。四十五秒。一秒がまるで永遠のように長く感じられた。秒針はまるで止まっているように見えた。バルドヴィンは不安になった。ようやく一分。一分十五秒。

バルドヴィンはマリアの脇の下に手を入れて、一気にその体を氷水から持ち上げ、浴槽の外に出した。そのままウールの毛布で包んで家の中に運び入れ、一番大きなヒーターの前に横たえた。マリアは生きているようには見えなかった。バルドヴィンは人工呼吸と心臓マッサージを続けた。時間がないことは知っていた。もしかすると氷水の中にいるのが長すぎたか？　肺に空気を送り続け、心臓マッサージを続けた。

マリアの心臓部分に耳を当てた。

心臓は聞きとれないほど弱く脈を打っていた。毛布の上からマリアの全身をマッサージし、体をもっとヒーターに近づけた。

心臓の鼓動が少し速くなった。マリアは大きく息を吸った。バルドヴィンはマリアを生き返らせるのに成功したのだ。肌の色に少し血の気が戻った。少しずつ全身の色が赤くなっていった。

バルドヴィンは安堵の溜め息をついて床に座り込み、そのまま長い間マリアを見ていた。彼女はまるでいい夢を見ているように見えた。

少し経って彼女は目を開けた。少し困惑しているようだった。ゆっくり頭を回してバルドヴィンをしばらく眺めていた。彼は彼女に微笑みかけた。彼女の全身が細かく震えていた。

「もう……終わったの？」

「ああ、そうだ」

「彼女を……、母を見たわ。母を見たの……、わたしの方に向かって……」

「マリア……」

「あそこで止めてはだめだったのよ、あなた」

「しかし、一分三十秒以上経っていたから」

「母は……とても美しかった。ああ、本当に美しかった。わたし……母を抱きしめたかった。あそこでわたしを呼び戻しちゃだめだったのよ。そうしては……だめだったのよ」

「いや、そうせざるを得なかった」

「わたしを……呼び戻しちゃだめだったのよ」

バルドヴィンは真剣な顔つきでエーレンデュルを見た。そして立ち上がり、浴槽で一瞬心臓死したマリアを運び入れて横たえた、大きなヒーターのそばに立った。

「私は彼女を死なせることはできなかった。そうすることは簡単だったかもしれない。実際私は彼女を生き返らせる必要はなかったのだ。彼女を寝室のベッドに横たえることもできた。そうしたら死んだ彼女を誰かが翌日発見したに違いなかった。誰も疑わなかっただろう。通常の心臓麻痺《まひ》と判断されただろう。だが、私にはできなかった」

「英雄的行ない、というわけだ」エーレンデュルが冷たく言い放った。

「マリアは向こう側にはなにかがあると信じていた。レオノーラを見たと言い張った。目を覚ました直後のマリアは、とても弱っていた。私は彼女をベッドの上に移した。彼女はすぐに眠りに落ち、私が浴槽から水を抜いて、浴槽を洗い、すべてを元どおりにする間、二時間ほどぐっすり眠っていた」

「ふん、なるほど。それで彼女はまた向こう側に行きたがったのか？　今度は間違いなく向こう側に渡りたいと？」

「彼女は自分からそう望んだのだ」

「それで？　目を覚ました彼女はどうした？」

「私たちは話をした。マリアは向こう側に渡ったときのことをはっきり憶えていた。向こう側というのは彼女の言葉だが。全体は今まで人が死後の世界として説明しているような映像だったらしい。長いトンネルがあって、光が差し込み、友人や親族が待っていた。マリアはようやく平和と落ち着きを得たと思ったらしい」

「トリグヴィはなにも見なかったと言ったんじゃなかったか。なにもない、空洞。暗い夜のようだったと」

「いや、それは人によって違うんじゃないか。ま、私にはわからないが。とにかく、マリアの経験はこうだったらしい。私が町に戻る頃には、彼女はすっかり普通に戻っていた」

「そうか、あんたたちは二台の車でサマーハウスに行ってたんだ？」

「マリアはすっかり落ち着くまでここにいたいと言った。私もその晩は彼女のそばで眠った。そして翌日のランチタイムに町に戻った。夜になって彼女は私に電話をかけてきた。それはそちらも知っているとおりだ。そのときはもうすっかり回復していて、電話ではまったく元気だった。夜遅くその日のうちに帰るということだった。それが彼女と話した最後になった。まさかあんなことをするなんて、彼女の電話からはまったく想像もつかなかった。まさかまさか、自殺するなんて。まったく思いもしなかった」

「実験がきっかけになったとは思わないか？」

「それはわからない。レオノーラの死の直後、彼女が自殺する恐れがあると思ったことがあるから」

「あのようになったことにあなたも責任があるとは思わないか？」

「もちろん……、もちろん思う。私にも責任があると思う。だが、彼女を殺したわけではない。私にはそんなことはできない。私は医者だ。人を殺しはしない」

「あなたとマリアがここにいたとき、他に人はいなかったか？　目撃者、証人はいないか？」

「いない。彼女と二人だけだった」

「あんたは医師免許を失うことになるだろう」

「ああ、おそらく」

「だが、そんなことはどうでもいい、なぜならあんたはマリアの莫大な財産を相続するから？」

「勝手に好きなように想像すればいい」

「そして、カロリーナは？」

「カロリーナ？」

「後悔したということをカロリーナに話したのか？」

「いや、彼女とは話す時間がなかった……。マリアが死んだと知らされるまで、カロリーナとは話す時間がなかった」

エーレンデュルの携帯電話が鳴りだした。手を伸ばしてオーバーコートのポケットから取り出した。

「ソルベルグルだが」と電話の向こうから声がした。

「え、誰？」

「潜水夫のソルベルグルだ。レイキャヴィクの東にある湖をいくつか見てきた。今、その一つにいるんだが」

「ああ、あんたか、ソルベルグル。聞き直したりして悪かった。なにかわかったか？」

「うん、あんたの興味を惹くようなものを見つけたと思う。今、クレーン車と警察が来るのを待っているところだ。あんたたちなしでは引き揚げられないからな」

「見つけたって？　なにを？」

「車だ。オースティンのミニだ。湖のど真ん中に沈んでる。あんたの言ったサンドクルフタ湖にも行ったが、なにも見つからなかった。それで、その近くの湖もいくつか見ておこうと思ったんだ。彼らが行方不明になったのは、気温零下の寒い時期だったか？」

「ああ、多分そうだと思う」

「思うに、女の方が運転していて、氷の上を湖の真ん中まで行ったんじゃないか？　あんたがこっちに来たら、見せてやるよ。今俺はウクサ湖のそばにいる」

「ウクサ湖？　車の中に人間はいるのか？」

「ああ、二体。男と女だと思う。もはや原形をとどめていないがね。だが、あんたが話していた二人じゃないかと思う」

ソルベルグルは一瞬言葉を切った。

「そう。あんたが話していた二人だと思うよ、エーレンデュル」

35

ウクサ湖へ向かう途中、エーレンデュルは老人が入院している病院に電話をかけた。しかし、老人はもはや電話を受けることができなかった。翌日まで生きていられるかどうか、わからない状態だった。担当医は、あと一時間ももたないだろう、もはや時間ではなく何分何秒の問題だと言った。それ以上のことは言えないが、最期の時が迫っているのは間違いないと。

ホフマンナフルートに沿ってフォードを走らせ、メイヤルサティを過ぎ、サンドクルフタ湖に沿ってしばらく走ったあと、ルンダレイキャルダルール方面への分岐点で左に曲がって進んだ。小型のクレーン車がウクサ湖の北端に停まっているのが見えた。ソルベルグルのジープがそのすぐそばに停まっている。エーレンデュルは車を停めて、酸素ボンベを身につけようとしているソルベルグルの方へ急いだ。ソルベルグルはクレーン車から垂れ下がっているフックに手を伸ばし、ベルトに付けようとしていた。

「運がよかったんだよ」握手しながらソルベルグルが言った。「潜《もぐ》っていたとき、片足がなにかを蹴った。それが車だったんだ」

「彼らか？」

「わからない。とにかくあんたが話していたのと同じ種類の車だった。そして中には人体が二つあった。俺はライトを当てて見た。ひどいもんだった。ま、想像つくと思うが」

「ああ、わかる。この仕事を引き受けてくれて、礼を言うよ」

ソルベルグルはクレーン車の運転手が渡してくれたフックをベルトに付けると、湖の中を少し歩いて水が腰のあたりまで来たとき潜り始めた。

エーレンデュルはクレーン車の運転手と湖の岸辺に立ち、ソルベルグルがふたたび姿を現すのを待った。運転手は背の高い痩せた男で、その湖の底に車が一台沈んでいること、そしてその車の中に遺体が二体あるということぐらいしか知らなかった。男はエーレンデュルから話を聞き出そうとしたが、ほとんどなにも得られなかった。

「昔の事件だ。とうの昔に忘れられてしまった悲しい話さ」

エーレンデュルはそう言って口をつぐみ、湖の中央に目を移してソルベルグルが上がってくるのを待った。

バルドヴィンとはサマーハウスでそそくさと別れてしまった。エーレンデュルとしてはバルドヴィンとカロリーナのマリアに対する仕打ちは唾棄すべきことだと言いたかった。だが、よくよく考えると、そんなことをしても何の役にも立たないに違いなかった。そう言ったところで、あんなことができる人間たちはそもそも罪悪感など感じはしない。彼らの価値観は違うのだ。彼らは良心とか道徳観とは関係ない人間たちだ。バルドヴィンは、全部話しはしたがこの先どうしようとしているのかとエーレンデュルに訊きはしなかった。エーレンデュル自身気持ちが二つに分かれていた。どうすればいいかわからなかった。裁判にかけられたらバルドヴィンはすべてを否定するだろう。本当はなにが起きたのか。バルドヴィンはそれを話しはしたが、エーレンデュルには彼を訴えるだけの確とした証拠がなかった。マリアに臨死体験をさせたのち生き返らせたとバルドヴィンが認めたとしても、せいぜい医師免許を剝奪されるぐらいの罰が与えられるだけだろう。そんなことはマリアから受け継いだ財産がある彼にとっては、何の痛痒《つうよう》も感じないに違いない。彼が裁判で負けて有罪判決となるとは考えられない。証拠を整えるのは検事側の仕事で、エーレンデュルの捜査は有罪を勝ち取るにはまったく不十分だった。バルドヴィンは裁判の過程で自分の立場が危なくなったと見たら、それまでに話したことを撤回することができるのだ。彼はマリアの自殺願望を煽《あお》ったこと、そして彼女に一時的心停止を起こさせたことを否定すれば済むのだ。むろん、マリアを殺害したなどということはあり得ないと。エーレンデュルの主張は、マリアを自殺に追い込んだ様々な出来事の積み重ねを示すものに過ぎない。それも悲しいほど心細い推測に基づいたものに過ぎなかった。陰謀を謀ることだけでは罪にはならないのだ。たとえその陰謀がどんなに人の道に背いたものであっても。

ソルベルグルが浮かんできた。クレーン車の運転手は急いで運転席に戻った。ソルベルグルはワイアーを引き上げろという合図をした。二台の警察車が青いライトを点滅させながら猛スピードで近づいてきた。クレーン車のウィンチが巻き上げられ始めた。太いワイアーが動きだし、少しずつ巻き上げられていく。

ソルベルグルが岸辺に上がってきて潜水服を脱ぎ、エーレンデュルの方にやってきた。エーレンデュルは夕方のニュースを聴くために助手席のドアを開けて立っていた。

「これであんたは満足したか?」とソルベルグル。

「まだ、わからない」

「家族にはあんたが知らせるんだろう?」

「片方の家族にはもう遅すぎるんだ」エーレンデュルが言った。「少年の母親はずいぶん前に亡くなっている。父親は病院にいて、まさに今この瞬間にも命が絶えようとしている」

「それじゃ急がなければな」

「黄色か?」エーレンデュルが訊いた。

「車の色か? ああ、黄色だ」

クレーン車のエンジン音が大きく響いた。二台の警察車が停まった。警察官が四人、車を降りて岸辺にやってきた。

「これは処分品か?」

ソルベルグルがエーレンデュルに訊いた。そしてフォードの助手席にエーレンデュルが置いていたAEDを指さした。マリアとバルドヴィンのサマーハウスからもってきたものだ。クレーン車の運転手がエンジンを止めた。警察官たちが近づいた。水、砂、泥がクレーンから音を立てて流れ落ち、車が現れた。人間の体が二体、前席に見える。車は藻や草ですっかり覆われていたが、それでも車体が黄色であることは見えた。窓は壊れていないが、トランクの蓋が開いている。

エーレンデュルは助手席の側のドアを開けようとしたが、びくともしなかった。運転席の方に回ると、ドアは大きく凹《へこ》んでいて穴が開いていた。そこから中を覗くと骸骨《がいこつ》が二体あった。運転席にいるのがギュードルン。髪の毛からそう見当がついた。ということは、助手席にいるのがダーヴィッドか。

「このドア、なぜこんなに凹んでいるんだろう?」

「以前の車の状態を知っているのか?」

「ま、新車でなかったことは確かだ」

「あまり時間がなかったはずだ」ソルベルグルが話し始めた。「女はドアを開けようとしたが、ドアはまったく動かなかったに違いない。ドアのそばに大きな石があったからな。助手席の側のドアも開かなかった。このドアはもともと壊れていたようだ。窓もおそらく開かなかったのだろう。二人はもちろん必死に開けようとしたに違いないからな。こんな状態だったら、まずなにより窓を開けて逃げようとするに決まっている。この車は正真正銘のポンコツ車だったんじゃないか」

「ということは、二人は閉じ込められてしまったというわけか?」

「そう」

「そしてそのまま死んでしまった?」

「ああ。しかし、そう時間はかからなかったと思うよ」

「なぜ車が湖の中央で沈んでいるんだろう?」と言って、エーレンデュルは湖を見渡した。「それで、「まず第一の推測は、湖は凍っていただろうということ」とソルベルグルが言った。「それで、彼女は凍った湖の上を車で行った。はしゃいだ気分だったんじゃないか。自分のやることに自信があったのだろうな。ところが、車の重みで氷が砕けた。水は冷たく、湖は車を飲み込むのに十分なほど深かった」

「そして二人は消えてしまった」エーレンデュルが呟いた。

「冬はここにはあまり人が来ないからなあ。今だってそうなんだから、三十年前ならなおさらだ。おそらく目撃者はいないだろう。このような氷はすぐにまた張るんだ。一度穴が開いたことに気づく者などいない。当時もこの辺は交通止めではなかったんだろうな。彼らがここまで入り込んだのだから」

「あれは何だ？」と言ってエーレンデュルが座席の間にある崩れたかたまりを指さした。

「触ってもいいのか？　鑑識の仕事じゃないのか？」ソルベルグルが言った。

エーレンデュルは彼の言葉を聞かずに手を伸ばして関心を引いたかたまりを手に取った。気をつけてそおっと手元に引き寄せたのだが、それでもやはりその物体は崩れてしまった。壊れたものを半分ずつ両手に持ったまま、エーレンデュルはソルベルグルに見せた。

「それは何だ？　あんた、なにを持っているんだ？」

「これは……本だと思う」と言って、エーレンデュルは自分が手に持っているものをまじまじと見た。

「本？」

「おそらくこの近辺の湖についての本だと思う。男の子の方が彼女のためにプレゼントとして買ったものだろう」

エーレンデュルは手に持っていた形の崩れたものをソルベルグルにそっと渡した。

「少年の父親に知らせに行かなければ」と言って、腕時計に目を走らせた。「二人が見つかったと。おそらく間違いないだろうから。三十年前になにが起きたのかを知らせなければならない。息子は恋していた。それだけのこと。他の理由じゃなかった。親たちはなぜ、どうして息子がいなくなったのかと長い間苦しんだが、息子は親を苦しめるつもりなどまったくなかったのだ。これは単なる事故だったのだ」

エーレンデュルは車に向かって歩きだした。急がなければならなかった。病院に行く前にどうしても真実を明らかにしなければならないことがもう一つあった。

小さな女の子が一人湖岸に座って静かに波の打ち寄せる音を聞いていた。

若い娘が湖を見渡し、その美しい景色を眺め、湖面がキラキラ輝くさまを見ていた。

老女が子どものそばにかがみ込み、囁《ささや》きを聞いていた。その囁きは湖から発せられた言葉だった。お前は私の子ども、と聞こえた。


意識が戻るまで長い時間がかかった。彼女は言いようもないほど疲れ、眠くて、ほとんど目が開けられなかった。

「バルド……ヴィン」切れ切れの声で彼女は言った。「あのね、あれは事故だったの。パパが死んだときのこと……。あれは事故だったのよ」

バルドヴィンの姿は見えなかったが、すぐ近くにいることはわかった。

もう凍えてはいなかった。まるで重い荷物が背中から外されたようだった。なにをしなければならないかはわかっていた。話すつもりだった。すべてを話すつもりだった。湖で起きたことを全部。知りたい人にはすべてを知ってもらうつもりだった。

まさにバルドヴィンと呼ぼうとしたとき、彼女は息が吸えないとわかった。なにかが、首の周りに掛けられたなにかが、きつく締めつけてくる。

彼女は目を開けてバルドヴィンの姿を探したが、見つからなかった。
彼女は弱々しく両手を首元に持っていった。
「これは正しくないわ」と呟いた。
これは正しくない……。

36

エーレンデュルはグラファルヴォーグルの道の行き止まりにあるバルドヴィンの家に到着し、ガレージ前の上り坂に車を停めた。急いでいた。これが正しいかどうかわからない。本当はまっすぐ病院にいる老人の元に駆けつけたかったが、どうしてもＡＥＤのことをバルドヴィンに訊きたかった。それはバルドヴィンだけが答えられることだった。

ドアベルを押して待った。もう一度ベルを押した。少し離れた路上に停めてあるカロリーナの車が目に入った。三度目にベルを押したとき、中から音が聞こえ、不愉快そうな顔をしたバルドヴィンが顔を見せた。

「またあんたか」

「ああ、用事がある」エーレンデュルが言った。

「もう全部話は終わったんじゃなかったか?」バルドヴィンが言う。

「カロリーナが来てるのか?」

バルドヴィンはエーレンデュルの肩越しにカロリーナの車を見た。そして仕方なくうなずいて、エーレンデュルを中に入れてドアを閉め、先に立ってリビングルームに行った。カロリーナが髪の毛を整えながらベッドルームから出てきた。

「かくれんぼはやめたんだ。我々のことはすでにあんたに話したとおりだ。カロリーナは来週ここに引っ越してくることになっている」

「この人にそんなこと言う必要ないわよ。関係ないんだから」カロリーナが言った。

「それはそのとおり」エーレンデュルはうなずいた。病院のことが気にかかっていたが、落ち着いて見えるように努めた。「正直言って、人目につかないようにゆっくり行動するんじゃないかと思ったがね。今引っ越したら人の目を引くことになるんじゃないか？」

「別に、なにも隠すことなんかないもの」カロリーナが言った。

「そうなのか？　本当にそうか？」とエーレンデュル。

「今のはどういう意味だ？」バルドヴィンが口を挟んだ。「すべてもう話したじゃないか。私がサマーハウスを引き揚げたとき、マリアは生きていたんだ」

「ああ、あんたがそう言ったことは知っている」

「それじゃなぜまた来たんだ？」

「あんたの話はことごとく嘘っぱちだったからだ。それで、本当の話をしてもらおうと来たのだ。たまには真実を話してもらおうじゃないか」

「私は嘘は言っていない。すべて真実だ」

「どうしてこの人が嘘をついていると言うの？　あたしたちが嘘をついてるって？」

「あんたたちはペテン師だ。マリアを騙した。陰謀を謀った。マリアのために芝居を打った。確かにバルドヴィンは最後に後悔したと言ったが、あんたたちのしたことは犯罪だ。あんたたちの話は初めから終わりまで嘘っぱちだ」

「ナンセンスだ！」バルドヴィンが叫んだ。

「証拠はあるの？　今の話、どう証明するのよ」カロリーナが言い放った。

エーレンデュルは微《かす》かな笑いを見せ、腕時計に目を落とした。

「それはできない」

「それじゃ、なにが望み？」

「真実だ」エーレンデュルが言った。

「私はすべて真実を話した」バルドヴィンが言った。「自分のやったことを自慢するつもりはない。だが、私はマリアを殺してはいない。本当にやっていない。私が町に戻ってから、彼女は自殺したんだ」

エーレンデュルは一言も言わずにしばらくバルドヴィンを睨みつけた。バルドヴィンはその視線を避けてカロリーナに視線を移した。

「だが、私は間違いなくあんたがやったと思っている。あんたはマリアの自殺願望をそそる以上のことをやった。あんたは彼女から命を奪ったのだ。あんたは彼女の首にロープをかけた。梁《はり》に彼女を吊るし上げたのはあんただ」

カロリーナはソファに腰を下ろした。バルドヴィンはキッチンのドアの前に立っている。

「根拠は何だ？」とバルドヴィン。

「あんたたち二人は共謀してマリアに嘘をついた。そして今もまだ嘘をついている。私はあんたたちの言うことはこれっぽっちも信じない」

「それはあんたの問題ね」とカロリーナ。

「そのとおり、これはまさにこちらの問題だ」

「あんたはなにも……」

「あんたは眠れるのか？」エーレンデュルがバルドヴィンをさえぎって訊いた。

バルドヴィンは答えない。

「バルドヴィン、どうなんだ？　あんたはどんな夢を見る？」

「バルドヴィンに構わないで。なにも悪いことしていないんだから」カロリーナが言った。

「知ってるか？　彼はあんたに煽《あお》られたと言っているんだ」とエーレンデュルは言って、カロリーナに目を向けた。「あんたがそそのかしたと。あんたに罪があると。すべてあんたが悪いのだと彼は私に話した」

「今のは嘘だ！」バルドヴィンが叫んだ。

「彼はすべてあんたが謀ったことだと言っている」

「こいつの言うことを聞くな！」

「大丈夫よ」と言ってカロリーナはバルドヴィンの方を見た。「この人がやろうとしていることとわかってるから」

「バルドヴィンがすべて企てて実行に移したのか？」とエーレンデュル。

「あんたの狙いはわかってる」カロリーナがエーレンデュルに言った。「バルドヴィンはなにを言ってもいいのよ」

「ああ、確かに」とエーレンデュル。「彼の言うことで聞くに値することなどなにもないとわかっている。自分のこと、あんたのこと、マリアについて彼が言うことはみんなでたらめだから」

「あんたがどう思うかなんてどうだっていいの」カロリーナが言った。

「あんたたちは二人とも俳優だ。二人でマリアの前で芝居を打ったのだ。二人で芝居の脚本を書いた。そしてどういう場面にするかを選んだ。舞台ももちろん選んだ。マリアはなにも疑わなかった。AEDのことに気づかなかったとすればの話だが」

「AED？」カロリーナが訊いた。

「もちろんあれも舞台装置、小道具の一つに過ぎなかったのだが」エーレンデュルが話を続けた。「その器具が機能する必要はなかった。マリアの命を救うために用意されたものではなかったのだから。格好つけのために場面に置かれていたもので、その器具がそこにあるのを見る観客はただ一人、マリアだけだったのだから」

カロリーナとバルドヴィンの視線が一瞬交差した。バルドヴィンはすぐにその視線を床に落とした。

「あのAEDは初めから壊れていたのだ」エーレンデュルがカロリーナに言った。「だからバルドヴィンはサマーハウスに戻ってそれを回収しなければならなかった。あれはマリアを騙すための道具だったのだから。あの器具があれば、彼が真剣にマリアの命を守ることを考えていることが証明できる、マリアの命を守るために自分にできることをすべてやったということが証明できるという見せかけのための道具だったのだ」

「ふん、あんたになにがわかる？」バルドヴィンが嘲笑《あざわら》った。

「私にわかっていること。それはこういうことだ。あんたはマリアを殺した。あんたは金がほしかった。金はマリアだけのものだった。ただ一つ、彼女があんたよりも先に死んだ場合を除いて。あんたはカロリーナと関係をもっていた。そのことをマリアに知られたくなかった。しかし金のことがあるからあんたはマリアと別れることができなかった。だがあんたはカロリーナと別れたくなかった。そしてあんたはマリアとの暮らしにうんざりしていた。母親が必ず一緒だったから、そして母親が死んでからもまるでまだ生きているかのように生活が変わらなかったから。マリアは母親のこと以外考えられなかった。思うに、あんたはマリアのことなどとっくにどうでもいいと思っていただろう。彼女はもう邪魔なだけだった。あんたにとっても、あんたたち二人にとっても」

「勝手なことばかり言ってるけど、それを証明できるの？」カロリーナが言った。

「あんたは私がバルドヴィンにマリアの死を告げに来たとき、ここにいたんじゃないか？」

カロリーナは一瞬迷ったようだったが、すぐにうなずいた。

「ここから帰ろうとしたとき、窓に動きがあった」

「それはあたしよ。あんたが来る前に帰ろうとしたけど時間がなかった」

「君はそもそもここに来るべきじゃなかったんだ」と言って、バルドヴィンはカロリーナを睨みつけた。

「サマーハウスで実際にはなにが起きたのだ？」とエーレンデュル。

「それはもう話したではないか」とバルドヴィンが言った。「すべて話した」

「AEDのことは？」

「彼女を安心させたかったのだ」

「あんたが説明した、彼女に心肺停止を起こさせたときのプロセスはほとんど信じてもいいと思う。そして彼女が自分から心臓を止めることをあんたに頼んだということも本当だろうと思う。だが、彼女はそのあと生きたかったのだ。思うに、あんたが説明した、彼女が浴槽の中で気を失ったとき以降のことはすべて嘘だ」

バルドヴィンは無言だった。

「なにかがおかしくなった。それであんたは自殺を装わせなければならないと思った」エーレンデュルが話を続けた。「あんたが望んだように彼女が死んでくれたら一番よかった、つまり浴槽の中で彼女が死ねばよかったのだ。だが、そうはならなかった。そうじゃないか？」

バルドヴィンは依然としてなにも言わずエーレンデュルを睨みつけていた。

「なにかがどこかでおかしくなった」エーレンデュルは続けた。「マリアは意識を取り戻した。その時点ではあんたは彼女を浴槽から抱き上げてベッドの上に横たわらせていただろう。あんたは心臓の動きを停止させるのに成功した。誰もそれを疑わなかったに違いない。解剖すれば自然の心臓発作と判断されただろう。あんたは医者だ。この種のことを日常的に扱っている。

誰にも気付かれないでやり遂げられる。マリアは仕掛けた罠に引っかかった。あんたに必要だったのは、彼女を裏切ること。それだけだった。彼女の信頼を裏切ること。困惑とストレスの世界に長いことといた罪のない人間マリアを裏切ること。騎士道精神に背くことではあるが、あんたはまあ、お世辞にも偉大なるヒーローとは言えないから、できないことではなかった」

カロリーナはうつむいた。

「もしかすると、あんたはマリアをベッドに横たえるところまではしたかもしれない。急いで町に戻る前にもう一度脈拍を測るつもりだったかもしれない。あんたは自宅に電話をかけた。

カロリーナが応えた。あんたは電話をかけたのはマリアであるように振る舞った。あんたは家に戻る前に、最後にマリアをチェックした。するとか驚いたことに彼女はまだ生きていた。死んではいなかったのだ。心臓は弱々しくはあったがちゃんと鼓動していた。息を吹き返していた。もうじき目を覚ましそうな様子だった」

カロリーナは黙ってエーレンデュルの話を聞いていたが、彼と目を合わせようとはしなかった。

「彼女はもしかすると目を覚ましたのかもしれない。あんたの言ったとおり、彼女は目を開けたのかもしれない。別の世界へ旅をしたのかもしれない。なにかを見たのかもしれない。いや、もっとあり得るのは、なにも見なかったことだ。もしかすると、自分の経験をあんたになにか言ったかもしれない。だが、じつは彼女にはもう時間がなかった。それに何と言っても彼女はとても弱っていた」

バルドヴィンはなにも言わない。

「もしかすると、彼女はあんたのしていることがわかったのかもしれない。だが、それに抗《あらが》うにはあまりにも弱っていた。彼女が争った形跡はなかった。はっきりしているのは、首に回されたロープが締められたときに彼女が窒息死したことだ」

カロリーナが立ち上がってバルドヴィンのそばに行った。

「そして、少しずつ弱っていってマリアは死んだのだ」

カロリーナはバルドヴィンを両腕で抱きしめてエーレンデュルを振り返った。

「だいたいこうではなかったか？　こんなふうにマリアは死んだのではないか？」エーレンデュルが訊いた。

「彼女の望んだことだ」バルドヴィンが言った。

「そういう部分もあったかもしれない。だが、すべてが彼女の望んだことではない」

「いや、彼女が頼んだことだ」とバルドヴィンが言い返した。

「なるほど。それで、あんたはそれに応えてやったというのか？」

バルドヴィンは無表情なままエーレンデュルを見返して言った。

「さあ、帰ってもらおうか」

「マリアはなにか言ったか？」エーレンデュルが訊いた。「レオノーラについてなにか言ったか？」

バルドヴィンは首を振った。

「父親についてなにか言ったに違いないのだ」

「さあ、帰ってくれ。ここでありもしないことを言っていないで。嫌がらせを受けていると警察に通報してやろうか?」

「マリアは父親についてなにも言わなかったのか?」エーレンデュルが繰り返した。

バルドヴィンは答えなかった。

エーレンデュルはしばらく黙って彼らを見ていた。それからなにも言わずドアに向かった。

「それで?」と言ったのはカロリーナだった。「今の話をあんたはどこに持っていくの?」

エーレンデュルは玄関ドアを開けて振り返った。

「どうやらあんたたちが成功したようだな」

「成功した? なにに?」バルドヴィンが訊いた。

「計画に。あんたたちが計画したことに。お似合いのカップルというわけだ」

「そう? それじゃこれでおしまい? あんたはこれ以上なにもしない?」カロリーナが訊いた。

「いや、もうできることはあまりない」と言ってエーレンデュルは外に出てドアを閉めようと手を伸ばした。「このケースについて上司に報告はするが……」

「待ってくれ」バルドヴィンが声をかけた。

エーレンデュルが振り向いた。

「マリアは父親についてなにか言った」

「そうだろうな。そうではないかと思った」とエーレンデュルが応じた。「おそらく最後の最後に話したに違いない」

バルドヴィンはうなずいた。

「彼女が連絡をとりたいのはレオノーラだと思った。母親と話したいのだとばかり思ったのだが……」

「だが、そうではなかった、のだろう？」エーレンデュルが言葉を挟んだ。

「ああ、違った」バルドヴィンが言った。

「マリアが会いたかったのは父親だった。違うか？」エーレンデュルの声が響いた。

「彼女がなにを言っているのかよくわからなかった。彼女は許してほしいと父親に言っていた。なにを？　なにを許してほしいと言っていたのだろう？」

「それはあんたには永遠にわからないだろうな」

「なに？」

バルドヴィンはエーレンデュルの目を覗き込んだ。

「あれは……、あれは……、マリアだったのか？　マグヌスが死んだとき、確か彼女もボートに乗っていた。それで自分を責めていたのか？」

エーレンデュルは首を振りながら言った。

「あんたらは彼女以上に哀れな餌食《えじき》を見つけることはできなかっただろうよ」

そう言ってエーレンデュルは立ち去った。

病院に着くと彼はまっすぐに老人が横たわっていた部屋に向かった。老人はそこにはいなかった。別の部屋に移されたと聞いてエーレンデュルはすぐにそこに行った。老人は厚い上掛けの下に横たわっていた。痩せた顔と上掛けの上に置かれた両手がエーレンデュルの目に映った。「ほんの少し前に亡くなったのですよ」とそばにいた看護師が言った。「安らかな死でした。この方は本当に穏やかな人でしたよ。私たちの手を煩わせることもなく」

エーレンデュルはベッドのすぐそばの椅子に腰を下ろし、老人の手を取った。

「ダーヴィッドは恋をしていたんです」とそっと言った。「彼は……」

エーレンデュルは額の汗をぬぐった。二人が車から出ようとしても出られないとわかったとき、冷たい水の中で手を取り合って、ゆっくりと心臓が鼓動をやめ、命が消えていく瞬間を、恐れずに迎えている姿が目に浮かんだ。

「早くここに来たかったのですが、間に合わなかった」と老人に囁《ささや》いた。

看護師はそっと部屋から出て行き、彼らは二人だけになった。

「ダーヴィッドは女の子に出会ったのです」長い沈黙のあと、彼は話し始めた。「一人で死んだのではない。事故だったのです。自殺ではなかった。悲しくて自殺したわけでも、絶望して死んだわけでもなかった。彼は幸せだったのです。出会った女の子に恋をして、二人は楽しかったのです。少し浮かれて、常軌を逸していたかもしれない。それは想像がつきます。二人は一緒に死を迎えたのです。好きな女の子と一緒だった。家に帰ったらきっと彼女のことを両親に話すつもりだったでしょう。彼女は大学生で、素敵な人で、湖が大好きなんだと。そんな人が僕の恋人だと。永遠の恋人だと」

37

エーレンデュルはかつて自分の家だった廃屋《はいおく》のそばに立ち、ハルドスカフィの方向を見上げていた。フィヨルドは下方にかかっている霧のためにぼんやりとしか見えなかった。彼はフル装備していた。頑丈な登山靴、厚手のウィンドブレーカーの上下。しばらく静かに真剣な面持ちで山を見上げてから、ポールを持ち、小さなリュックを背負って歩き始めた。軽やかな足取りで、冬籠りしている雄大な自然の中を歩んでいく。そしてまもなくその姿は冷たい白い霧の中に紛れて見えなくなった。

訳者あとがき

アイスランドミステリの第一人者アーナルデュル・インドリダソンの、レイキャヴィク警察署捜査官エーレンデュルを主人公とするシリーズ第六巻をお届けする。

レイキャヴィク近郊の湖畔にあるサマーハウスで、天井の梁《はり》からぶら下がって死んでいる女性が見つかる。発見者は女性の子ども時代からの友人カレン。細いロープで首をくくった様子から警察は自殺と判断したが、カレンはその判断に疑いをもち、レイキャヴィク署にエーレンデュルを訪ねてくる。今回はこのシリーズの特徴でもある過去に起きた犯罪を暴くものではない。現在レイキャヴィクで暮らしている人々の間で起きた出来事を、警察の正式な捜査ではなく、警察官エーレンデュルが言わば個人的に調べ上げた、その過程を記したものである。

死んだ女性マリアは七歳で父親を亡くしてから、母親の庇護の下で暮らしてきた。大学でフランス語を教えてきた母親レオノーラはかなり支配的な女性で、マリアを一人で育て上げ、マリアが結婚した後も同居して娘の夫と不協和音を醸《かも》し出すに至っていた。しかしその強い母レオノーラががんで亡くなると、マリアは精神的に落ち込み、なんとか死後の世界にいる母親に会いたいと霊媒師に助けを求めるようになる。

死後の世界？　霊媒師？　マリアは大学で教鞭をとることもあるという歴史研究者だがそう

いうものを信じるのだろうか？　ここまで読んだとき正直言って少々引いてしまった。最愛の母親の死で落ち込むところまではわかる。しかしそれで降霊術をおこなってもらってまで母親に会おうとする？　死後の世界との通信？　これは一体どんな本なのだろうと思った。

だが同時に、十年ほど前に初めてアイスランドに行ったときに対応してくれた出版社の編集者の言葉を思い出した。「アイスランド人は幽霊とかお化けを本気で信じていますからね。霊媒師に会いに行って、降霊術をおこなってもらって死者に会ったという人もいますよ。アイスランドではまた、夢を信じる人も多いですね。毎日、前日の夢の続きを見るという人もいますからね」。超自然の話がみんな大好き、と言って笑っていた。今思えばあれは半分本気だったような気がする。

話はマリアが霊媒師に会いに行ったときの様子を録音したテープをきっかけに動きだす。降霊術に興味をもったカレンがマリアから借りていたものだ。マリアが自殺したなんて信じられないと、カレンはそのテープをエーレンデュルに手渡す。降霊術などというものをまったく信じないエーレンデュルは自宅に帰り、気乗りしないままテープを聴く。そして霊媒師とマリアの声以外に暗い男の声が聞こえることに驚く。『気をつけろ……。お前は自分がなにをしているのか、わかっていない』。聞き覚えのある声だとマリアが霊媒師に言う声も録音されている。

不審に思ったエーレンデュルは警察の本格捜査ではなく、自分の感じる違和感の正体を突き止めようとマリアの関係者を訪ねて回る。マリアの父母はすでに他界している。彼女の夫、大学時代の友人、学生時代の恋人、父親の友人、父親の姉と、一人一人訪ねていくうちに、ある男の姿が浮かび上がる。
原作は二〇〇七年に発表されている。小さいことだが、小道具が気になった。アイスランドでは二〇〇七年の時点ではまだテープレコーダーが使われていたのだろうか。日本では当時すでにテープレコーダーはほとんど使われておらず、MDの時代もほぼ終わり、携帯電話での音声の録音がかなり一般的になっていたので、訳していて小道具が古く感じられた。しかしその一方で、ベランダにある浴槽に自動的に給排水するシステムや、最新技術の医療装置が重要な役割を果たしている。
今回の作品には並行してもう一つの未解決事件が描かれている。三十年ほど前の失踪事件である。高校卒業を目前に控えた少年、そしてそれとは別に女子大学生の行方不明届が出されたが、まったく手がかりがないまま、少年の母親はすでに他界し、父親もいま死期を迎えている。エーレンデュルは何とか父親が存命のうちに少年の失踪事件を解決しようと試みる。
今回の作品『印《サイン》』の後、アーナルデュルはエーレンデュル・シリーズを六作発表している。アイスランド語の原題と発表年は以下の通り。いずれも日本語版は未刊である。
Myrká（二〇〇八年）エリンボルクが主人公
Svörtuloft（二〇〇九年）シグルデュル＝オーリが主人公
Furðustrandir（二〇一〇年）
Einvígið（二〇一一年）

Reykjavikurnætur（二〇一二年）

Kamp Knox（二〇一四年）

アーナルデュルは〈エーレンデュル捜査官シリーズ〉以外に、レイキャヴィク警察のシリーズものを二つ書いている。いずれも未訳だが、その一つはフロヴェントとトルソンというレイキャヴィクの現役警察官の二人組が主人公で、*Skuggasund*（二〇一三年）、*Þýska húsið*（二〇一五年）、*Petsamo*（二〇一六年）がスウェーデン語版でも出版されている。

もう一つのシリーズは警察を引退した初老の男コンラッドが主人公で、レイキャヴィクの街で起きた事件を扱うもので、レイキャヴィクというアイスランドの首都の歴史と地理が詳細に書かれた優れた案内書としても読むことができると紹介されている。すでに *Myrkrið veit*（二〇一七年）、*Stúlkan hjá brúnni*（二〇一八年）、*Tregasteinn*（二〇一九年）、*Þagnarmúr*（二〇二〇年）がこれまたスウェーデン語版、英語版で出版および出版予定である。

このシリーズは原語のアイスランド語から直接訳したものではないことを、ここで改めてお断りしておきたい。人口三十五万人余りの、北欧五カ国の中でも面積的にも人口的にも最小の国アイスランドの言葉で書かれた作品を、言語的には英語やドイツ語よりも近いと言われるスウェーデン語から、私は翻訳している。

アーナルデュルは毎年一年に一回、十一月一日に新作を発表してきた。*Þagnarmúr* を書き上げた二〇二〇年十一月十五日、アイスランドのモルグンブラーディド紙に翌年で二十五周年になる感想を訊かれて、アーナルデュルは次のように答えている。

「けっこう長い時間になりました。アイディアが頭に浮かぶかぎり、今後も書き続けるでしょう。しかし、私は習慣だから物を書くのではない。小説を書くこと、それはいつも挑戦ですから。書くために机に向かうたびに新しい挑戦をするのです。パソコンの前に座って自分自身を驚かすことができるかぎり、続けたいと思います。それができる間は、本を書くことが楽しめるでしょうから」

今回お届けするエーレンデュル・シリーズ六作目のこの作品は、まだシリーズの半ばである。いつもながら人口三十五万人ほどの小さな国の小さな首都で起きる事件は、国を問わず、人種を問わず、どこででも起き得る普遍性を持って読む者の胸に迫る。次作もご期待ください。

柳沢由実子

二〇二二年三月十五日

本書は二〇二二年、小社より刊行されたものの文庫化である。

訳者紹介　1943年岩手県生まれ。上智大学文学部英文学科卒業、ストックホルム大学スウェーデン語科修了。主な訳書に、インドリダソン『湿地』『緑衣の女』『声』、マンケル『殺人者の顔』『イタリアン・シューズ』、シューヴァル／ヴァールー『ロセアンナ』等がある。

検印
廃止

印《サイン》

2023年11月30日　初版

著　者　アーナルデュル・
　　　　インドリダソン

訳　者　柳《やなぎ》沢《さわ》由《ゆ》実《み》子《こ》

発行所　（株）東京創元社
　代表者　渋谷健太郎

162-0814／東京都新宿区新小川町1-5
電　話　03・3268・8231-営業部
　　　　03・3268・8204-編集部
URL　http://www.tsogen.co.jp
DTP　萩原印刷
暁印刷・本間製本

乱丁・落丁本は、ご面倒ですが小社までご送付ください。送料小社負担にてお取替えいたします。

ISBN978-4-488-26608-0　C0197

創元推理文庫

フランスミステリ批評家賞、813協会賞など、23賞受賞！

LE DERNIER LAPON◆Olivier Truc

影のない四十日間

上下

オリヴィエ・トリュック　久山葉子 訳

◆

クレメットとニーナは、北欧三カ国にまたがり活動する特殊警察所属の警察官コンビ。二人が配置されたノルウェーの町で、トナカイ所有者が殺された。クレメットたちが、隣人からの苦情を受けて彼を訪ねた直後のことだった。トナカイの放牧を巡るトラブルが事件の原因なのか？　CWAインターナショナル・ダガー賞最終候補作で、ミステリ批評家賞など、23の賞を受賞した傑作ミステリ。